ベルカ、吠えないのか？

古川日出男

furukawa hideo

文藝春秋

ボリス・エリツィンに捧げる。
おれはあんたの秘密を知っている。

ベルカ、吠えないのか?　目次

装幀　関口聖司
写真　©AFLO

ベルカ、吠えないのか？

これはフィクションだってあなたたちは言うだろう。
おれもそれは認めるだろう。でも、あなたたち、
この世にフィクション以外のなにがあると思ってるんだ?

「おれは解き放ちたいのだ」

一九九X年、シベリア（眠れる土地）

雪はやんだ。しかし気温は零下二十度をうわまわってはいない。道路の両側には白樺の森がつづいていた。ザッ、ザッ、ザッ、と足音を響かせながら、防寒具に全身を固めた若い男が、その道を歩いている。すでに一時間、歩いた。それから、やっと人家を発見する。木造の粗末な小屋だ。だが、たしかに人間（ひと）が住んでいる。煙突からたち昇る蒸気が、その事実を証していた。

若い男の表情が変わる。歓びに輝いた。

丸太と割り板でできた小屋は、たぶん、猟師のものだ。男は壁に立てかけられた四枚のスキー板を見る。二人の猟師が滞在しているのか、それとも予備か。たいていは番犬が飼われているものだが、ここにはいない。かわりに、突然の訪問者の気配を足音かなにかで察して、小屋の住人が現われる。玄関の、扉を内側（なか）から押し開けて。

老人だった。年老いた男だった。若い男が挨拶すると、柔和な顔つきで、どうしたんだね？

こんな山奥に、こんな時季に、こんな別荘(ダーチャ)ひとつもない鄙(ひな)に、迷いこんでしまったのかね？と訊く。

　村への道は、これでいいんでしょうか、と若い男が訊く。

　ああ、と老人は答えるが、つけ加える。しかし歩いていったら、あと五時間はかかるぞ。

　車の後輪が川にはまりこんだんです、と若い男が答える。相棒はむこうに置いて、僕一人で、しかたがないので村に助けを呼ぼうと……。

「とりあえず、あがりなさい」と老人は言う。「すこし、からだを温めるといい」

　男は感謝の意を表して、小屋に入る。室温は摂氏二十度以上ある。外気との温度差は、つまり四十度を超えている。若い男はミンクの帽子(シャープカ)をとり、厚い手袋とコートを脱ぐ。それから、興味ぶかそうに室内を観察する。入り口付近には鉈があり、用途別の手斧がある。奥に猟銃がある。棚があり、酒瓶が何本も飾られているかと思えば、地球儀が置かれ、また、世界地図も貼られている。しかし、地図は古い。ユーラシア大陸には巨大なソビエトがある。その周りには何枚もの家族の写真、かつての〈国父〉たちの肖像画、若い男はひさびさにウラジーミル・レーニンの横顔を目にした気がする。

「猟師の暮らしぶりは珍しいかね？　テーブルへどうぞ」

「ありがとうございます」

　ちょうど昼飯を準備しているところだった、と老人は言う。鹿肉を煮込んだやつがある、食べるかね？　若い男は、もちろん、もちろん、いただきます、と答える。ウオッカがふるまわれる。二人は乾杯する。ここは静かすぎるから、と老人は言う、君のような客人が現われるのは嬉しいかぎりでね、大歓迎だよ。

「この小屋には、お一人で？」と若い男は尋ねる。

「ああ、昔から狩りは他人と組まないでやる流儀なんだ」

「イヌも使っていませんね」

「そう」と老人は言う。「イヌは飼わないんだよ」

もてなしを受けながら、男は、対座する老人の顔を観察した。正確な年齢はつかめない。六十代か、七十代か。髪も、髭も、真っ白だ。だがそれらは、地が黒かった白髪ではない。金髪だったことがわかる。純粋なスラブ系の面だち。

いっぽう、若い男は中央アジア系の顔をしている。

もう一杯、飲みなさい、と老人はウオッカを勧める。

小屋の外でヤマゲラが一羽、啼く。

若い男はさらに観察する。この鹿もご老人がしとめられたんですよね、等、もろもろの感想を述べながら、室内を見まわす。食卓の横にある棚には、ピクルスを中心とした保存食が並べられている。瓶詰めのキノコ類やキュウリが。老人は年金生活について語りはじめている。その制度的な破綻について、切実さはさほど表には出さずに、淡々と言及する。ずっと鉄道省に勤めていたんだが、まさか時代がこれほど苦いものになるとはね、と老人は言う。わたしは翻弄されつづけているよ。

壁ぎわにラジオがある。若い男が、日々のニュースはこれで？　と尋ねる。ああ、電池を節約しながらだが、と言って老人は笑う、それでも世の中の動きはわかるよ。こんな森の奥に隠れていてもね。

「わかりますかね?」と若い男が言う。

そうだ魚も食べていきなさい、鮭の燻製があったのに、すっかり出すのを忘れていた。ウオッカにつまみもつけないとはね、わたしも、老齢だよ。そう言って老人は、自分のグラスを一度あおってから、席を立ちあがる。そして台所にむかう。すると若い男がつづいて立ちあがっている。お構いなしに、と言う。どうかこちらにお戻りください、この席に。だって、むこうには猟銃やら薪割り用の刃物やら、いけないものがありすぎますからね。

「ねえ、大主教」と呼びかける若い男の右手には、オーストリア製の半プラスチック拳銃が握られ、その銃口は老人にむけられている。

老人は立ち止まる。ぴたり、と。

両手をあげて、と若い男が命じる、こっちにむき直れ。

老人はその通りにする。老人の表情は、凍りついてもいないし、動揺から蒼ざめてもいない。もちろん、笑ってはいない。

若い男は歩み寄る。若い男は、笑う。

それから、なにかが起きる。若い男はアマチュアではない。だから不用意に老人に近づきすぎずに、距離を保ち、肘をのばした右手で拳銃を突きつけている。警戒をおこたらず、安全圏にいる。いたはずだった。視界がいきなり塞がれて動揺する。どうしたのか? と自問する。嗅覚が酒の匂いを嗅いでいる。ウオッカを吹きかけられたのだ、と自答する。老人が口に含んでいた、ウオッカだ。

弾丸が発射される。

だが、その瞬間には、若い男の膝が折れている。左膝の関節が、蹴られて、押しこまれて、反対側にくの字に曲がった。からだが傾(かし)ぐのが感じられる。若い男は感じる。右足は軸として残っていたが、それが次の瞬間に払われる。全身が宙に浮いて、つづいて床に叩きつけられている。まるっきりスムーズに。重力を感じない。それから、若い男は重力を感じる。背中を踏まれてから、側頭部を蹴られた。手のひらが踏まれて、拳銃はどこかに蹴り飛ばされていた。

脊髄に重さを感じる。

脊髄に固いものがふり落とされる。

肘打ち、と認識した。四肢が動かない。

それから首のまわりに腕がまわされて、ゴキリ、と頭部が曲がり、しかし、その音を若い男は聞かない。

なぜなら男は死んでいる。

「やれやれ」とつぶやきながら、老人はその背中に馬乗りになっていた死体から、床から、起(た)ちあがる。「この隠居も嗅ぎつけられたか。とうとう、嗅ぎつけられたか。鼻が利いている」と愉(たの)しげにつぶやきながら。

まるでイヌのようだな、と老人は思う。

だが、お前らに本物のイヌのことが、わかるのか？

老人は室内を移動する。老人は酒瓶が飾られた棚にむかう。世界地図と家族写真と〈国父〉たちの肖像画と、それらが貼られた壁の手前の棚にむかい、それから地球儀を手にとる。

「おれは解き放ちたいのだ」

「お前らには本物のイヌのことは理解できないはずだ、贋物め」と老人は言う。

それから地球儀を、割る。金属の半球の上部をはずした。そのなかに、頭骨が収められている。それは動物の頭骨だ。中型の、イヌの、頭骨だ。焼け焦げて、貼りついた皮膚もわずかに残っている。地球儀の内側はブリッジやら衝撃吸収材やらで頭骨を守るように細工が施されている。保管用のケースとなっている。愛おしげに、老人はそのイヌの頭骨を見る。

車に……相棒がいると騙(かた)ったな? 老人は死んだ男の言葉を思いだす。では、そいつも始末しよう。

「そうだ、認めよう」と老人は語る。たぶん、そのイヌの頭骨に語る。「狂ったおれは解き放ちたいのだ。あらゆる昔の力を。おれが死ぬ前に。おれの……おれたちの時代が死滅しきる前に」

そうだろう? イヌよ。

偉大なるイヌ、祖国(ソビエト)の英雄だったイヌ、地球儀に安置されることがふさわしい一頭よ。

最後は声に出さずに語りかけて、それから老人は動きだす。

一九四三年

いっさいが忘れられた。たとえば二十世紀においてアメリカ合衆国の領土が他国に侵略されたことがある事実を、人々は忘れた。二十世紀に、それはただ一度だけ起きた。太平洋の北側、アリューシャン列島で、二つの島が日本軍に占領された。列島西端に位置するアッツ島と、それよりも東側にあるキスカ島。日章旗は一九四二年六月に立ち、アッツ島は〝熱田島〟、キスカ島は〝鳴神島〟と和名が与えられた。

この二つの島の占領は、じつは太平洋中部のミッドウェー攻撃から米軍の目をそらさせるための、陽動作戦の一部だった。アリューシャン列島の中心地、ウナラスカ島のダッチ・ハーバーに対して空襲が行なわれたのは六月四日であって、これはミッドウェー海戦のまさに前日だ。そして六月七日の夜から翌八日朝にかけて、アッツ島とキスカ島に奇襲上陸は為された。

占領はやすやす達成されて、アメリカはその土地を敵国に奪われたのである。

だが日本側はその二島を永続的に確保しようとしていたわけではない。元来、アリューシャン攻略は陽動だったわけだし、戦略上の価値もはなはだ曖昧だった。とりあえずこの年の冬までの短期確保が軍の方針だった。占領直後に現地調査が行なわれて、二島は越冬可能、よって方針を長期確保に転換、との判断が六月の下旬になってから下された。

それにしても凄まじい悪天候の土地だった。アリューシャン列島は俗に、世界一天気が悪い、と言われている。霧が晴れることはない。冷たいベーリング海と、温かい太平洋が、まさにこの列島の線(ライン)で衝突しているからだ。太陽はほとんど見られない。そして強風。そして土砂降りの雨。そして雪。

やがて厳寒の冬が来る。

それでも、一九四二年はその二島にとって悲劇の年ではない。制空権が奪われて、米軍の烈(はげ)しい空襲がつづき、陸上防備施設の設営が遅れがちであっても、まだ本物の悲劇は来ていない。それは翌年に訪れた。

一九四三年五月、熱田島すなわちアッツ島の守備隊が全滅した。

艦砲射撃の掩護のもとに兵力一万一〇〇〇の米軍が上陸して、日本側の守備隊二五〇〇名は玉砕した。捕虜になることを拒み、全員殉死を決めた部隊が「バンザイ突撃(アタック)」を敢行したのだ。

そしてキスカ島が残った。

すなわち、日本領としての鳴神島が。

このとき、キスカ／鳴神島の兵力はアッツ島の二倍以上。当然、第二の悲劇の発生はいかなる手段を用いても回避しなければならない。すでに制海権も奪われたも同然の状況ながら、全員撤収の「ケ」号作戦が立案される。潜水艦によって傷病兵や軍属たちを逐次撤収させる第一期「ケ」号作戦は六月に終了。つづいて艦隊を派遣して残留部隊の一挙収容をもくろむ第二期「ケ」号作戦が、七月Z日に実施されることになる。Z日は当初、十一日と予定されていたが、天候の悪化によってあいつぎ延期。しかし、ついに七月二十九日、軽巡洋艦二隻と駆逐艦九隻からなる救出艦隊がキスカ／鳴神湾に姿を現わし、キスカ／鳴神島守備隊の五二〇〇名余がぶじ、全員これに乗りこんだ。

こうして「ケ」号作戦は成功した。濃霧にまぎれての行動は、米軍にこの撤収を気づかせなかった。

しかし、撤収できたのは人間だけだった。

日本側は、軍に所属する生命(いのち)をその島に置き去りにしていった。

残されたのは軍用犬だ。四頭いた。出自はそれぞれ異なる。一頭は発達した筋肉と寒さに対する強い耐性を備えた北海道犬(旧称アイヌ犬)で、名前は北。これは海軍に属した。島に自生している野草の類いの毒味係を任されていた。陸軍のイヌは二頭いて、どちらも犬種はジャーマン・シェパード、名前は正勇と勝といった。さらにもう一頭シェパードがいたが、これは本来は陸軍のイヌでも海軍のイヌでもなかった。米軍捕虜のイヌだった。名前はエクスプロージョンといった。

前年に侵略を受けるまで、この島には米海軍の無線電信所と気象観測所が置かれていた。併せて十名が勤務していた。日本軍の奇襲上陸時、このうち八名は逃亡を果たしたが、残る二名が捕虜となり、その捕虜から引き継がれたのがエクスプロージョンだった。

当時、アメリカは高度に調教された軍用犬を続々、各地に配備、かつ最前線に投入していた。海兵隊の根拠地であるノースカロライナ州のルジューン基地内に最初の訓練センターが設けられたのが一九三五年、それから十年のあいだに五カ所の訓練センターが増設されて、第二次世界大戦が終わるまでに四万頭の軍用犬が養成された。そのうちの一頭がエクスプロージョンであり、一九四二年六月以降、日本軍に属した。

いっぽう、日本が戦場に軍用犬を投入しはじめたのはアメリカに先駆けること三十年余である。はじめて戦場に軍用犬が登場したのは一九〇四年、日露戦争においてだ。これらはドイツで調教された和犬たちだった。その後、ドイツからのシェパードの輸入に並行して、一九一九年からは千葉の陸軍歩兵学校研究部が本格的な軍用犬研究に着手。さらに一九三一年の満州事変後、陸軍省の後援による民間組織「帝国軍用犬協会」が設立され、外地では満州の独立守備隊軍犬班がさまざまな試行錯誤を繰り返した。

そして世界の軍用犬史において一番の先駆けとなったのは、いうまでもない、ドイツだった。一八九九年には「シェパード協会」を誕生させて、ジャーマン・シェパードの系統的飼育を開始していた。そして欧州大戦（第一次世界大戦）において、大量の近代的軍用犬を投入した。その数は、大戦の末期には二万頭に達した。そして、じっさい、イヌたちは目覚ましい働きをみせた。

この事実が各国の軍を刺激して、「戦争にはイヌを使え」という教訓を叩きこんだ。

二十世紀は二つの大戦が行なわれた世紀だった。いわば戦争の世紀だった。しかし、同時に、二十世紀は軍用犬の世紀でもあったのだ。

何十万頭ものイヌが最前線に立ち、そして一九四三年七月、その島では四頭のイヌが忘れられた。

島にはいまや名前がない。日本軍は撤退して、日章旗の類いも持ち帰られ、そこはもはや鳴神島ではない。しかし、米軍はいまだに日本側がその島を占領していると思いこんでいたから、奪還されるまでは不当な日本領である、と判断している。すなわち、そこは米国領のキスカ島でもない。

それは忘れられた四頭のイヌのための、島名を持たない領土だった。

東京都二十三区の半分ほどの大きさの島だった。周囲の海はずっと深い霧におおわれて、凍土（ツンドラ）の大地は孤立していた。真っ白い、島だった。それでも雪が残るのは峰々においてばかりで、谷には清冽な真水がほとばしり、地面には草がいちめんに繁った。つねに露に、びっちょり、濡れながら。ニンゲンガ消エタ、と四頭は思う。モウ誰モイナクナッタノダ。日本人が全員退去して、自分たちは捨てられたのだという事実を、四頭のイヌは理解する。すなわち、北、正勇、勝、エクスプロージョンは理解する。

なにもかもが終わったのだ、と。

ただし、その現実をどのように受容するかは、イヌそれぞれだ。

名前のない島が、ゼロの時間の内側（なか）に漂いはじめる。そこは世界の終わる場所のようであり、また、世界がこれから生まれ落ちようとしている原初（はじまり）の場所のようでもある。激しい雨がしばしば降る。烈風はやまず、立ちこめる霧が消える気配はない。しかし、雑草は黄色い花を咲かせる。日本軍はイヌ用の糧食は、何週間かぶん、残した。豪雨のときは塹壕にこもり、イヌたちはその白い島にいる。

霧の島にいる。

アザミの頭花（はな）が紅紫色に咲く。

世界の終わりを象徴して、大掛かりな砲爆撃はつづけられる。日本軍がその島を放棄した実態を知らず、アメリカ側は連日、無益な攻撃をしかけている。航空隊によって、投降を呼びかけるビラも撒かれた。島に降ったビラの数は、最終的には十万枚に達した。イヌたちはしばしば、蒼穹から降るそれを見た。

霧のむこうからは雨が降り、ビラが降り、銃弾が降る。

砲弾が降り、大地に炸裂する。

しかし、同時に、世界ははじまろうとしている。ゼロの時間の卵から、たぶんこ、の、世界が生まれ落ちるのだ。そのことを何頭かは感じた。人間に飼われていない軍用犬は、自由だった。本来屈強で、優れた五感能力を持ち、しかも耐寒訓練を受けたイヌたちは、この名前を持たない島にあり、自由だった。

エクスプロージョンは雌であり、北、正勇、勝の三頭は雄だった。そしてエクスプロージョンと正勇が交尾った。ふだんは繁殖行動に関して厳密にコントロールされている軍用犬だが、ここには管理する人間はいなかった。エクスプロージョンが正勇の求愛行動を受け入れ、またがるのを許したのだ。どちらも純血のシェパード種であったことが、この自由恋愛を成就させたのかもしれない。じっさい、この二頭としばしば行動をともにしていた北海道犬の北は、一度もエクスプロージョンに交尾を迫ることはなかった。

もう一頭のシェパード、勝は、そもそもエクスプロージョンらとはあまり群れなかった。勝は、あまり自由を楽しまなかった。この島に捨てられたのだ、主人たちは帰ってこないのだ、と認めてはいたが、それでも自分が配属されていた陸軍の高射砲陣地をねぐらにして、そこから一日の大半は離れなかった。

なにもかも終わってしまった、と了解しながらも、現実を拒絶したがった。

エクスプロージョンと正勇、北の三頭は、気ままに草原を走った。

たわむれて、吠えた。

米軍は攻略戦を大規模に進めることを決めて、ゼロの時間を終わらせる。一九四三年八月十五日、この島をもういちどキスカ島と名付け直そうとする勢力が上陸する。カナダ兵五三〇〇名を加えた、総勢三万五〇〇〇の連合部隊だった。八月十七日に、彼らは日本軍主力の宿営地に到着する。しかし、無人だ。十八日から二十二日まで、上陸した三万五〇〇〇名は島内に敵軍を捜し求める。

三頭のイヌが発見されている。

エクスプロージョンは、一年数カ月ぶりに本来の主人であるアメリカの軍人たちを認める。歓んで「来い（カモン）！」の呼びかけに応える。すると、正勇と北もこの行動に倣う。尻尾をふって、アメリカの軍人たちに応答する。それらはたしかに、以前、警戒セヨ、襲撃セヨ、と教えこまれた戦闘対象にちがいない。しかし、二頭はいったん、縛りから解き放たれていた。だから、かまわないではないか？　迎え入れれば、いいではないか？　イヌたちは名前のない島の時間が終わったことを理解する。そこはキスカ島に戻った。そして、自分たちは拾われるかもしれない。

捨てられて、無時間になり、今度は拾われるのだ。

だから三頭は、揃って、オカエリナサイ、と現われた部隊に言う。

残る一頭も、別の意味で歓ぶ。勝は、ねぐらで上陸部隊を迎える。勝は、主人は帰ってこなかったが敵（かたき）は来た、と歓ぶ。配属されていた陸軍の高射砲陣地で、アメリカ人たちを迎え、そして迎え撃つ。オレハ絶望スル必要ハナカッタノダ！　マダ任務ハ残ッテイタノダ！　勝は不用意に近づいてきた一人の米兵を咬み、それから、地雷を敷設（ふせつ）した空き地に逃げこむ。数人が「日本軍のイヌを捕獲する」ために勝を追い、地雷を踏む。勝もまた、このバンザイ突撃（アタック）によって玉砕する。

エクスプロージョン、正勇、北は死なない。

餌をもらい、飼われる。いまや全頭、アメリカ側に属している。そして米軍に所属する生命（いのち）は殖える。九週間の妊娠期間を経て、エクスプロージョンが出産する。キスカ島の、十月だった。一般にイヌは安産だが、環境の過酷さから分娩には思わぬ困難がともない、軍医が手術をして母子（ぼし）を助ける。孕まれていたのは九頭、このうち死産にならずに生存したのは五頭。

エクスプロージョンの産んだ仔犬を入れて、一九四三年、イヌは八頭いる。まだキスカ島にいる。

「組長、おやすみ」

邸宅は塀に囲まれている。高さは約二メートル半、その上に鉄条網が備えつけられていて、これは有刺ではない。しかし、かわりに電流が通じている。ほぼ八メートル間隔で監視カメラがある。当然、そのレンズは邸宅の外部にむけられている。

レンズのひとつが割られている。

沈黙がじっとりと邸宅の敷地に満ちる。どこかしら不自然なひそやかさで、なにかが欠落している感覚をそなえた。

庭のあちこちに雪が残り、塀の隅では手つかずの吹きだまりになっている。ところどころ、ちいさな足跡がある。人間の足跡ではない。四つか五つの肉趾からなる、獣のそれ。歩きまわった痕跡。

すでに日は暮れていた。しかし、敷地の内部は明るい。電灯が高みから照らし、死角が生まれないように計算されている。むしろ、暗いのは外部だ。邸宅の正面から見て左手、北東部に位置する高層アパート群にはとりあえず灯りはある。林立するそれらの計画住宅は、一九七〇年代に建設された。だが右手の建物はどれもシルエットでしかない。どれも屋根の、シルエットでしかない。工場街だった。以前はずっと晩(おそ)くまで稼働していた。しかし、それははるか以前、ソビエト連邦時代のことだった。おおやけにはされていなかったが、国防省からの注文を受けて、その工場街は戦車や、自動小銃の類いを大量生産した。軍需製品を組み立てるために、機械工場はフル操業をつづけた。いまは、そうした需要がない。新しいロシアの資本主義はその地区に潤いはもたらさない。

潤いは、違うマーケットにもたらされた。

潤いは、ブラック・マーケットにもたらされた。

たとえば、塀のこちら側に。この邸宅の。

日が暮れて邸宅の主人が戻る。二台の車が正門の前に停まる。ボルボとＢＭＷで、後者のウィンドウには黒色(スモーク)処理が施されている。詰め所に立っている門番が、その二台を確認してゲートを開ける。手もとで操作して。

ゲートは滑るように開放されて、ボルボとＢＭＷを受け入れ、閉じる。

玄関前の車回しまで通じている舗道を、二台は列(つら)なって徐行する。四十秒後、ボルボの前輪が、ガタン、となにかを踏む。凸起(とっき)を踏む。舗石に擬装されて、大胆にしかけられた装置を。敷設されていたものが、起爆した。その瞬間、ボルボの運転手は穴だらけの道に陥(お)ちたかのように感じて、いや違うな、乗りあげたのか？　と考え直して、だが思考が終わらない間に吹き飛ばされている。運転席もろとも、真上に。ボンネットまでがいっきに飛ぶ。

後続のＢＭＷが急停車する。

助手席と後部席から計三人の男が飛びだす。ドアを蹴り開けるようにして、ＢＭＷの車内から飛びだし、ばらっと散る。一人は耳覆いをあげた帽子（シャープカ）をかぶり、他は短髪、毛皮のコートを着ているか高価なダークスーツ姿だが、前のボタンは三人とも必ずはずされている。そこに、手がさしこまれている。一人は短機関銃を取りだし、他はホルスターから拳銃をぬいて、構える。しかし動揺している。ボルボの、爆破されなかった後部から、生きのびた二人が転がり出る。血と、悲鳴。

意味のない号（さけ）びを漏らしてボルボの生存者は這う。

ＢＭＷの運転手が機転を利かせたかのように、リアシートの中央にこの邸宅の主人を乗せて、いきおい後退（バック）する。前庭の地獄絵から、逃れようと意図する。

突然、邸宅の内部の灯りが全部、消える。

まるでブレーカーが落ちたかのように、そこにあった邸宅が、闇に沈む。

邸内では微かな爆発音があったが、表にいる人間たちには聞かれない。

ただ動揺を加速させる。

一人、ＢＭＷから飛びだしてきた男が、なにをどう攻撃していいか判断できずに、だが条件反射的に走りだす。前庭の舗道をはずれて、迂回しながらポーチをめざして、襲撃者を捜して。すると、左足に違和感をおぼえる。男はレスリングの元競技者で、発達した筋肉の持ち主で、そのキャリアから護衛に起用されていた。牽制（フェイント）だ、と男は現役時代の試合における最悪の失態を想い起こして、怖気（おぞけ）立つ。この瞬間、男の左の足首はワイヤーを切っている。地上およそ十センチの高さに張られた、しかけ罠の起動のワイヤーを。なにかが横手からヒュッと飛んできて、男は刺される。

「組長（ヴォル）、おやすみ」

ズタズタに刺される。

男が手にしていた短機関銃が、死にむかう激痛と全身の硬直のさなかに、無意味に乱射される。

這っていた仲間が被弾する。

ＢＭＷはゲートまで後進した。運転手はウィンドウを下ろして、詰め所の門番に、「開けろぉ、さっさと開けろぉ！」と怒鳴る。門番はしかし、応じない。門番は詰め所の内側で倒れている。喉を切られて。

真横に、一文字に。

運転手は詰め所に門番の影がないことだけを見る。降車して自分でゲートの開閉を操作しようとも思うが、銃声を聞いて、思わずアクセルを踏む。いったんゲートにまともにバンパーを衝突させて、それからギアを入れ替えて前進する。

庭を照らしていた電灯が、一つ、また一つ、消える。カシャン、という炸裂音を立てて、それは消える。なにかが電灯を割っている。邸宅につづいて、その敷地もほぼ闇に沈む。

それから正確な銃声が、一度。

二度。

三度。四度。……七度。

誰かが弾倉を交換する。まだ残弾がある弾倉を捨てて、フルに詰まった弾倉と交換する。ＢＭＷが出口を求めて迷走しているのを認めて、その誰かは敏捷に移動する。単にすばやいのではない、事態の先を読んでいる。

それから、銃声がふたたび連続する。フロントガラス越しにＢＭＷの運転手の額を撃ちぬいた銃声、立ち木に激突するように止まったＢＭＷの後部席から、飛びだしてきた人間の腰を狙った銃声、続けざまに頭を狙った銃声。

静寂。

ただ一人の誰かが動いている。その誰かはまだ両手で拳銃を構えている。まだ消えていないＢＭＷの前照灯が、わずかに輪郭を照らす。横顔を明らかにする。見事な白髪だった。それも年古(ふ)りて色素の失われた老人の、白い髪をしていた。ほんの二週間前には、森の奥にいた。隠退して猟師小屋に暮らしていた。だが老人が構えるのは、ただの猟銃ではない。老人が手袋をして構えるのは、軍用の9ミリ自動拳銃だ。

老人は死体に歩み寄る。

最後に射殺(いころ)した人間のそれに。この邸宅の主人の、死体に。老人は、その死体の上半身を裸にむいた。確認した、死体の左肩に大きな十字架の入れ墨が、右肩には髑髏(どくろ)の入れ墨が彫られているのを。

絵柄が彫られた場所が、この人物がロシア・マフィア界の権威者であることを……認められた〈大物〉であることを証していた。

入れ墨はたしかに首領格の証明だった。ただし、ソビエト体制下に生まれた、旧いマフィア世界の。

老人はその証しを確認して、穏やかに笑った。ほとんど無表情すれすれの、ほほ笑みだった。そして囁いた。「組長(ヴォル)、おやすみ」と。

「組長(ヴォル)、おやすみ」

老人は時間を無駄にしない。二分後、老人は邸内にいる。すっかり灯りが落ちている、邸宅の内部（なか）に。リビングにはカード・ゲームでたわむれている最中に殺された巨漢の死体が二つ、その背後のソファには化粧の念入りな、派手なドレスを着た若い女の死体が一つ。ただし、新鮮（フレッシュ）ではない……一時間前には殺されている。

廊下に死体が、あと一つ。

老人はリビングの裏側に設けられた、すこし隠し部屋めいた警備室に入る。

若者が一人、そこにいる。生きている。しかし、怯えている。凄い汗を流している。顔じゅうから、頸部にかけて、だらっだらっと。椅子に腰かけて、どこか無理をしているような体勢で、背筋をのばしている。

そんなに暑いなら、と老人は言う、セーターを脱いだらどうだ?

動けない、と若者は答える。

脱いだらどうだ? と老人は再度言う。

必死の表情で若者はうなずいて、こわごわ、セーターを脱ぐ。空挺部隊が着るような横ストライプのシャツが、その下から現われる。

若者の後ろの壁は、十個ばかりのモニターで占められている。監視カメラの映像が、そこに映る。あるいは映っていない……死んでいる画面もある。若者は録画装置を操作できる位置にいて、また、外部からの連絡に応じる通信機も持っている。

老人が、きちんと異状なしを告げたみたいじゃないか、と若者の労をねぎらう。

ちゃんとやりました、と若者は言う。はい、はい、ちゃんと——。

偉いよ、と老人は答える。

「助けて」と短く、若者は懇願する。若者は椅子に座っていたが、実際にはクッションのように、彼の臀部と座席とのあいだに挟まっている異物（もの）がある。それは手榴弾で、しかもピンは抜かれている。かわりに、若者の尻が安全レバーを抑えている。すこしでも動いて外（ず）れれば、じきに爆発する。

老人はモニターの壁にむかう。数秒で、全部の画面を……あるいは画面の死を、確かめる。若者はずっと汗をかいている。真横に老人がいるが、むき直ることもできない。録画装置のあたりで、ピーッ、と粘着テープをはがすような異音がする。「これだけの設備がありながら、まったく」と老人は独りごとのように言う。若者はその言葉だけを聞いて、まったく、なんだ？　と恐怖のただなかにも思う。

「アマチュアだよ。君たちは全員、アマチュアだ」若者の思いに答えて、老人ははっきり言う。以前にも一度聞いた、ピンを抜き放つ音が、一、二、三……回、若者の耳に入る。

え？　と思う。

老人は警備室を出る。立ち去りぎわにふり返り、本当にシンプルな動作で、若者の頭部に9ミリ弾を叩きこむ。拳銃を撃っている。若者はのけぞって、倒れて、その臀部にあった手榴弾を爆発させる。それから、一秒ほど遅れて、監視カメラの録画装置にしかけられた三個の手榴弾が、連続して爆発して、記録を消す。

二分後、老人は邸宅の裏庭にいる。

背の低い、灰色の、鉄筋コンクリートの建物がある。金網の扉を有した個室が連なるが、それは動物用のケージだ。幾つかの扉は開いていて、幾つかは閉じている。この建物にいたるまでに、老人は四頭のドーベルマンの死骸を認めた。毒殺されていたが、そもそも毒餌を巧妙に撒いたのは老人自身だ。しかし、犬舎にはまだ生きているイヌたちがいる。成犬は残らず始末してあったから、成犬ではない。

吠えている。ちいさな声で。金網越しに老人は眺める。

三十秒ほど観察して、うなずき、老人は扉を開けてケージの内側(なか)に入る。そして、仔犬たちをさらう。

翌日、邸宅の襲撃はメディアによって報道される。だが、その段階では当局の発表をなぞっただけの、曖昧なニュースでしかない。週末に、これはもっとセンセーショナルな事件として、反主流系新聞の一面に取りあげられる。いっさいは「対立組織の仕業」であると見出しが煽った。銀行を二つ、ホテル・チェーンを三つ、さらに多数のレストランを支配下に置いた大型犯罪組織の組長(ヴォル)の屋敷を襲ったのは、「爆殺を得意な手段」とする集団に違いない、と断言した。それから、軍の倉庫から武器を盗んで売却する集団について、かなり扇情的な解説を加え、この極東の大都市での利権をほぼ掌中にしていた組長(ヴォル)を狙った犯人像をじわじわ炙(あぶ)りだした。結局、記事はこう結論していた。シベリアが果つる地の闇社会においても、ついに新旧二大勢力である「ロシア・マフィア対チェチェン・マフィア」の抗争劇がはじまったのだ、と。

一九四四年から一九四九年

イヌよ、イヌよ、お前たちはどこにいる?

一九四四年の初頭(はじまり)の四十日間、いまだキスカ島にいる。しかし、七頭しかいない。この年の一月二日に、一頭欠けた。死んだのはエクスプロージョンだった。仔犬たちを産み落とすために外科手術を受けたこの雌のシェパードは、苛烈すぎるアリューシャン列島の冬を越せなかった。五頭を無事に出産してからの六、七週間、すなわち授乳期間には気丈に育児に専念していたが、本格的な離乳がはじまるや、たちまち衰弱した。そして、この年のこの日の未明に、事切れた。

死の以前にエクスプロージョンの出自は判明している。前年、日本軍がキスカ／鳴神島からの全員撤収の第二期「ケ」号作戦を実行する際、たとえば工場、車庫、弾薬その他の島に残る軍需品は爆薬がしかけられて焼き払われた。だが、徹底はできなかった。時間が足りなかったのだ。キスカ／鳴神島守備隊の五二〇〇名余が、わずか五十五分間で救出艦隊に乗りこまねばならなかったのだ。そして、彼らが携えてゆけた私物もわずかで、だから宿営地には手帳や、日記類、もろもろの書類が残された。むろん、重要な機密文書は燃やされた。しかし、全部の始末はつけられない。

島を奪還したアメリカ側は、上陸部隊付き情報部に、ただちにこれらの「ドキュメント」を翻訳させた。エクスプロージョンがもともとアメリカ側の軍用犬であり、このキスカ島で日本軍に奪われたのだという事実は、以下に類する複数の記述からあきらかになった。無線電信所ニ勤務シタル、米海軍ノ一等兵曹（捕虜ナリ）カラ引キ継ガレタリ。名ハエクスプロージョンナリ。この記録は、第十三海軍管区下のアラスカ防備軍に照会された。

こうして、エクスプロージョンはアメリカ籍の軍用犬に戻った。

他のイヌはどうだったか？　もちろん、全頭、米軍に所属はしていた。ここで餌を与えられて、飼われていた。だがアメリカ籍の軍用犬と呼ばれるまでにはいたらない。五頭の仔犬はこの地の駐留部隊の愛玩犬（ペット）ではあっても軍用犬ではなかったし、シェパードの正勇と北海道犬の北は、軍用犬としての立場だけで見るならば日本籍で、すなわち「捕虜」あつかいだった。

だが、それは悪いことではない。

彼らは陸相東条英機が示達した『戦陣訓』のなかの、生キテ虜囚ノ辱（ハズカシ）メヲ受ケズ、なる訓（おし）えを真に受けてはいない。正勇と北は、とりたてて辱めを受けてはいない。正勇と北の二頭は、エクスプロージョンがどのように英語の指示（コマンド）に応えているかを観察して、わずか一、二週間で同様の動作（ふるまい）をおぼえて、キスカ島に駐留する米兵たちの言葉にほぼ正確に反応した。だから、可愛がられた。辱められるどころか、もてなされた。

そして一九四四年の二月十日、イヌは七頭いる。その七頭は、約半年間の駐留勤務を終えて転戦する部隊とともに、キスカ湾に入ってきた輸送船団に乗りこむ。

戦争の世紀／軍用犬の世紀／二十世紀。イヌたちは、ただ戦場で殺し、殺されただけではない。奪い、奪われた。じっさい、しばしば前線において鹵獲(ろかく)されていた。戦闘訓練を受けて、犬種としてもさまざまな開発・改良を加えられたイヌたちは、重要な秘密兵器だった。一九一〇年代、ドイツは自国にいなかった牽引用の軍用犬、マスティフ種を征服したベルギーの全土からかき集めた。東西の戦線で、ヨーロッパ列強の軍隊は「自軍に属さないイヌたち」の強奪に奔走した。一九四〇年代、この第二次世界大戦の間(かん)も、事態はまるで変わらない。たとえば、依然として軍用犬先進国のドイツは、フランスを降伏させるまでにフランス側の軍用犬をほとんど寝返らせていた。

キスカ島の七頭は、本土移送の対象となる。二頭は、前線で鹵獲された「捕虜」犬として。残る五頭は、これから調教を受ける軍用「候補」犬として。なかでも仔犬たちに関して、海兵隊付きの軍用犬育成部員が強い興味を示した。アメリカ籍の純血種のシェパード（エクスプロージョン）と、軍用犬の分野では一日(いちじつ)の長があると認めざるを得ない日本側が戦地に投入していた純血種のシェパード（正勇）とのあいだで、どれほどの資質の二代めが生まれたのか？それを確認するための、本土移送の要請だった。

この後、順調にいけば、海兵隊の基地で訓練しなおされ、七頭はいずれ残らずアメリカ籍の軍用犬となる。

「捕虜」でも「候補」でもない、それに。

輸送船団に乗りこんだ七頭だが、イヌのための船室や、寝床は、用意されていない。とりあえず艦橋(ブリッジ)に鎖でつながれた。このとき仔犬たちは生後四ヵ月弱で、かなり怯えた。もちろん、イヌの感情は無視されて、輸送船団は出発した。最初にウナラスカ島のダッチ・ハーバーに寄港する一隻に、イヌたちは乗せられていた。その予定航続距離、七〇〇キロ超。

滑りだしの、四キロめで完全にキスカ湾を抜け、七頭は永久にそこを去る。

イヌたちはそれから、酔う。

ひどい船酔いだった。船舶は、アリューシャン列島の弧に沿って、太平洋の北端を、東に、東にと進航している。だが、船体は西にも、南にも、北にも揺れる。アリューシャン特有の天候に、翻弄されつづけた。海上、わずか十メートルかそこいらに雲があり、激烈な暴風雪がデッキに叩きつけた。しかも、空模様は急変して、また急変する。まず、仔犬たちがダウンする。嘔吐して、慄え、ひとみは虚ろだ。これはどういう懲罰なのか？ 酔うことの意味がわからずに、五頭は神経をやられる。それにつづいたのが北海道犬の北で、七頭のうち唯一ジャーマン・シェパード種ではないこの成犬は、一等症状を悪化させる。ただし、残る正勇は、平然としていた。以前にもアリューシャンに渡った記憶があった。このように輸送船だか駆逐艦だかに乗り、北方軍北海支隊の一員として、はるばる陸奥湾から渡航してきた体験の記憶が。その経験値が、体調を崩すのを抑えた。もちろん、北にも同様の記憶があるはずだが、いまは役に立たない。

北は神経をやられている。

北は、ウナラスカ島をめざしたこの航海で、酷すぎる環境に置かれたイヌが時おり示す鬱ぎの状態になったのだと、艦橋にいる人間たちからみなされる。

抑鬱症。おちいれば、イヌは生きる意欲をうしなう。

すべて船酔いが原因なのだ、と人間たちはみなした。なにしろ、引き揚げと転戦の部隊に所属する相当数の米兵が、同じ船舶のあちらこちらで吐き、呻き、自分のやら他人のやらの吐瀉物にまみれていたのだ。しかし、診断は間違っていた。たしかに北は、酔いはした。だが、北が具合をそこまで悪くしたのは、単なる船中りでは全然ない。出発に先立ち、キスカ島にいる間に打たれていた狂犬病のワクチンのせいだった。本土移送のプランが現実化するやいなや、イヌたちには、ワクチン接種が義務づけられた。陸軍航空隊の物資補給班が、通常任務のかたわら、送り届けていた。むろん、接種自体に問題はない。しかし、北にとっては生まれて三度めの注射だった。そして、前回の接種は海軍のイヌとしてキスカ／鳴神島に渡る直前で、すこし間隔が短すぎた。副作用は、出た。

接種過剰だったのだ。北は発熱し、北は倦怠感に襲われ、北は食欲のコントロールができず、北は苦悶した。北は鬱ぎ、北の容態は誤診された。

ウナラスカ島のダッチ・ハーバーに着いて、他の六頭とともに降ろされたとき、北は海兵隊のアリューシャン駐留部隊には渡されなかった。「こいつは駄目だよ。本土には運ぶな」と言われて、他の六頭から引き離された。

他の六頭が、ダッチ・ハーバーの常駐部隊の手を経てノースカロライナ州のルジューン基地に搬送されるのを見ることもできず、北はウナラスカ島に残る。

残される。

北だけが、いまだアリューシャンにいる。

快復はしない。抑鬱症と同視される、その症状。生に執着しない姿勢。だが、処分されもしない。わざわざ、イヌを殺しはしないのだ。軍が使用する係船場の、倉庫のかたわらに、番犬さながらにつながれた。

北よ、北よ、お前はなにを感じる？

もともと血統のよさを認められた軍用犬だった。事実、逞しい体軀をしている。選び抜かれた一頭だった。訓練期間には、警戒から襲撃、負傷兵の捜索から救助まで、多様な任務を学んでいた。そして実際の戦地に送られたが、そこでの任務はいったいなんだった？ キスカ／鳴神島で、与えられたのは毒味係だ。人間のかわりに野草を食(は)み、食用しても死なないことを生身(からだ)で示す。ただ……それだけだ。もちろん任務は重要だった。北が、その毒味を担当したからこそ、通常の食糧補給すらままならない在アリューシャンの占領地で、キスカ／鳴神島守備隊の壊血病は防がれていたのだから。しかし、忠誠を誓ったその主人らは、「ケ」号作戦により全員退却した。北と、その他三頭を置き去りにして。それから、同類との日々がある。名前を持たない無人の島での、解放の時間だった。無時間だった。その後に新しい主人が来た。彼らは餌を与え、英語の指示(コマンド)を習得した北を可愛がった。この主人を北は信じた。

北はイヌだった。

だから、北は信じたのだ。

そして現在(いま)、北は病み、北はここにいる。主人たちはいない。見知った主人は一人もいない。また捨てられたのだ。また置き去りにされたのだ。同類たち……島での同胞(はらから)たちとも切り離された。ドウシテダ？ 北は唸る。悪寒にぶるぶると震えながら、疑似狂犬病を発症したかのように、唸る。コンナ目ニ遭ウノハ、ドウシテダ？ 主人は現われては消える。忠誠心を植えつけられては、無残に見捨てられる。選り抜きの軍用犬としての訓練にすら、価値は孕まれていなかった。無価値だった。そして病み、そして鬱(ふさ)がざるをえない。

オレハ、ナンノタメニ生キテイルノダ？

絶対的な無気力。その港湾にいて、ほとんど外界は北に認識されない。北はひたすら、悪夢の内側(なか)にいる。現実がすなわち夢界となる。

それでも餌は与えられた。それでもむざむざ、餓死はさせられなかった。

北は認識しないが、一人の青年が、もっぱら北の面倒を見ている。彼は二十二歳、航空隊の地上勤務員だった。一九四二年に徴兵された。愛犬家で、だから世話した。具体的には、北の外見が青年の興味を惹いた。生まれ故郷ではついぞ見かけたことのない犬種で、と同時に、サモエドやマラミュートといった「北方犬」種ともずいぶん違う。青年は、そもそも和犬（日本在来犬）を目にするのが初(はつ)だった。立ち耳、巻き尾のスピッツ型で、しかも北海道犬は本来、羆(ひぐま)猟に用いられるほど精悍にして勇猛だ。その雰囲気は、確実に風貌に表われている。これはどういうイヌなのか？

青年は物珍しさゆえに、日に二度、北のもとを訪れる。

北は死なない。

体力は恢復して、しかし、いまだ精神を病みつづけているかのように夢界にいる。意識は悪夢のただなかに在(あ)りつづける。

一九四四年四月、北の前に二人の人間が立つ。一人はいつもの青年で、いま一人は航空郵便飛行機の操縦士をしている、三十歳の男だった。操縦士は、凄(すげ)えな、これはおれもはじめて見るイヌだ、と言う。操縦士はいろいろ、観察する。その横手で青年が、なんだかかわいそうな奴でさ、と説明する。なんとはなしにここに置かれてる、こんな毛布二枚が、犬小屋がわりで。ここ、アリューシャンだっていうのになあ。

あんた、本当に飼うことができる？

訊かれて、操縦士が顔をあげる。ああ、もちろん。

気に入った？

もちろん。うちの郵便局の犬舎に入れるよ。おれは、いろんなイヌ、一頭ずつ揃えるのが好きなんだ。これだけ珍しいイヌだと、自慢できるぞ。

良かったなあ、と青年は北に言う。お前には友達だってできるぞ。郵便犬の。

三日後に、操縦士は再度現われる。今度は軍の事務所で、北を引き取る簡易手続きを済ませている。ただ、一枚の書類にサインするだけだった。それから北は飛行機に乗る。それから北は、配達され終わった郵便物の空所(スペース)に積まれて、機上のイヌとなる。

数百通の郵便物のかわりに、一頭の北海道犬の重さが航空郵便飛行機に載る。

北はしかし、まだ夢界から帰還しない。船酔いの航海から二カ月後に、アリューシャン列島の弧の東端部を「飛行」しているのだと、まるで理解しない。しかし、奇妙な重力と、機体ならではの揺れは感じた。

機首はアラスカ半島にむいている。アンカレッジをめざしている。

一九四四年、アラスカはまだ州ではない。単なる準州あつかいの、辺境だった。しかし、その大地はアメリカ合衆国の領土の、ほぼ五分の一を占めていた。そこでは夏、太陽は北北東から昇って北北西に沈み、冬、太陽は南南東から昇って南南西に沈んだ。

最初、北は郵便局の犬舎に飼われている。刺激はある。同じ敷地に、セッターがいて、ボルゾイがいて、マラミュートがいて、シベリアン・ハスキーがいて、グリーンランダーがいて、ブル・マスティフがいる。しばしば、威嚇されて匂いを嗅がれる。すこしずつ、北の現実認識がはじまる。しかし、その後の三ヵ月、大きな動きはない。

七月二十二日に操縦士がフェアバンクスで強盗に撃たれる。

撃たれて死ぬ前日、操縦士は古い友人に、おれのイヌたちを見に来いよ、と酒場で語っていた。今度アンカレッジまで来いよ、お前なら価値がわかるだろう? その友人の父親は、アラスカの「郵便世界」では伝説の男だった。犬橇郵便のパイオニアだった。この地がゴールドラッシュに沸いていた四十年前から、鉄路や、当時のエンジン付きの乗り物では配達不可能な僻地、内陸部に点在している孤立した村々に、犬橇を駆って郵便物を届けていたのだ。操縦士はいわばこの伝説の男を何度も表敬訪問して、同年代の、彼の息子と知りあった。物心ついたころから父親の後ろ姿を見て育ち、犬橇に乗って遊び、犬舎でイヌにつつまれて寝ることもあった息子は、すっかりイヌの目利きだった。当然のように長じるや自らもマッシャー（御者）として犬橇を駆り、地元のレースで数回優勝していた。それらの賞金と、罠猟師としての収入で生計を立てていた。

操縦士の死の一週間後、友人のマッシャーは約束どおりアンカレッジを訪れる。そして郵便局の犬舎に足を運んだ。操縦士が自慢にしていたイヌのコレクションは、じつは、残された同僚たちの手にあまっていた。郵便局員たちは、使役犬にするにも愛玩犬にするにも、二、三頭でじゅうぶんだったのだ。そこに故人の親しい友人だったマッシャーが現われた。それで、話を持ちかけた。

わかった、とマッシャーは言った。橇を牽(ひ)けるだけの素質がありそうなイヌなら、おれが引き取ろう。

八月、北は操縦士の遺産の一部として、フェアバンクスの北西数十キロの、人里離れた場所に移された。

キスカ島を発ち、半年が経っていた。緯度はさらに高くなった。北極圏が近い。北よ、北よ、お前はなにを感じる? お前の名前がその宿命(さだめ)を暗示していたかのように、お前は本物の北にいる。お前は訓練を受ける。橇犬としての正しい歩様(ほよう)、プルカと呼ばれる練習用の橇の牽きかた、さまざまな訓練を受ける。ソウダ、コレハヒサビサノ訓練ダ、とお前は思う。オレハ任務ヲ教エコマレテイル。お前の内部(なか)で、なにかのスイッチが、かちり、と押される。お前とともに引き取られてきた数頭の「郵便犬」が脱落して、しかし、お前は落ちこぼれない。つらさなど微塵もない。厳しい調練は、むしろ懐かしい。

それからだ。冬になる。ハーネスを付けられて、お前は走る。主人の乗る橇の前を、他のイヌと調和して……その歩幅(ストライド)をあわせて、走る。橇犬見習生から、本当の橇犬の一頭になる。チーム内の階級制度を理解して、先頭のリーダー犬にしたがい、走る。それこそが任務なのだと、お前は了解する。

北の主人であるマッシャーは、次の競技会でも優勝を狙っている。いまだ戦時下だったが、アラスカでこの伝統あるレースに中止(ストップ)をかけて住民たちの反感を買うほど、政府は馬鹿ではない。だから本番さながらの練習を欠かさない。マッシャーは、一日も休まず、すなわち橇犬たちを休ませない。一九四五年二月、それは白熱している。主人と、そのイヌたちは、ほとんど旅に出ている。アラスカの白い世界のまるで半分かそこいらを旅した。北は、旅した。無彩色の風景をむさぼった。それからスプルース樅の樹々、自分と同胞が吐いている白い息、いまでは大河は凍りついて、いっさいが整備された犬橇のルートだ。

二月十七日、事件は起きる。その地域で、雪は深い。唐突に、橇が転倒した。イヌたちが悲鳴をあげた。恐ろしいものが現われた。豪雪ゆえの飢餓状態に陥ったヘラジカが、有無を言わさずイヌたちに躍りかかっていた。横手から、ハーネスに縛られたイヌたちに。ヘラジカは雌で、体重は七七〇キロを超えていた。極限まで飢えて、好戦的になり、野獣だった。リーダー犬が殺され、さらに二頭が殺された。この瞬間、ふたたび北の内部でスイッチが、かちり、と入る。がちり、と押しこまれる。他のイヌたちが逃げ惑うなか、北は目覚めた。

攻撃しろ。

それは本能の声だった。北は、軍に所属して叩きこまれた襲撃訓練を、いまこそ思い出している。コレダ、と北は極度に高ぶりながら理解している、コレダッタノダ。アノ島デコソ行ナウベキダッタ任務ハ。北は身震いして吠える。ココデ果タス。ココデ生キル。オレハ生キテイルノダ。

夢界から完全に目覚めて、北は動いた。ハーネスは弛んでほぼ外れていた。跳躍した。圧倒的な体重差を有する敵に、まるでひるまない。死闘がつづいた。蹄をかわして、喉笛を咬む。血を流したのはヘラジカだ。絶叫をあげたのはヘラジカだ。死闘は三十分つづいて、北はほぼ無傷で勝利する。

犬橇の側の、犠牲は三頭。傷を負ったものは六頭。逃げだしたのが一頭。橇は半壊した。

それから猛吹雪が来て、北は遭難しかける主人をそのからだで温める。凍死させないように、自分のからだで。生き残った同胞が北のまわりに寄り添う。

イヌよ、他のイヌたちよ、お前らはどこにいる?

大戦が終結する前に、北は橇犬としての地位を獲得した。アラスカの雪原で。ならば、ダッチ・ハーバーで北と別れた、他のイヌたちは? それらは軍用犬でありつづけた。戦時はむろん、その後も。しかし、戦後まで生きているのは一頭だけだった。他は太平洋のあちらこちらで散った。具体的には、マリアナ諸島とフィリピンと硫黄島と沖縄で戦死した。

一九四四年二月にダッチ・ハーバー経由で米本土に運ばれた六頭、すなわち「捕虜」犬の正勇と生後四カ月の純血シェパード種である軍用「候補」犬の五頭は、海兵隊基地内の、広大な訓練センターに住まわされた。六頭は、予定された筋書(シナリオ)どおりにアメリカ籍の軍用犬となった。偶然だがエクスプロージョンと日本側の軍用犬(正勇)が交尾(つが)って、結果的に、すばらしいブリーディングが行なわれた。仔犬たちは、当たり前だが種の標準に適い、いびつな部分はすこしも見られなかった。それどころか、優秀な血は活性化されていた。日米両国の軍用犬開発技術の最先端の、利点(プラス)ばかりを受け継いだかのようだった。あらゆる能力が試されたが、五頭とも、その成績はA級だった。おまけに、正勇が期待されていた以上の才能を発揮した。この親は、米軍の調教にたちまち慣れた。自分がアメリカ籍となるための移民審査を受けていることを悟り、豊かな資質を十全に示した。父子(おやこ)は、およそ二カ月、起居をともにした。

軍用犬として一人前と認められるには、年齢の条件もある。幼すぎてはならない。五頭が最前線に投入されたのは、だからこの年の秋、およそ十二カ月の犬齢となってからだった。それまで、徹底した教練を受けた。見張り、偵察、攻撃、補給の任務を理解した。疑似戦場の、爆発音と煙と炎に慣らされていた。有刺鉄線をくぐり抜ける技術も習得した。最優等のイヌ、との評価を携えて五頭は太平洋の島々に渡った。正勇は、わが子らに何カ月も先立ち、戦地に配備されていた。いまでは日本軍を襲うのに、躊躇はまるでない。

一九四三年の後半から、アメリカは太平洋海域で大いなる攻勢に出ている。同年十一月一日にソロモン諸島北部のブーゲンビル島に上陸、やがて日本海軍航空隊基地の置かれたニューブリテン島のラバウルを陥(お)とし、赤道以北に戦いの場を移した。一九四四年二月にマーシャル諸島およびトラック諸島を猛攻、六月十五日にはサイパン島に上陸し、二カ月かけてマリアナの島々を陥落させた。そして米軍はフィリピンに進攻する。レイテ島での地上戦があり、日本軍は大敗する。ルソン島での消耗戦がある。時は、すでに一九四五年だ。硫黄島での壮絶な地上戦があり、ついに戦場は沖縄に移る。

いったい、何人が死んだのか。

そして、イヌは何頭？

何万頭だ。太平洋海域で、何万頭もが。そのなかに、あのイヌたちがいる。あの六頭がいる。つぎつぎ、殺された。前線に散った。一九四五年八月、ひとつは「少年(リトルボーイ)」と名付けられたウラニウム爆弾、もうひとつは「でぶ(ファットマン)」と命名されたプルトニウム爆弾の二発が日本の本州、九州に連続して閃いた後で、生き残っていたイヌはただ一頭だった。

正勇ではなかった。正勇の子だった。正勇とエクスプロージョンの交接（まぐわい）から生まれて、死産にならなかった四頭の兄弟姉妹がいたが、いまは、いない。そのイヌだけが無傷で帰還した。米本土に。太平洋の西側から、太平洋の東側に帰った。そのシェパードの名前は、バッドニュース、だった。雄犬だった。

戦勝国となったアメリカで、軍用犬の開発はつづけられる。飼育場は、維持される。なにしろイヌは役に立った。つぎの戦争に備えて殖やさなければならない。もっと強いイヌを、もっと資質にあふれたイヌを。そのために、現役の軍用犬から「種犬」が選ばれる。最優等の雄犬として、バッドニュースが、交尾の権利を与えられる。

美しい雌犬たちに後ろからまたがる、権利を。

そしてアラスカには北がいる。

一九四五年に、北はリーダー犬となる。犬橇のチームの内部（なか）で、不可侵の権力を持つ。主人のマッシャーは、北を親友としてあつかい、心から信頼している。なにしろ、そのイヌが彼の生命（いのち）を救った。一人と一頭のあいだに、強固なきずなが結ばれて、まさに以心伝心の間柄となる。主人はそもそも才気煥発なマッシャーだったが、北というリーダー犬を得て、よりレースに勝てるようになる。北はむろん、橇用の犬種の標準ではない。しかし、強い。日に四度、練習の前後、主人にアルコールで全身をマッサージしてもらい、疲労とは無縁に生きて、全力で任務を果たす。この冬、そして翌年の冬と、複数の競技会で記録的な勝利を収める。主人は覇者として知られ、北は、アラスカ／北極圏にこのイヌあり、と呼ばれるようになる。アラスカ／北極圏の、いちばんの著名犬となる。

当然だが、北はどんどん子供を作るよう、主人のマッシャーに促される。その素質を受け継いだ、優れた血統が、待望されて「種犬」となる。もちろん雌も、筋がいい名犬(もの)ばかりだった。ただし、北と同種のイヌはいない。シベリアン・ハスキー種であったり、マラミュート種であったりした。以前から橇犬用の選択交配は行なわれていて、意図的な雑種の強みも知られていた。いずれアラスカという地は、犬橇競技に特化したアラスカン・ハスキーすら作出する。北が「種犬」となるのは、まっとうな展開(なりゆき)だった。

それに、著名犬の子は高く売れた。北はその種付けで、主人を……あるいは同胞たちをも養っていたのだ。

第二次世界大戦後、アラスカでの犬橇競技はさらに発展する。一九四八年にアラスカ・ドッグ・マッシャーズ協会が、一九四九年にアラスカ・スレッドドッグ・アンド・レーシング協会が設立され、それまでとは桁違いの規模の大会が開催される。参加希望者は増え、血筋のよい橇犬の需要も、増す。

一九四九年、北はすでに一〇〇頭と二十四頭の子供をもうけた。

そして、他のイヌは?

同じ年、バッドニュースが二〇〇頭と七十七頭の子供を作(な)している。軍用犬としての現役はとうに退いたが、その胤(たね)を、あらゆる雌の胎(はら)に播いた。

「ロシア人は死んだほうがいい」

「あの記事はおもしろかったよ、編集長」

「先週掲載したチェチェンの〝殺人列車〟ですね。は・は・は！　あれは大反響でした」

「じつに……じつによく書けている」

「それはもう、真実ですから」

「つまり、実態ということだね」

「われわれはソビエト体制以前から、チェチェンには驚かされっぱなしです。あの分離主義者たち！　あの反ロシア感情！　そうそう、すなわち実態です。本当に彼の北カフカスの地はすさまじい状態で。ロシア連邦からの補助金をわれらが大統領が断ち、石油の採掘と精製のための技術者たちも引き揚げさせたでしょう？　いまやチェチェンには非合法のビジネスに頼る以外、あの〝独立国家〟とやらを維持する途はないらしいのです。だから強盗どもに急襲される血みどろの殺人列車！　は・は・は！」

「君はとても愉しそうだ、編集長」

「単なる一般的なロシア人ということですよ」

「その感性がしっかり大衆にアピールするわけだ。なるほどね……新聞人には欠かせない、と」

「ごもっとも！」

「いい時代だね」

「いい時代です、わたしには。たとえばわたしは、チェチェンの徹底した異教徒の倫理観に、こう、ズンッと腰をぬかす。で、わたしが腰をぬかせば、その〝真実〟が読者に受ける」

「受けているようだね」

「それは、もう。おかげさまで、おかげさまで。数字に表われています。これこそ資本主義です。これこそ自由主義的な、市場経済体制です――数字！」

「反・共産主義」

「いかにも。そして、反・〝赤い全体主義〟ですね。ところで……ところで異教徒といえば、このあいだはイスラムの預言者の入れ墨が殺されましたね？　入れ墨をした大物が？」

「そうなのか？」

「そうです」

「だったら、そうなんだろう」

「あれはチェチェン・マフィアの極東地域での顔役の、側近のなかの側近で。できれば惨殺された現場の……遺体つきの写真なぞ、載せたいものですが」

「君のところに？」

「わたしのところに」

「君のところのタブロイド、『自由新聞』に？」

「その一面にでも」

「諷刺漫画やオカルトの特種（スクープ）や、あるいは宇宙人の遺体の写真をさしおいて？」

「うちの新規開拓の読者層には、その手のは流行りません」

「いいことだ」

「でしょう？」

「そういう写真で、部数はのびるね」と老人は言う。

「ところでここは……ここはずいぶん、にぎやかなレストランで」

「にぎやかなほうが都合がいいよ、編集長」

「ニシンの塩油漬け！　ウナギの燻製！　天塩漬けの牛タン！　選びぬかれた前菜だ。つまり……話を他人（ひと）に聞かれないから、ですか？」

「ふつうに会話をしているかぎりは。ねえ、君、わたしたちは数年ぶりに再会した、年老いた伯父と、その甥っ子に見えるよ。甥っ子はいまでは資本主義の都会（まち）ですっかり成功者の仲間入りだ。そして、わたしは森から出てきて、その甥っ子に歓待されているわけだ」

「……森から？」

「そう。その老齢の伯父は、たとえば森で猟師をしていた」

「おもしろい設定ですね。猟師！　では、われわれのために再度乾杯しましょう」

「乾杯」

「ああ、塩漬けにした豚の脂の薄切り、美味！」

「すばらしい甥だ。わたしをこんな一流のレストランに招いてくれるなんて」

「は・は・は、脱帽！　さて、ふつうの会話をつづければ……先月には鷲の入れ墨が死んで、その前の月には猫の入れ墨が殺されました。悪い猫、です」

「ロシア側だね」

「ロシア・マフィア側です。ロシアの組長（ヴォル）たちです。この七カ月間、抗争は熾烈化の一途をたどっています」

「最初に火をつけたのは、どこかの新聞の、特種（スクープ）だ」

「ごもっとも！　どこかのタブロイドの、すっぱ抜きです。ですが、そこには嘘は書かれていなかった。そこには推測は書かれていましたが、結論にいたるまでに列記された証拠、これは――真実！　だからこその説得力でした。そうでしょう？」

「そうだね」

「そうです。チェチェンを探訪する連載記事も、だから反響が大きい。最初からでしたね、連載の初回から」

「初回か」

「なぜにマフィアが〝ふるさとの英雄〟と化すのか……まあ連中自身は〝祖国の英雄〟と表現していますが、チェチェン特有のこの構図は、なんなのか。ほら、思い出して語っていると、わたしの腰がズンッとぬける。いいですねぇ。もう一杯！」

「飲みなさい」

「ありがとうございます、伯父さん。は・は・は！　なにしろ連中には祖国だった。チェチェンの独立運動に——ロシア連邦からの分離に資金を提供しさえすれば、出所は問われない。余所者を殺して金品を奪う、これは連中の善で、これは連中の英雄行為です！　だからモスクワにいる、あるいはサンクト・ペテルブルクにいる、あるいはエカテリンブルクにいるチェチェン・マフィアが、民族解放のための義賊となる。北カフカスの地で瑕なき〝祖国の英雄〟となる！　この倫理観、この発想！」

「腰がぬけるかね？」

「ぬけます、ぬけます。ズズンッとぬけます。こんな……こんな輩はですね、われわれの理解をぴょん・ぴょぉぉぉぉんと超えています。だから台頭したわけだ、われわれのロシアで、その犯罪世界で、だから一大勢力にのしあがったわけだ。たったの十年間です！　チェチェン・マフィアがモスクワの……なんて名前だったか？　あれだ、モスクワ川の、ユジュニ港だ、あそこで盗難車販売を仕切りだして。以来、たったの十年間！　いや、それよりも短い！」

「ああ。それに関しては、わたしも驚嘆する」

「ほほう、しますか？」

「するね」と老人は言う。

「体制を破壊しましたからね。ソビエトの、裏側の体制を。うん、うん、あなたでも……伯父さんでも驚嘆してしまいますか。じっさい、一九三〇年代このかたの体制は強固だった。マフィアの組長たち、これは牢名主でしてね。つまり刑務所や、強制収容所にいたわけです。そこにはどしどし、政治犯が送りこまれる。この手の反ソビエト分子を監視するのに、国家は組長たちを利用した。マフィアの組織力にいわば頼った！」

「伝統的なロシアの犯罪組織の、だね」

「ご明察！　ここから共産党とロシア・マフィアが即（つ）かず離れず、つきあい出します。ソビエトの社会体制はそのように、裏と表で維持される。汚職まみれの官僚マフィアも誕生する。は・は・は！　まさに堅牢無比、であります。これならば地下経済は永遠（とわ）にロシア・マフィアに牛耳られるはずだ、とわたしは……わたしは若い時分には労組機関紙の『トルード』の記者をしていたのですがね、思っておりましたよ」

「わたしと同様に、だ」

「思っておりましたか？　では、三度（みたび）乾杯」

「乾杯」

「うぅむ、この古酒の味わいは、美味！　で……なんの話題でしたか、あれだ、しかしチェチェン・マフィアは台頭したのです。驚異的なことに、たったの十年かそこいらで。なにしろこの新興勢力は初めから軍隊さながらに武装していた。手榴弾にバズーカ砲まで携えてモスクワに登場した。しかも強烈な反ロシア感情によっても武装していた！　これにはてこずります。つまり、組長（ヴォル）たちの組織がてこずります。旧いマフィア世界が、動揺します。いままでのロシアの闇社会の仁義（しきたり）なんて、全然通用しない！　なんたる厄介な武闘派！　そこで第二幕。組長（ヴォル）たちはモスクワで、レニングラードから市名が旧称に戻ったばかりのサンクト・ペテルブルクで、チェチェン・マフィアの首脳狩りをはじめました。いっせいに縄張（シマ）から駆除したのです。だが、だが、だが！　チェチェンには民族の掟がある。あの〝血の復讐（クロヴナヤ・ミエスチ）〟の。あな恐ろしや！　じきにロシア・マフィアの幹部たちが一人、また一人と暗殺されはじめ……それも機関銃で蜂の巣にされたり、爆弾で吹き飛ばされたりして……あの事件も起きた」

「なにが？」

「十二人殺しです」

「十二人の、なんだね？」

「現在のロシア連邦のですね、真に大物の組長たちが十二人、集まって、会合を開いたのです。もともとソビエト体制が崩壊したときに、ロシア連邦は十二の区域に分かれた。犯罪世界が独自に縄張を分割した。その頂点の、現役だった組長たち十二人です。対チェチェンの作戦会議をやろうとしていました。しかし、この会合は強襲されました。そして十二人は殺されました。は・は・は！　この効率的な大虐殺！　襲撃者はプロのなかのプロですね。もちろんチェチェン側に雇われたはずです。通称だけは、わたしもジャーナリストの端くれとして、突きとめました。大主教——」

「ダイシュキョウ」

「……そうです、そうです。なぜか酔いが醒めますね。なぜか……なぜか。は・は・は！　この襲撃者は、おもしろいことに十二人殺しのすぐ後にチェチェン・マフィアを裏切っている。結局、頭を潰された二つの勢力が残って、〈ロシア・マフィア対チェチェン・マフィア〉の対立はより七面倒なかたちで激化した。成りあがろうとする小物の組長やら、なにやら、おまけにウクライナ系やらカザフスタン系やらの民族派もやたらめったら参入してきた。日ごと週ごと、月ごとに膨れあがるばかりの利益を狙って、わがロシアの西域ではここ何年も血まみれです。そして今年、ついに二大勢力の抗争劇は極東にまで飛び火した」

「と、君のところの『自由新聞』は書いたね。七カ月前に」

「書きましたね。特種でしたねぇ。あれから、ずいぶん愉快なことになった！　三桁の無辜の市民が巻き添えになったのは、ま、不幸でしたが。ですが、チェチェン・マフィアが中古車やガソリン、銃火器の商売を手がけようと極東に進出してきたのは事実――むしろ〝真実〟ですし、それがロシア・マフィア側のパイを奪うことにもなった、これまた〝真実〟です。わたしは、だから、嘘は書かなかった！　記者たちに書かせなかったし、載せなかった！」

「推測を書いたんだね」と老人は言う。

「推測は、書きました」

「そして目下の事態が生み落とされた、ここに。マフィアというマフィアがこぞって防弾仕様の重装備車に乗って、にもかかわらず用心棒ごと派手に吹き飛ばされる」

「推測は、これからも書きます。は・は・は！」

「最近の『自由新聞』は製油所も狙っていると書いていただろう？」

「チェチェン・マフィアが？　製油所の支配を？　いかにも、いかにも。あれはロシア側の神経を逆撫でしたようですよ。ですが、やはり嘘ではない。伯父さん、あなたから渡された情報ではないにしても。ところで」

「どうしたね、わが甥よ」

「あなたはどちらの勢力にも属していない」

「四度めの乾杯をしよう」

「乾杯！」

「ロシア人は死んだほうがいい」

「美味いね」

「そうですねぇ」

「調べすぎないことも肝心だよ。ねえ？ わたしは君に協力しているが、それは君に価値があるからだ。君の載せる記事が、煽るからだ。だから、たとえば、勘違いしたような通称でわたしを呼ぶのは危険だよ。その通称がなにかなんて、わたしに訊いてはいけないよ。ねえ？ 注意は怠らないほうがいい。わたしは君に忠告するよ。君はわたしに金で買われている。それを忘れてはいないね？」

「当然ですよ」

「どうして当然なんだ？」

「なぜにと言えば、生命（いのち）は大切だから、ですね」

「それにね」

「それに？」

「部数ものびる」

「のびますね、資本主義的に！ は・は・は！」

「すばらしい笑顔だよ、君」

「すてきなレストランですね、ここは」

「にぎやかで？」

「きわめて好都合に、にぎやかで」

「時には静かになる」

「……ほう？」

「噂をひとつ」

「はい」

「ヤクザが来るね」

「日本人の、マフィアが？」

「そう。犯罪世界の国際協力のために。いまは、ほら、ちょっとロシア・マフィアの力が強まっただろう？　チェチェンに対して、今月に入ってから反撃に出ているだろう？　そういうのは、どんなものだろうね。均衡（バランス）がいちばん、大事じゃないかね。それでね、噂だよ、ヤクザが来る。そうしたら……これは予言だよ、極東はひとつの巨大な火薬庫にでも、なるかな？」

「では、予言が成就したら、わたしどもの新聞はその紙名を改めましょう」

「いまの『自由新聞』から？」

「そうです……きっと『恐怖新聞』に。乾杯！」

三日後。同じレストラン。ロシア語に雑（ま）じる異物がある。日本語の会話がある。罵声、舌打ち、高笑い、下卑た台詞の応酬。あほんだらァ、もうちっとマシなシャンパン、ねえのか？　なんだお前（めえ）、この甘ったりィのは？　モルドバ物らしいですよ、会長。モル……って、なんだ？　なんでもいいけどな、この味、風邪ひいたときに飲むニッポンの栄養剤に、そっくりじゃねえか。

取り巻きたちの笑い声。

取り巻かれている上座の男。

会長と呼ばれる男は、オールバックにまとめた長い黒髪に口髭を生やし、ダブルのスーツ姿で、腹はコロリと出ている。だが、年齢は四十歳を超えていない。視線は始終、爬虫類的に動いている。

会長、新しい物(モン)です。

おう、コニャックか。

アルメニア産だそうです。

これは、マシだな。あとキャビアな、ちゃんとしたカスピ海のキャビアな。お前(めえ)らも食え。

それから会長と呼ばれる男は、まぁいいところだろ？　お上(かみ)の認めたカジノだってあるしな、だろ？　進んでんだよ、ロシアのほうが、と言う。それから視線の質をふいに変えて、隣席に顔をむける。

「今日はなにしたんだ？」と訊く。

そのテーブルにはいかにも場違いな人間がいる。一見して十代前半の、日本人の少女がいる。それも十一歳か、十二歳か、つまり思春期に入ったばかりの年頃。ぶっきらぼうに、路面電車に乗った、と答える。

少女のわきには顔だちの整った、スラブ系の若い女が座っていて、「わたし、連れていきました」と日本語で補う。

「おもしろかったか？」

「別に」少女はさらに無感動に、父親に答える。

少女は奇妙に太っている。なにかがアンバランスに肥えている。肥満体ではないが、頬と顎には肉がついている。手も太い。どこか、数日前に巨大化したばかりの乳児のような印象を与える。

少女と、ロシア人の女のテーブルには、パイナップル・ケーキとリンゴの葛湯とトナカイ肉のステーキとピロシキという、あまり調和を感じられない料理の数々を盛った皿がひしめいている。そして、デザートにも、肉にも、中途半端に手がつけられている。

「ふぅん」と父親は答える。「まあ、あしたも、ソーニャの姉ちゃんに案内頼め」

それから父親の太った日本人(ヤクザ)は、視線の質をじょじょに元のそれに戻しながら、レストランの入り口を見る。そこにグルジア人のガードがいる。二人。どちらも、運動選手の体格をしている。ロシア・マフィアの組織が、日本人の〝商談のご一行〟につけた警護。グルジア人は、ソビエト連邦の初期の時代からロシア・マフィアの世界に——組長(ヴォル)が絶対権威者として君臨する仁義(しきたり)の世界に溶けこんでいる。

あいつら、いい服着ているな、と少女の父親にして会長と呼ばれる男は、言う。

儲けてますねえ。今日見た連中なんて、全員、イタリア製のスーツでしたわ。

それに金のネックレスに金の指輪に、金の腕輪だ。

鼻輪はねえや。

取り巻きの一人が言って、即座に会長と呼ばれる男が、げらげらと笑う。それから、キャビアには三種類あってなぁ、粒の大きさで値段が変わるんだよ、これはでけぇだろ？　と自分のテーブルに視線を戻す。海産物ってのはお宝だよなぁ、ほれ、カスピ海もいちおうは海だろ？　おれたちはこれからそのお宝で商売(シノギ)をやるんじゃ。会長と呼ばれる男は、エビやカニやウニの密漁物のロシアからの輸入について、同時に盗難中古車の日本からの輸出について、復習(おさらい)する。一席ぶつ。日露合弁のビジネスじゃ、合法を装えるシノギだわ、さいわいだったなぁ、ニッポンとこのロシアは、日本海でつながってるからな、ここで足場を固めれば、おい、シベリアの端っこだけじゃねえだろ？

サハリンもありますね。

カムチャツカ半島ってのもあるぞ。オホーツク海の、あの舌(した)ァ嚙みそうな地名の、でけぇ半島が。

あっちにもロシア・マフィアが？

組織があるんだよ。だから親分の、ほれ、組長(ヴォル)ってのがいる。

あちこち進出して、おれら、日露友好っすね。

会長と呼ばれる男は、げらげら笑う。また笑う。将来は薔薇色だよなぁ、お前(めえ)らも夢、見ておけや、と言う。新生ロシアにおいて、どれほど容易に裏金が洗浄(ロンダー)できるかについても一席ぶつ。日露友好、と取り巻きのコピーを反復する。ロシア・マフィアと日本のヤクザよ、団結せよ、かぁ？

げらげら笑う。三度(みたび)。

それから会長と呼ばれる男は、とりあえず第一弾(イッコメ)の商談は、成立したしな、とにやけずに言う。

本家も喜びますね、と取り巻きの一人が応じる。

けどな、と会長と呼ばれる男は言う、このままロシアとのつながり、全部、うちの組が独占(しき)

るわ。

会長と呼ばれる男の語調が、すこし落ちる。声がひそめられる。言う。もうロシアとは兄弟ぶんになったなぁ。完全に非合法ってシノギも、だからやれるなぁ。ここは地球の兵器庫だべ、と言う。旧式の9ミリ軍用拳銃であるトカレフの馬鹿安さ、折り畳み式機関銃の新型カラシニコフの入手しやすさ、なにもかもが〝国際価格〟のほぼ十分の一程度で仕込める現状について、言及する。

ボロいぞ。

取り巻きたちは、ボロいっすね、と声を揃える。

そして、いずれ、北陸はうちの組でもらうんじゃ。

……っすね。取り巻きたちが語調をいちばん下まで落として、応じる。

問題はチェチェンだわ、と会長と呼ばれる男は言う。チェチェン・マフィアだわ、と言う。あれはな、ロシア人から見ると、黒い髪に黒い目ン玉って感じらしいな。色黒人種の黒だと。この黒いの、こっちに乗りこんできてんだわ。モスクワとか西部(あっち)のほうで、シノギとして盗難車(クルマ)を捌いてて、それが日本海に進出してきただろ? たとえば中国人の結社の、ほれ、三合会のボケなんぞとこの黒どもが盃事(さかずきごと)の真似でもやったら、露中友好……じゃねえ、チェ中友好だ。おれたちのビジネスも、なあ? やばいわ。だから、お前ら(めえら)覚悟は、いるぞ。この地域(シマ)からしっかりチェチェンを締め——

異様な気配に、この瞬間、はじめて日本人の〝商談のご一行〟は気づいた。異様なのは、静けさだった。いつのまにか厨房に、人影がなかった。彼ら以外の客は帰っていて、接客担当のスタッフも見当たらない。何名かの日本人（ヤクザ）が、同じタイミングで店の入り口に視線を走らせた。そこにいるはずの警護を見た。警護のグルジア人は床に一人寝ていた。血。喉頭か、頸静脈を切られていた。たぶんナイフで、無音で。片割れはいなかった。いなかった。たぶんどこかで殺されている。唖然として若い日本人（ヤクザ）が二人、三人、起（た）ちあがる。もちろん懐からは銃を取りだす。例のサービス価格で購入したばかりのマカロフを。その刹那、キッチンタイマーらしき音響（もの）が厨房で鳴り、彼らの注意は奪われる。彼らのテーブルの真後ろに、目出し帽をかぶった人物が立っている。左腕には消音装置をつけた短機関銃を持ち、右腕のさきには湾曲した刃（やいば）のナイフを下げている、血に濡れている。それから、一秒を要さずに日本人（ヤクザ）たちの後頭部が続々、撃たれる。ぴゅん、ぴゅん、ぴゅん、としか銃声は響かない。シンプルに、静かに、ほとんど美しいまでに虐殺は瞬時に行なわれて、会長と呼ばれる男のテーブルにはその会長だけが残り、他には隣席の少女と、少女に付けられている通訳の若いロシア人の女しか残らない。目出し帽の襲撃者は会長と呼ばれる男のテーブルの、正面側にまわっている。短機関銃に装着された消音装置の先端は、会長と呼ばれる男の額にむけられている。約一メートルの空間をはさんで、突きつけられている。

　だから会長と呼ばれる男は、動かない。

　動けない。

　若い女が動こうとする。ロシア人の女が、座席から腰をわずかに浮かした。

　襲撃者は右腕に握っていたナイフを、ふしぎな姿勢（フォーム）で飛ばした。その先端が、女の胸部に、ビ、と突き刺さる。心臓は刺さない。だから即座には死なない。女は椅子の背もたれに、串刺しにされている。あ、あ、あ……と言って、しかし喚（わめ）きようもない。あ、あ……、あ。短機関銃の銃口はぶれない。襲撃者は顔を、顔だけを、女のほうにむける。確かめる。

少女を認める。

日本人の少女を。

目出し帽の襲撃者の眼（まなこ）が、はっきり少女を見ている。その奇妙に肥えた少女を。着ているのはブランド物の服ばかりで、髪はいかにも現代風（いま）にセットされていて、そうした金のかかりかた自体がなにかしら不気味に年齢とアンバランスな少女を、眺める。

眺める。

それから、襲撃者は視線を戻して、会長と呼ばれる男にむき直って、その卓上に一枚のカードを置く。

トランプの絵柄で、そこにはロシア文字でメッセージが書かれている。

ロシア人は死んだほうがいい、と書かれている。

会長と呼ばれる男は読めない。

当然、読めない。

「読めないだろう?」と目出し帽の襲撃者は、日本人（ヤクザ）に通じないであろうロシア語で、言う。

「それから、わたしの言葉も、聞けないだろう? それは構わないよ。わたしも日本語は読めない、話せない。おたがい様だ。あとですこしだけ、そこでナイフに串（つらぬ）かれている女に通訳させよう。まだまだ、失血死はしない。わたしはその程度は、計算できる」

会長と呼ばれる男は答えられない。

当然、答えられない。

串刺しの女は、あ、……あ、と呻いている。

「それにしても、お前は愚かだな」と襲撃者は言う。「お前が、ヤクザの、親分だろう？　どうして家族が商談の場にいる？　そもそも、どうして家族がいる？　ヤクザとして危険を考えないのか？　そこまで日本人は、甘いのか？　ロシアでは昔から、マフィアの組長たちや戦闘員に対して、地下世界の掟が〝妻子を持つな〟と強いていた。いうまでもないが、握られたら困る弱みになるからだ。わかるだろう？　わからないか、組長たちの同業者として、親分として？　わからなければ、これから、わかる。お前は人質をとられて、それでわかる。いいか、お前はここでは生命は落とさない。あるいは、ずっと落とさない。しかし、お前の弱みは……家族はわたしとともに、ここから消えるよ」それから、目出し帽の襲撃者はふたたび視線を隣りのテーブルに移す。そこにいる標的の少女に。すると少女は、じぃっ、とばかりに襲撃者をにらみ返している。

にらみ返している。

「指、つめさせるぞ」と少女は言った。

無音の虐殺を展開した人物にむかって、日本語で。

十一歳か十二歳の声で。

一九五〇年から一九五六年

イヌよ、イヌよ、お前たちはどこにいる?

朝鮮半島に十七頭がいる。一九五〇年九月に、それらのイヌたちは揃って上陸した。国連の「治安維持活動」のために投入された、アメリカ籍の、補助戦闘員だった。武勲をあげようとするエリートの軍用犬たちだった。全頭、バッドニュースの二代めで、異腹の兄弟姉妹に当たる。名前には父親の血統をそれと示しているものがあり、また、全然そうではないものがあった。ビッグニュースがいて、ハードニュースがいた。ホットニュースがいて、ゴスペルがいた。他にスペキュレーションがいた。リスナーがいた。ジュビリーがいて、アルゴナウテースや、ゲヘナがいた。E(イー)ベンチュア、と首輪に書かれたイヌがいたが(Eが円で囲まれている)、この雄犬はニュース・ニュースという名で登録されていた。その他のイヌの名前は、ナチュラルキラー、フィアー、アトモスフィアー、オーガ、ボナパルト、レイズン、そしてニュース・ニュース・ニュース(首輪にはmentallo(メンタロ)とある)だった。

半島は「治安維持活動」を必要としていた。アメリカ側の目で見て、そうだった。そこでは宣戦布告のない戦争がはじまっていたのだ。一九五〇年六月二十五日に、朝鮮民主主義人民共和国軍すなわち北朝鮮軍がソ連の戦車で武装して、大韓民国すなわち韓国の領域である半島南部に侵攻した。北朝鮮は武力による祖国統一を、そして半島全土の共産化を狙っていた。

一九四五年、朝鮮半島は一九一〇年以来の日本の支配から解放されたはずだった。しかし、南北に分断した。させられた。暫定分界線の北緯三十八度線で、まっぷたつに分かれたのだ。南半分に進駐しているのは米軍だった。北半分に進駐して、共産主義体制の建設を進めたのはソ連軍だった。こうして、半島は米ソに分割占領された。幾何学的な単純さで、それは為された。一九四八年、まず南側に自由主義政権の大韓民国が成立して、これをアメリカを筆頭とする資本主義諸国が「国家」として承認することになる。ひと月も経たずに、北側に共産主義政権の朝鮮民主主義人民共和国が樹ち立てられて、同様にソ連をはじめとする共産主義諸国が独立した「国家」として承認する。それから二年を経ずに、その祖国統一の戦争は勃発したのだ。

イヌたちの参加は国連軍によるソウル奪還の直前の時期だった。国連軍の大半はほぼ米軍で、その総司令官はGHQ（対日占領政策の実施機関、連合国軍総司令部）最高司令官を兼任するダグラス・マッカーサー元帥だった。イヌたちは、仁川上陸のいわゆる「クロマイト作戦」に加わっていたのだった。

電撃的な作戦は成功する。ソウルは韓国の領域にして首都に戻る。だが、事態はそれで済まない。アメリカ側が、ここで欲を出す。ここで朝鮮半島の武力による統一を、いきなり方針を変えて狙いだす。すなわち韓国の自由主義政権に祖国統一させるのだ。国連軍は三十八度線を越えて北朝鮮に侵攻する。その首都・平壌をたちまち陥とす。のみならず、中国国境に迫る勢いで北上する。

それから、計算違いがある。一九五〇年十月、総勢十八万名に達する中国の人民義勇軍が参戦したのだ。〝抗美援朝〟をスローガンにして、北朝鮮側についたのだ。

中華人民共和国、すなわち中国はほぼ一年前に誕生したばかりだった。一九四五年の日本の敗北で、ただちに国家が生まれたわけではなかった。蔣介石の国民党と毛沢東の共産党は、日中戦争の当時、〝一致抗日〟を旗印に共同戦線を張っていたが、しかし目標が達成されるや分裂した。一年あまり、散発的に戦火を交えながらアメリカ側かソ連側の支援を取りつけようと奔走、そして一九四六年七月に全面的な内戦に突入した。三年間で三〇〇万人が死んだ。アメリカは、最初、国民党軍に全面支援を与えていた。が、それでも国民党軍は劣勢に立たされた。一九四九年、ついに国民党は台湾に敗走した。ちなみに台湾は一八九五年以来日本の植民地だったが、一九四三年のカイロ会談で中国に返還されることが米英中の三国間で決定していた。その会談に出席したのは、蔣介石だった。

一九四九年十月、毛沢東は中華人民共和国の樹立を宣言した。

共産主義諸国はこの「国家」をただちに承認した。

アメリカはしかし、国交を結ばなかった。アメリカは台湾に再建された蔣介石の国民党政府を認めつづけた。

一九五〇年二月、中ソ友好同盟相互援助条約が毛沢東とヨシフ・スターリンの二人の手で調印された。

そして四カ月後に朝鮮戦争は勃発した。さらに四カ月後に、中国が朝鮮戦争に参戦した。太平洋の西側で、第二次世界大戦の終結から五年間、ずっと綱引きはつづいていたのだ。いっさいが米ソ対立の力学の、表出だった。その季節、アメリカには「共産主義の脅威に対しては力でもって対抗する」と唱えるハリー・トルーマン大統領がいた。トルーマンは、スターリンを嫌った。スターリンは、トルーマンを嫌った。あるいはこの二人の個人的な関係に、単に翻弄されているだけかもしれなかった。

太平洋が。

歴史が。

そしてイヌも。

イヌたちですら。

十七頭のイヌは、自分たちがいかに弄ばれているかを理解しない。東西冷戦の代理戦争の舞台となった朝鮮半島で、ふしぎな運命の交錯があっても、気づかない。それは戦争の季節だった。二十世紀であり、軍用犬の世紀だった。イヌたちは翻弄されきっていたのだ。この代理戦争が苛烈化／長期化／泥沼化しはじめて、国連軍に配備されるイヌは近場からも調達された。一九五二年一月のことだったが、アメリカ極東空軍が日本で軍用犬を購入した。六十頭のジャーマン・シェパード種だった。関東近辺から二〇〇頭あまりが上野東公園に集められて、そこから選抜されたのだ。体高とコンディションの審査、近距離で実弾を発射しての「銃声確固性」の試験、防御服を着た人間に実際に躍りかかる「咬捕・襲撃」、体温測定とフィラリア検査による健康診断の四階梯のテストを経て、三分の一以上が合格した。この合格率の高さは、アメリカ極東空軍の担当将校や獣医たちを驚かせた。しかし、血統としては当然だ。これらは十五年戦争（日中戦争から太平洋戦争）のあいだ軍用犬として生きて、かつ、生き残ったイヌたちの子孫ばかりだった。シェパードだったのだ、日本籍の。

　敗戦直後、たとえば東京にイヌはいなかった。大阪にもいなかった。博多にも名古屋にも金沢にもいなかった。日本の都市部で、イヌは、敗戦の二年ほど前から姿を消していた。なにしろ、イヌに与えられる飼料はなかった。人間にとっても食糧事情は最悪であったから、イヌが顧みられるはずもない。例外が軍用犬で、これらにだけ特配があった。しかし、彼らには戦場行きの宿命があった。やがて戦争の末期に、軍用犬でないイヌの供出が命じられる。それは軍用「候補」犬としての調達ではなかった。軍需物資としての、調達だった。イヌの毛皮が注目されたのだ。こうして市井のイヌが、日本軍にさし出されて、殺されて、皮を剝がれた。生き残ったのはほんの一、二割のイヌだった。飼い犬にも餌を与える余裕(ゆとり)を持っていた農村等の地域の、幸運なものたちだけだった。

　そして軍用犬に関しては、戦場に散らなかったイヌたち、幸運にして歴戦の、強者(つわもの)のイヌたちだけだった。

　一九五二年一月に上野東公園に集合したシェパードは、ほぼ、この後者の血統に列(つら)なった。だから、ふしぎなことも起きた。朝鮮半島で、アメリカ籍の軍用犬たちは後から国連軍に編入してきた元日本籍の軍用犬とあちこちの前線やキャンプで交錯する。そのなかには、系譜をさかのぼると曾々祖父の雄のジャーマン・シェパードが、じつは勝の父親であったイヌがいた。勝とは、陸軍の一員としてキスカ／鳴神島守備隊の高射砲陣地に配属されていた、あの勝だ。他の三頭とは群れず、上陸してきたアメリカ人たちを地雷原に誘いこんだ、あのバンザイ突撃(アタック)で殉死したシェパードだ。それどころか、正勇と母方で血がつながるイヌも数頭、いた。正勇とはいうまでもない、バッドニュースの父親であって、その十七頭の祖父だった。だが、それがどうしたというのか？　ありえない土地で合流して、いわば邂逅しながら、イヌ同士は決して気づかない。

イヌの持ち主たちは犬籍簿を持ったが、イヌは持っていない。イヌは家系図(ペディグリー)を持たないのだ。その「なにも起こらなさ」が、すなわち弄ばれているという現実だった。

一九四五年以降の米ソ対立の力学に……あるいはトルーマンとスターリンの個人的な関係に、イヌたちが。

だが、バッドニュースの子供たちの数奇な宿命(さだめ)は、朝鮮半島にだけあるのではない。

一九五一年の秋から、米本土イリノイ州のシカゴ郊外で、一頭の雌犬が王座を狙う仔犬たちを産みはじめる。その雌犬の名前はシュメールといい、朝鮮半島にいるゴスペル、およびジュビリーの二頭と同腹の姉妹(きょうだい)だった。しかし、シュメールは戦地には投入されなかった。エリート軍用犬ではなかったし、それどころか軍用犬ですらなかった。生後六カ月めで受けた選抜テストで、不合格となったのだ。当たり前だが、同じ一頭の胤(たね)からできた仔犬たちでも、生まれついての性質や才能はさまざまだ。バッドニュースは、一九四九年末までに二〇〇頭と七十七頭の二代めを作(な)していたが、そのうち「軍事目的ニ適スル」と判断された個体は一五〇頭を超えない。ただし、適したイヌの二頭に一頭は、すばらしい成績・戦績をあげていたが。性根がやさしすぎたり、どこか落ち着きがなかったり等の理由ではじかれた仔犬は、たいてい、一般家庭に無料でゆずられた。あるいは少額で、払い下げられた。買い手はついた。なにしろ、純血種のシェパードではあったのだ。たしかに戦争むきではなかったが、血統はお墨付きだったのだ。おまけに、まだ幼齢犬で、見た目も愛らしかった。

このようにして、仔犬たちは「ただの飼い犬」となるために、軍用犬の訓練センターの犬舎から、俗世(しゃば)に散った。

ただし、シュメールは似たような犬舎に入れられている。大規模な犬舎の、ケージに。

一人の若い女性がシュメールを飼い、その犬舎を自費で維持している。彼女はブリーダーだったが、むしろハンドラー（調教師）を自称する機会が多い。品評会で、彼女はイヌを連れて、リングの内側(なか)を歩きまわるのだ。ロープを引いて出陳犬をハンドリングするのだ。品評会とは、つまり畜犬展覧会だった。ドッグ・ショウだった。この若いハンドラーは、全米各地のドッグ・ショウの常連であり、常勝を誇りつつある新進気鋭だった。

彼女が軍用犬になれなかった仔犬たち、すなわち見限られた二世たちに目をつけたのは、二年前からである。以来、すでに二十四頭をこのルートで手に入れていた。じつに重宝したのだ。それら見限られた二世たちは、じっさい、軍用犬としての適性には欠けていたが、しかし見栄えの血統が抜群だった。軍事目的の計画繁殖からはドロップアウトしたが、にもかかわらず姿態専門のドッグ・ショウには、かなり適していた。軍隊世界に属する軍用犬育成部員たちが捺(お)した烙印――「見掛け倒しの標準体型」こそ、まさに俗世(しゃば)の品評会で求められている、王者となるための外見だったのだ。

一見して純血(クリーン)で、見事に整ったプロポーション。

純粋な体型美。

入手された二十四頭のうち、半数はバッドニュースの血を引いていた。そして、シュメールの美が図抜けた。軍用犬としての機能的なそれは持たない。だが、愛玩される存在としては？傑出した。なんて毛並みなの、とハンドラーは囁いた。なんて素敵な咬合(かみあわせ)なの。ただし、弱点というものも、ハンドラーは見抜いた。なにしろ彼女は高校卒業以来、この道ひと筋に生きている新進気鋭、二十五歳にしてプロなのだ。いちおう、地方の二つ、三つのドッグ・ショウに出してみたが、グループ審査（用途および特徴別）で三席になったのが最高位だった。やっぱり、と彼女は思った。足りないのは、つまり、審査員にアピールする艶(あで)のようなものなんだわ。それさえ付け加えられれば、完璧なチャンピオン犬になれる。

つまりブランドに。

あと一歩で。

付け加えるために、彼女は改良繁殖(ブリーディング)に入った。この雌犬に「あと一歩」を足した、つぎの代のイヌたちこそ、あらゆるドッグ・ショウの王座を狙えると確信して。シュメールは、こうして、年に二度、胤(たね)の違う兄弟姉妹を産みつづけることになる。じゅうぶんにケアされて、子育てに励むことになる。

五年間、しかし、シュメールにまたがったのは血統書つきのシェパードばかりだった。七頭の異なる雄犬と交わったが、シュメールはただ一つの犬種以外、その胎(はら)から産み落とすことはなかった。

純血を守った。

そう、シェパードの系譜は純血でありつづけた。ならば、他のイヌたちは？

イヌよ、北の系譜に列(つら)なるイヌよ、お前たちはどこにいる？

一九四九年末までに誕生した一〇〇頭と二十四頭のお前たちは、たいてい、アラスカ／北極圏にいる。橇を牽いている。お前たちの肉体には半分だけ、北海道犬の血が流れていて、半分は異なる「北方犬」種の血だ。お前たちは一頭残らず、雑種だ。しかし、高貴な雑種だ。お前たちは一九四〇年代後半のレースに偉大な足跡を刻んだ英雄・北の二代めで、この競技にかかわるアラスカ／北極圏の人間たち全員から注目されている。お前たちは高貴で、高価だ。お前たちは時には二〇〇ドル、時には五〇〇ドル、時には一〇〇〇ドルで売られた。お前たちは一頭残らず、将来のリーダー犬として売られた。発展をつづける犬橇競技の世界で、お前たちを野心充ち満ちる数十人の新参マッシャーが買う。

そしてお前たちは、散る。たいていはアラスカ／北極圏のどこかに。

そしてお前たちは、自らの系譜をさらに雑種化する。

一頭が、その勢力圏を離れて遥かに南下した。名前はアイスといった。雌で、母親はシベリアン・ハスキー、そのために狐顔をしていて、瞳は碧だった。だが、母親の母親にサモエド種の血が雑じっていて、この隔世遺伝から雪のように真っ白い長毛をなびかせた。ふわふわと、とりわけ鬐甲から背筋にかけて。すこしばかり雪原の野獣めいた。アイスは、本来の「北の二代め」勢力圏を離れはしたが、これは迷いイヌになった等の事態ではない。いずれ似たような目に遭う……似たような境遇をあえて選択するが、発端は違う。アイスを購入したマッシャーは、経験の浅い自分（とアイスをはじめとする自分のチームの橇犬たち）がいきなり耐久レースに挑むのは無謀だと、賢明にも短中距離の大会ばかりを選んで出場した。最初のふた冬、そうだった。結果は、なかなかのものだった。アイスは同胞たちを仕切り、プライドを有して、巧みに統率した。そこでつぎの段階にいたる。アイスが南下した／させられたのは、一九五三年一月の、ミネソタ州での大会に参加するためだったのだ。アイスの主人は、絶対に勝てるレースを狙った。だが、無理だ。アメリカ領のアラスカにも、カナダ領のアラスカにも、競争相手が多すぎる。アイスの好敵手が多数いる。必ず制覇できる保証など皆無（ゼロ）だ。しかし、アイスの主人は切望した……まず短中距離レースでの「覇者の証明（あかし）」を獲ること、そうして、できれば鳴り物入りで長距離レースの世界にデビューすること。野望に憑（つ）かれて、アイスの主人のマッシャーは探した。見つけた。スポーツとしての犬橇競技が根づきはじめた、冬のミネソタの高地。そこでは、カナダとの国境は北側にある。

誰がここまで、本場の犬橇のチームを運んでくる？

いるはずがない。

おれ以外。

だからトラックを借りて、十二頭のイヌを輸送した。

その年の一月、アイスとその同胞たちは「ミネソタ犬橇マラソン」の三〇〇マイルに挑む。体調は万全、トラブルにも遭わなかったが、首位と十五分差で準優勝に終わる。アイスとその同胞たちは、準優勝というのはかなりの成績（もの）で、主人にも褒められるだろうと思ったが、当の主人はガックリ両肩を落としている。メダルも、優勝賞金も手に入らず、これではイヌの輸送費だってかたを付けられない。目論みは外れた。すさまじい失意に、主人のマッシャーは襲われる。だが二日で立ち直る。運命の女（ひと）と出会ったのだ。相手はミネアポリスから南に十八マイル離れた土地に暮らす、二十八歳の未婚者だった。イヌは飼っていなかった。伯母から遺産として相続した家屋敷に猫を二十四飼っていた。ふとしたことで視線をあわせただけの二人が、その瞬間に互いを前世の〝愛しい人〟と認めて、それで決まりだった。まず結婚した。それから、マッシャーは十二頭の橇犬とともに彼女の屋敷に転がりこみ、そしてミネソタ州にどっしり腰をおろしてしまった。犬橇競技に、もはや執着はなかった。勝ち負けだって？　それがどうした——肝心なのは愛だ。メダルと優勝賞金？　それがどうした——大切なのは愛だ。犬橇なんて、もう止めだ。

一九五三年、その初頭の四十日間が過ぎ去らぬうちに、アイスとその他の十一頭はこうしてミネソタの低地の飼い犬と化す。赤狩りに空気がびりびりしている、朝鮮戦争の銃後のアメリカだった。愉快な『アイ・ラブ・ルーシー』を誰もがテレビで鑑賞している、だらだらした微温湯のアメリカ本土だった。アラスカ／北極圏からはあまりに遠い、南のアメリカだった。

ストレスがたまる。

そこには氷原がない。そこには大雪原がない。走れない。それどころか、走るなと命じられる。いったい、これはなんだ？　アイスは思う、アタシハドコニイルノダ。同様の苦悩から、同胞の一頭が倒れて、衰弱した。精神的な落ち込みは感染した。それでも、橇犬たちはマッシャーに忠誠を誓っていた。いや、それはマッシャーではない。橇犬を捨てた主人は、もはやマッシャーではなかった。ただの、飼い主だ。しかも、若干の罪の意識は持っていた。元マッシャーは、こいつら橇を牽かせてもらえないから、精神が荒廃してんのかなあ、と察してはいた。しかし、勝つのは愛だ。イヌより新妻だった。四頭が斃れたとき、元マッシャーの飼い主は、なんだかイヌって世話が面倒だよなあ、とまで思う。

すでに橇犬たちは愛されていない。それでも、アイスとその他の七頭は、まだ主人を愛した。いちばんの厄介事は、猫だった。鎖につながれたアイスとその他の七頭を、屋敷の二十四の猫たちがつぎつぎと襲った。耳を咬みちぎられたマラミュートも、片目にさせられたハスキーもいた。しかし、反撃は不可能だった。なにしろ、主人の奥様（ダーリン）が溺愛している。この奥様（ダーリン）が、問題だった。主人はもちろん自分たちの集団の第一位にいる。その後に第二位としてリーダー犬のアイスがいたはずだが、いまでは主人が奥様（ダーリン）の命令を聞けと言う。では、アイスは第三位なのか？　ところが、奥様（ダーリン）の寵愛を得ている二十四の猫たちは、私ら（あちき）に手出しをしたら奥様（ダーリン）に叱られるぜ、とニタニタ笑う。

イヌは……イヌはこの世界の最下位にいるのか？

そのポジションを認められずに、また二頭が死ぬ。病死する。

一年が経つ。冬、真っ白い雪のシーンに接して、生き残りたちはすこし元気をとり戻す。だが、主人はそれ以上に元気をとり戻す。町の十九歳のウェイトレスと恋仲になって、どっぷり情事にはまっている。それから「やっぱり大切なのは愛だ」と言って、新妻を残して逐電してしまう。もちろん、イヌもとり残される。アイスとその他の五頭が。

イヌはもはや主人を持たない。

猫の下にいるのは、耐えられない。

一九五四年二月、ついにアイスは逃亡を指揮した。むりやり散歩に連れださせるために吠え、いやいやながらの元奥様（ダーリン）（二十九歳の離婚経験者）に鎖をはずさせて、同胞たちと揃って屋外に出た直後に、その元奥様（ダーリン）を襲った。逃ゲルヨ、とその他の五頭に命令した。アタシタチハ、疾走スルヨ。その威厳にあふれたアイスの声。六頭はおのずと隊列を組んで、颯爽と住宅地のアスファルトを駆ける。

希望だ。

イヌたちは、いよいよ出発（スタート）したのだ。

それから、六頭の〈野犬〉のサバイバルがはじまる。基本的には、彼らは大自然に帰ろうとする。町はすこしばかり、暑すぎる。なにしろ〈野犬〉たちは、耐寒性を高めるように作出された犬種と個体ばかりから成る。だから高みをめざしたが、アラスカなみの寒冷地にはいたらない。しかし、慣れた。アイスは利発だ。群れを率いて、食糧の調達を行なう。町の暮らしを利用する。時どき、飢餓の季節のアメリカクロクマのように、ひっそり住宅地に入った。人間たちの縄張りと即（つ）かず離れず、もちろん普段は山に生きた。発情期になると、アイスも、その他の五頭も、本能の欲求にしたがった。仲間内でも交尾（つが）ったが、町のイヌたちも誘惑した。人間に囲まれている、飼い犬たちだ。アイスは、気に入った雄の匂いを嗅ぎつけると、柵を跳び越えた。イヌ小屋の前に立ち、相手に犯すように誘った。

むろん妊娠した。

ひと春があり、またひと春がある。子供たちは二度、生まれている。北の二代めであるアイスは、より雑種化した三代めを作（な）している。イヌよ、純血を無視しつづけるイヌたちよ、お前らの系譜には波瀾がある。お前ら〈野犬〉はしだいに町の人間たちに厭われる。警戒される。アイスよ、お前のすばらしい外見……その狐顔と真っ白い鬣（たてがみ）もどきは、人間たちを怯えさせている。野獣（けだもの）だ、と目撃者は慄然と唱える。ほとんど、狼だ。

山犬が町を襲っているのだ。

そしてお前たちは駆除の対象になる。お前たちは危険すぎる〈野犬〉であり、都市伝説によれば狼に類するのだ。

お前たちはライフルに追われる。お前たちの戦いはつづく。

狼。アイスの群れは決して知ることはないが、すでに一九五二年、北の系譜には本物の狼の血が混入した。そして、その血筋に列なる一頭が、アラスカ／北極圏のもっとも北方に移動した。祖父の「北」という名前に暗示された、いわば正しき宿命を生きている。それは、このように起きた。数多くの新参マッシャーが英雄・北の名声に夢を託して二代めの仔犬たち（アイスの兄弟姉妹で、同腹だったり異腹だったりする）を買ったが、全員がふところ豊かだったわけではない。うまく恩を売って、売り主からわずか二十ドルで高貴な血を廉価で手に入れたマッシャーもいた。しかし、他に揃えた橇犬は、はっきり言って駄犬ばかりだった。そこで、この新参マッシャーは、高貴な血を無料で殖やそうと画策した。それは彼なりの、一発逆転のブリーディング・プログラムだった。まず、買い入れた北の子供が雌だった事実に狂喜して、この一頭が九カ月か十カ月の犬齢になるまで、待った。それから、森に入って、期限を定めていないキャンプを張ったが、わざとイヌは天幕の外につないだ。じつは、狼の仔を孕ませることを企んでいたのだ。これは実際にアラスカやグリーンランドにあった古い習慣で、橇犬の走力・持久力を高めるための、かなり原始的で暴力的な交配法だった。それを、この貧乏な新参マッシャーは試したのだ。なけなしの資金で、北の二代めを一頭だけ購入し、それでも将来はトップ・マッシャーになると夢見ている、そのロマンチストが。

イヌよ、北の血統のイヌたちよ、狼の胤（たね）を加えてお前たちは凄まじいまでに雑種化する。一つのロマンが、半狼（はんろう）の七頭をお前たちの系譜に列ねる。

　これは起死回生の七頭なのだ、と思う。ロマンチストは、おれの犬橇チームはいまや、先頭にはリーダー犬として英雄（ヒーロー）・北の直系の子を、その後ろには北の七頭の孫にして、最強の交雑種を配することが可能になったのだ、と興奮する。いったい、この七頭の仔犬らの地力は、どんなものだろう？　どれほどの遺伝的な奇跡を有しているのだ？　主人となった男は、確認したい、確認したいとうずうずする。無謀にも生後三カ月半でハーネスをつけて、訓練を施しはじめた。仔犬たちは他に術（すべ）がないから、耐えた。そして七頭が十カ月のときに、ロマンチストは新たなロマンに魅入られた。では、実戦だ。

　競技会に出場したのではなかった。

　半狼を加えた「おれのチーム」の実力を測るために、ロマンチストは伝説のルートに挑んでいた。このアラスカ／北極圏で、ほぼ半世紀前に、一人の天才マッシャーが北極海にあるカナダ領の島まで犬橇を走らせ、生きて帰ってきた。あれをおれも試そう。そう、古い習慣やら伝説を試すことが性分の男だった。我慢ができないのだった。ロマンが優先して、しばしば、無謀であるか否かの判断が下せない。

　この往復行から帰還したら、「おれのチーム」は、超一流だ！

　そしてイヌたちが迷惑をこうむる。いまだ犬齢十カ月の七頭が、母親に先導（リード）されて、プラス四頭の駄犬とともに氷原と化した北極海をめざす。ほぼ半世紀前に、一人の天才マッシャーが生命（いのち）をかけて行なった冒険だった。もちろん、ロマンチストはまだまだ真剣には死を賭していなかった。一人と十二頭はブルックス山脈を越えて、北極海に出た。それから、地獄の四十日間がはじまる。薄い氷を踏みぬいて死ぬイヌがいる。ひと晩休憩しているあいだに、大きな氷塊にとり残されて、漂い去ってしまうイヌがいる。氷の割れ目に一頭が落ちれば、数頭がひきずられる。ハーネスが絡まって、窒息死するイヌがいる。半狼の七頭のうち、犬齢十一カ月を迎えられたのは、わずか二頭。この時点で、彼らの疲労は頂点に達している。なにしろ、生後三カ月半からの調練など、早すぎたのだ。苛烈すぎたのだ。その肉体(からだ)はいじめられすぎていた。

二頭の母親すら死んだ。

犬橇はほとんど機能していない。イヌたちの全身は凍えて、毛さきの一本一本が、まるで氷柱(つらら)になる日がある。あるとき、猛吹雪が襲来して、主人のロマンチストは気管支炎にやられる。ああ、おれは死ぬのだ、とロマンチストは思う。こうして視界が一面の白(ホワイトアウト)になって、おれはいま、どこにいるのかもわからない。

死ぬ。

死んだ。それが北極海での四十日めだった。この時点で、二頭の半狼は、ただ一頭になっている。じきに一歳になる雄で、犬神(アヌビス)、と名付けられていた。おかしなことに、駄犬は三頭、生き残っている。こうして四頭が主人のなきがらを囲む。なにしろ、逃げられなかった。ハーネスに縛られていた。四日間、これら四頭は主人を食糧にして、生きのびる。

そこに救援が来た。

いずれイヌイットと総称されることになる、極北地方の先住民族の、一つに属する猟人(ハンター)たちだった。彼ら極地住人は、政府を持たない。カナダ籍でも、アメリカ籍でもなかった。それから、ソ連籍でもなかった。一九六〇年代以前、彼らは定住せずに暮らしていた。彼らの感覚でいう冬に、海氷上の集落から集落に移動して、ワモンアザラシを狩り、ホッキョクグマを狩り、遠出してはジャコウウシも狩った。彼らの交通手段は、犬橇だった。いずれスノーモービルに取って代わられるが、犬神（アヌビス）とその他の三頭を救出した時点では、犬橇こそが「足」だった。彼らは、なにが起きたかを察した。馬鹿な白人が、死んだのだ。たぶん冒険家が、まるっきりの技量不足で自滅したのだ。そしてイヌが残された。イヌは、四頭もいる。

すばらしい。

彼らは、わずかばかりの餌を与えて、その餓死と疲労死寸前のイヌたちを所有（もの）にする。

二年が経つ。犬神（アヌビス）は生きている。かつての同胞だった駄犬たちは、事故死した一頭をのぞけば、やはり生きている。新しい主人となった猟人（ハンター）たちは、犬橇を御するのに鞭を使った。それはピシリ、ピシリと痛いが、慣れた。犬神（アヌビス）は、天候を読むのをおぼえた。猟場（かりば）までの往復のために橇を牽いて、のみならず、獲物の発見や、追跡や、攻撃にも手腕をふるった。狩りに貢献すれば主人たちに少々優遇されると気づいて、それで奮闘したのだ。さまざまな危険を予知する能力も示した。猟人（ハンター）たちは、これはただのイヌではない、と察した。いっしょに獲た駄犬たちとは、むろん違う。このイヌの深奥（なか）には、なにか……任務を果たそうとする才がある。しかも、人間に忠実でありながら野獣（けだもの）の襲撃の本能を持つ。

それが犬神（アヌビス）の、二年後の評価だった。

一九五五年、十一月に犬神（アヌビス）の主人たちの集落（移り住まれる集落のなかの一つ）は、ふしぎな男の訪問を受ける。犬神（アヌビス）の主人たちは国籍を持たなかったが、この男はソ連籍を持っていた。

レニングラードの北極・南極調査研究所、通称ＡＡＲＩ（アーアーエルイー）の研究員だった。当時、ソ連は北極海の機密データを軍事目的で集めていた。これはソ連側だけの動きではない。つまり対立するアメリカ側も、情報機関と軍部を動かして同様のデータを収集していた。どちらも、ひそかに活動した。ソ連はふた桁の極地観測基地を築いたが、これらは氷上の、いわば「漂う」基地だった。その位置（ポイント）はつねに移動していた。当然、危険は多かった。ＡＡＲＩの研究員は、じつは基地周辺に出没するホッキョクグマに悩まされ、それで犬神（アヌビス）の主人たちの集落を訪れたのだ。雪上車に乗って。ちなみに、観測班の位置（ポイント）とその集落がほぼ隣接する地点（北極海の感覚でいう、わずか三十キロ以内の隣接地）に置かれたのは、それぞれの漂流／移動がもたらした単なる偶然だった。ＡＡＲＩの研究員は、熊除けのイヌを買いたい、と申し出た。

交渉はまとまる。一週間前に輸送機で運ばれてきた補給物資と交換に、研究員は、いちばんそれむきのイヌを得る。

このとき、犬神（アヌビス）は三歳と一ヵ月。

それからほぼ一年間、北極海を漂う。北緯七十三度から八十四度まで、東経一二〇度から西経一六〇度まで。一九五六年十二月の頭には、ウランゲル島の東にいた。チュコト海に臨んでいた。遥か南にはベーリング海峡があって、その先にはベーリング海があるはずだった。その海の終わりは、アリューシャン列島で線（ライン）を引かれているはずだった。だが、犬神（アヌビス）に郷愁はない。

オレハ北極海ノいぬナノダ、と思う。

しかし、その自覚は崩れる。無事に調査終了となって、基地撤収がはじまる。砕氷船には乗せてもらえた。そこまでだった。ＡＡＲＩの研究員は、犬神（アヌビス）を、港湾に隣接している極東シベリアのちいさな町で売り払った。そこでは、人々はみな、トナカイの毛皮を着ていた。毛皮の雪落としにはトナカイの骨を用いていた。それが犬神の第四の主人だった。

それでも、犬神がソ連の領土である大陸に……ユーラシアの大地に到達したことは事実だ。

イヌよ、他のイヌたちよ、お前らは？

共産圏に入ったイヌがもう三頭。朝鮮半島で、ジュビリーとニュース・ニュース（通称Eベンチュア）とオーガが人民解放軍に鹵獲されている。純血のシェパードたちが、中国籍に変わっている。一九五三年に、事態は全部変化したのだ。その年、アメリカの大統領はもはやトルーマンではない。ソ連の最高指導者スターリンは、すでに三月の五日、脳内出血の発作に斃れている。彼ら二人の、個人的な関係はもはや存在しないのだ。そうしてイヌが三頭、国連軍の三十八度線後退の激闘時に〈あちら側〉にとり残されて、二度と帰らない。その年の七月、休戦協定は結ばれるが、三頭が捕虜犬として戻ることはない。

一九五六年、人民解放軍の軍用犬部隊には、去勢された雄犬のニュース・ニュース（通称Eベンチュア）とオーガ、そして自然のままの肉体を保っている雌犬のジュビリーがいる。ジュビリーはまだ、出産経験はない。

そして資本主義圏には？

その中心のアメリカの本土に、二つの血統がいる。

そこにはシュメールがいて、アイスがいる。

「それってイヌの名前かよ」

冬だ、と少女は言う。冬だ冬だ冬だ、と少女は苛（いら）ついたような声音で繰り返す。日本語でモノトーンに繰り返す。もちろん苛ついている。横幅が五十センチもないベッドに座りこんで、わめいた。床に落ちているコートに目をとめて、貧乏臭いコート、こんなの、庶民の着る服だろバカ、と吐き捨てる。誘拐するなら人質（ヒトジチ）もっと、大事にあつかえ。ルイ・ヴィトン着せろ。

少女のわめき声に、反応するものはない。

冬だ冬だ、冬だ冬だ冬だ、と少女は繰り返す。

クソ寒い。

少女の髪形はすっかり乱れている。ドライヤーが備わっていないことに、最初からむかついた。ロシアなんて、原始時代だ。それどころか、風呂だってなかった。おかしな蒸気小屋に「入れ」と命じられたことが何度かあっただけだ。それがサウナだという発想を持ちえなかった。拷問にかけられているのだと思った。

馬鹿にしやがって。

少女は痩せていない。少女の肥えかたは相変わらず、不安定さをあらゆる角度から醸（かも）している。ふたたび、日本語で怒鳴る。いちども通じたことはない。通じないのが少女にもわかっている。

窓から外を眺める。朝がたの吹雪はやんで、いまはフワッ、フワッとした粉雪が舞う。少女の脳裡に、なにか美味しそうなデザートらしき絵が浮かびかけて、消えた。ふわふわとした、甘い、とろけるような……。消えた。想い起こそうとしていたイメージはなんだったのか。むかむかとする。潰してやりたい。

少女は建物の二階にいる。そこから一面に白い地面(グラウンド)が視野の前方に、右手に、左手に見える。つまり視界全部にそれがある。グラウンド、だった。なぜなら、運動するものがいるからだ。運動させられるものがいるからだ。雪の日でも、それこそ吹雪のさなかにも。そいつらは、今朝はまだ、吠えていない。

敷地はあまりに広い。ちいさな町がまるごと、ある。そして敷地は閉ざされている。コンクリート塀があって、外部からそれで鎖(さ)されていた。塀のむこうでは、いろいろなものが巨大に繁茂している。塀のこちら側の隅では、立ち枯れた樹々がめだつ。

窓の右手奥には、もっと町がひろがる。何棟もの白い建物、高い監視塔、あちこちに陥没がある舗装道路。凹地には、雪が詰まっている。道路のはるか先、境界となるコンクリート塀のその先には、伐(き)り開かれた若干の原野。しかし、その方角だけだ。

そこは死んで雪に埋もれた町に見える。少女の目には。

そこは右手以外の三方から森林(タイガ)に呑まれようとしている町に見える。

と同時に、コンクリート塀が外界(そと)を遮断している姿が、少女になじんだ言葉を思い出させる。

「それってイヌの名前かよ」

弾きだされているのは、シャバ、だ。ここにいることは、服役だ。この理解不可能な〈死の町〉にいちばん近いのは、監獄、であることを少女は皮膚感覚で察している。

それ以上のことはわからない。説かれているのかもしれないが、全部ロシア語だ。だから意味はない。馬鹿にしやがって、と少女は一日に二十回は言う。いつもいつもいつも冬だ、ロシアなんて百万年とか一億年とか冬だ、クソ寒い。

日本語で単調にののしり、少女は暖炉のある部屋に移動する。

建物の内部は自由に歩ける。ベッドが置かれた部屋の扉に、鍵はかけられていなかった。鎖がそこを閉ざしてはいなかった。少女の両足にも、つながれた鉄球の類いは、ない。その自由もむかついた。なめられているのはわかったが、だったらどうする？　脱獄？

クソ面倒臭い。

一階に降りる。建物の構造は、だいたい憶えた。たぶん、他の建物も似た構造だ。何十人もの人間がいっぺんに泊まれる、合宿所のように感じた。運動ばっかりしている能無しのための、合宿所。直感は外れてはいなかった。完璧に当たっているわけではないが、外れてはいなかった。その〈死の町〉は一九五〇年代に生まれて、一九九一年まで番号で呼ばれていた。それは地図に載らない町の一つだった。旧ソ連に無数にあった、基地の地域および軍事都市の、一つだった。党と軍関係者以外の立ち入りは厳しく制限されて、それどころか一般人（一般のソビエト人）で存在を把握している者はいなかった。近郊の都市にも、いなかった。機密事項であって、それは四十年弱の間、守られた。

戦略的価値をうしない、廃棄されるまで。

少女がいるのはいわば兵舎だ。

いまも地図に記載されない町……〈死の町〉を、しかし、少女を攫(さら)った老人は以前から知っている。

老人はこの〈死の町〉で、少女と同居している。兵舎の同じ棟にいるのかは不明だが、しばしば、いっしょに食卓を囲む。それから、週に一回ほどだと思うが、撮影機材を用意して少女の部屋に現われる。ビデオを撮られた。この人質は元気で生きていると証明するための映像なのだろう。つまり、恐喝(ゆす)るための。レンズをむけられるたびに、少女は「オヤジ、助けに来いよ」「なにしてんだよ、ぼけ」と吐き捨てる。

「あたしのために一億ぐらい、出せよ。日銀(ニチギン)襲っても出せ。ヤクザだろ?」

馬鹿にしやがって。嬢(じょう)を助けろ。

老人は、ひと通り撮影すると、最後になにかを言う。たとえば、日本人の兵隊がロシア人を殺してる、話題になっているよ、と少女に言う。ロシア語で。

君は愛されているんだね、と言う。

まあ……わたしの側についたほうが、金にはなるしね。

たぶん週に一回ほどだ、撮影は。少女は、具体的には、日にちを数えていない。これほど長期間拘束されるとは、考えてもいなかったのだ。だから人質(ヒトジチ)と化した四日めか五日めに、それが四日めでも五日めでも、三日めでも、どうでもいい、と投げだした。あとで、無性に腹立たしい思いを抱いた。誕生日を確認できなかったからだ。たぶん自分は十二歳になっているはずだが、わからない。たぶん自分は十一歳を卒業したはずだが、わからない。あるいはどちらでもないのか。

　はざまの……無時間の年齢か。

　数えられることはある。およそ三回に二回は、老人と同じ食卓を囲む。老人以外にも、いる。この〈死の町〉のその他の住人がいて、やはり、たいていは同じ食卓を囲む。まず厨房を仕切る老婦人がいる。恰幅のいい、尻のでかい、ぶ厚い眼鏡をかけた老婆だ。三食を用意するが、同時に、この老婆は少女の世話係でもある。それから老婆の息子らしい、それから老婆の娘らしい、ひじょうに顔つきの似た、二人の中年の女がいる。それから老婆の息子らしい、頭頂部が禿げあがった中年の男が一人いる。しかし、彼らは老人とは血がつながっている雰囲気がない。老婆と老人は、婚姻関係にあるような雰囲気はない。

　だが〈死の町〉で同じ食卓を囲んだ。それどころか、少女も同じ卓に着いた。いってみれば老人の孫の年齢で、しかし血縁関係にないどころか、人種が違った。

　なのにこの疑似家族が、全員で食事をした。しばしば、全員で、そうする。

　魚汁、鮭の燻製、ボルシチ、水餃子のもどき。

　酸っぱいパン。

　何度も出る酢漬けのキノコ。酢漬けばかり。

　少女は食卓で、他の四人や五人を、にらんだ。

　誰もにらみ返さなかった。全員、平然としていた。

　老人にいたっては、ほほ笑みを返した。

「お前ら、不気味だ」と少女は言った。「お前ら、幽霊か」と少女は日本語で言った。

お代わりがほしいの？　と老婆がロシア語で尋ねた。

老婆が作るのは少女の食事だけではない。この疑似家族のための食事だけではない。老婆は厨房で、大量に人間以外に与える食事を作った。イヌの食事を作った。ロシア連邦に見捨てられて以来、ずっと無人だった〈死の町〉はいま、数名の人口を抱えて、より多い「人間以外の」居住者を抱えていた。

イヌは数十頭いる。

外に置かれた専用の檻で、イヌは飼われている。

わざと、外気にさらして飼われた。厳冬の地域で、イヌたちの気性の荒さを保つために。戦闘の本能を鈍(なまく)らにさせないために。そして老婆は、しばしば、厨房でイヌ用の羊肉料理を準備した。建物の裏手に、大量に買いつけて地中に冷凍貯蔵しているマトンがあった。それを二日に一回は取りだして、調理した。羊の脚、羊の頭、羊の薄皮、羊の脂肪。簡単にスパイスで味つけをする。すこしばかり中央アジア風だ。そんなふうに羊肉を食わせるのは、イヌたちの気性の荒さを保つためだった。イヌたちに、肉の臭みを、忘れさせないためだった。

そうすれば躊躇なしに生物(いきもの)を襲える。

老婆は、計算され尽くした「ロシアン・ドッグフード」を作っていた。

イヌたちは牛乳も飲んだ。

少女は建物の一階の、暖炉のある広間で、イヌたちの食事風景を見物した。十数メートルの彼方に、眺めた。部屋の窓ガラスは暖気に曇っていたが、三本の指で拭い、その三つの透明な線(ライン)から覗いた。憎々しげに右手を……揃えた指を一度だけ走らせて、あとは微動だにせず、じいっ、と眺めた。イヌたちが吠えはじめていたから、時間だ、とはわかっていた。その広間に誰もいなかったから、あいつら餌を与えに行っている、とわかった。イヌたちが、キャンキャン吠える。その方角に、視線をむける。牛乳を入れた鍋を中年女が運んでいる。二人で運んでいる。銀色をした大鍋で、少女は給食を連想した。あいつらイヌの給食係だ、と連想した。だから檻に運んでいる。イヌの献立表には〝牛乳〟と記されている。

　イヌたちは凄絶に吠えた。クレ、と鳴いている気がした。

　クレ。乳クレ。

檻から出されて、イヌたちはむさぼる。群れの白い息があり、口もとにしたたる、白い牛乳がある。少女は、お前らロシアなんだよ、と思う。お前ら栄養のためにはなんでも食う、ロシアの庶民のイヌだ。

白すぎだって。その息。そのヨダレ。

ぼけ。

色彩（いろ）が寒すぎだろ。

しかし少女は、ガラス越しの観察をやめない。声にださずに罵倒しつづけたが、人質（ヒトジチ）の自分には他にすることがない、とわかっている。だからイヌを見る。いま、食事風景を見物して、これから、地面（グラウンド）を運動するのを眺める。運動だ。イヌの大運動会だ。あるいはその……大運動会の練習、と少女は思った。午前の部だけでたっぷり二時間、その練習／運動はある。

　イヌは調教されている。

種類はいろいろだった。訓練の種類もそうだが、犬種がいろいろだった。ドーベルマンがいて、シェパードがいた。しかし、少女が過去に見たことがある類いは、その二つ程度だ。大半は、得体がしれない。見知った洋犬の種類ではない。その体型（フォルム）が、なにか異様なのだ。たいていは中型犬で、立ち耳、やや長めの体毛、力強い後肢をしている。毛の色はさまざまだ。しかし、統一感はある。たぶん、十頭から二十頭は、同じ血を引いていると感じられる。

……血？

その十頭から二十頭に、共通の〝威厳〟のようなオーラを把（つか）みかけて、お前ら金かけられてンだろ、と少女は苛ついた。

どうせいい両親（おや）、してんだろ。

イヌたちは吠え、訓練がはじまる。イヌたちは走り回り、少女は微動だにせず凝視した。そしてイヌたちの動きと少女の動かなさの中間に、イヌ同様にマイナス二十度の外気にさらされている、一人、二人の人間がいた。イヌたちと同じ地面（グラウンド）にいて、イヌたちを動かしていた。イヌたちに絶えず声をかけていた。

中心となっているのは、あの老人だった。

老人は指揮した。老人は、イヌたちに、戦闘襲撃用訓練を施していた。イヌは速い。合図されると、どのイヌも、およそ時速六、七十キロで疾走した。標的めざして全力で駆け、突きあたり、倒した。標的をひとりの人間が演じた。防御服を着て離れた場所に立った。厨房係の老婆の、息子と思（おぼ）しい禿げ頭の男だった。しかし、この瞬間、顔は見えない。頭部はフルフェイスの保護帽で覆われている。そして喉のまわりも、二重、三重に覆われている。イヌが狙うのはそこだ。イヌはそこを咬み、ねじりながら、引き倒す。通常、防御服によって護られる部分は腕や胴体に限られる。基本的に、軍用犬や警察犬は標的の「手首狙い」をするように仕込まれるからだ。武装解除を優先して、相手の手首を殺すからだ。しかし、老人の襲撃訓練は違った。目的が違った。手首を殺さずに、まず相手を殺す。顔面を——喉もとを襲って、咬み殺す。

その純粋な訓練が繰り返されていた。

純粋に、正確に、できるかぎりスピーディに仕留める。

加速がついた一頭のイヌは、たしかに、強烈な重量（おもさ）をもって標的に衝突し、回転しながら人間をねじり倒して、瞬時にその喉を咬みちぎってしまいかねない勢いだった。首を、胴体から切り離しかねない勢いだった。

しかし、その訓練はウォーミングアップにすぎない。

二頭単位の「対人」襲撃フォーメーションも組まれた。一頭が太股を狙い、標的を止める。もう一頭がとどめを刺す。イヌの性格によって、担当（うけもち）が決められていた。性格は老人が読み、柔軟にチームを組ませた。AとB。CとD。EとF。CとB。AとF。それから、より高度な技術だが一頭および二頭単位での銃器回収もあった。イヌに火薬の匂いを憶えさせて、いわゆる武装解除の「手首狙い」を標的に対して実行させた後に、手放された銃器を拾い、咥えて主人（あるじ）のもとに即座に届けるように仕込んだ。

イヌは本能から、たいてい、直線（最短距離）を選んで標的に突進した。オーソドックスな攻撃としては、これはこれで完璧だった。なにしろ時速六、七十キロでまっすぐ中型犬に突っ込んでこられて、それを冷静に射撃で……銃の照準を定めて撃退できる人間は、まず、いない。だが、老人はイヌたちに本能を枉（ま）げることも強いた。合図ひとつで、いまやイヌたちは直線を選ばずにZを選んだ。Z字に、横に跳び、斜めに跳びしながら標的をめざした。相手が機関銃を持ち、連射してきても、かわせるだけの余地を残した変則的（反オーソドックス）な攻撃の型として。

しかし、一つの標的……すなわち一人の人間（えもの）を狙うだけの訓練は、依然として基礎にすぎない。まだまだ、熱の入ったウォーミングアップでしかない。

戦闘襲撃用訓練の開始から半時間、老人はイヌたちを応用編に導く。

ここからが、実戦だった。

十頭のイヌに四階建ての建物が与えられる。この〈死の町〉の、無人の建設物の一つに、突入が命じられる。イヌたちは四方に散り、追い込みを練習する。階段部分の移動、戸口や窓からの飛び込みと飛び出し、イヌ同士の吠え声の連絡。三頭の牧羊犬で数十頭のヒツジの群れを動かすように、これらはフォーメーションが組まれた。ひと棟を決められた時間内に「清掃」する技術。

跳躍訓練もあった。〈死の町〉の道路で、イヌは待機させられた。本物の車が走りこんできて、これを跳び、飛び越した。または迂回した。あるいは減速させて、ボンネットに乗った。それが最終目標だった。フロントガラスの視野を塞いで、運転手がハンドル操作を誤るよう、仕組む。

市街地での騒擾（そうじょう）訓練。

市街戦の技術。

それを〈死の町〉で、おぼえようとしていた。徐々に。

「それってイヌの名前かよ」

老人はイヌたちを巧みに操り、さながらその光景は、イヌに、それ自身の知性を高めさせているかのようだった。徐々に。イヌは、しだいに自分がなんの専門なのか、理解した。建物の外壁に突入用の梯子がかけられれば、イヌは、それを登った。同様に樹に登る技術も、習得した。樹上の茂みに待機して、息をひそめて、それから真下を人間が通ると、飛び降りて襲った。

この日の午前は、火のついた樹枝の類いを口であつかう技術を学んでいた。すでに七日めに入っていた。それは、つまり、放火の練習だった。

破壊工作をイヌたちは学んだ。

……二十頭あまりのイヌがぴたり、と停まる。同じ方向を見て、唸り声をあげる。警声だ。訓練の場に、部外者が来たのだ。老人は、とても短い言葉で、よせ、と言う。躍りかかるな。それでもウウゥと唸りつづける数頭に、老人は命じる。

「アーシャ、待て。プタシュカ、待て。ポンカ、待て」

名前を呼ばれたイヌは、順に、瞬時に停まる。

「アリデバラン！」

老人の叱咤に、最後の一頭も、停まる。

それらの地に伏せたイヌの視線の先に、部外者が、コートを着て屋外(そと)に出てきた少女がいる。老人がイヌを調教している現場からは、七、八メートルも離れて。

それってイヌの名前かよ、ポチとか付けろ、と日本語で吐き捨てる。

お前たちは休め、ここで、と老人はイヌの群れにむかってロシア語で命じる。

群れは理解する。

なんだよ、イヌ遊び見に来たんだよ、やめるな、と少女は日本語で言う。

珍しいな、と老人は歩み寄りながら言う。わたしのイヌに興味を持ったのか、娘？

あんまりこっちに来るな、じじい、と少女は言う。

イヌに興味があるなら、と老人はつづける、あとで犬小屋を案内してやろうか？

冬なんだよ、ぼけ。

仔犬がいるぞ。

こっちに来るなって言っただろ、馬鹿にしやがって。

しかし少女は立ち去らない。老人はほんの手前に来ていて、会話のために立ち止まる。ロシア語と日本語の、ひと言も嚙みあわない会話のために。少女は老人を見上げる。二人の身長差は、ほとんど成犬一頭の体高に相当するぶん、ある。

お前はおもしろいな、娘、と老人は言った。

どうせクソ餓鬼だとかロシア語で吐かしてんだろ、ぼけ、と少女は応じた。いつか殺すぞ。

老人は、にー、と笑った。ほほ笑みだった。

「ほう？」とふいに老人が言った。少女に対しての言葉ではなかった。老人は、なにかの気配を察知して、視線を彼女からはずした。少女が老人を見上げているように、老人もどこかの高みに目をあげた。四階建ての、建物だった。十頭のイヌで追い込みの訓練を重ねている、無人の建設物だった。その屋上に、シルエットがあった。イヌの影があった。一頭のイヌ。

そのイヌは、屋上に悠然と現われた。

老人と少女を、そこから凝視しているようだった。

すこしばかり大柄なイヌであり、だが遠目にも若々しさはなかった。威光は別だ。威光は、しかし具わっている。遠目にも、はっきり感じられた。「ベルカ」と老人が言った。

イヌは答えなかった。

本物の年寄りだよ、と老人は少女に解説した。わたしと同じだ。だが、まだ耳が遠いわけではない。

それから老人は、やや大きな声でふたたび呼びかけた。屋上に。「ベルカ、吠えないのか?」

するとイヌは応じた。少女と老人にむかって、うぉん、と低く鳴いた。ひと吠えだけ。

いまでは少女も屋上に視線を投げていた。そうして、むかついた。老人の指示にしたがって、イヌに吠えられたようで、我慢がならなかった。

「じじい」とイヌを無視して言った。老人はその声音の強さに惹かれて、少女にむき直った。少女は相手の視線を捕らえて、つづけた。「あんたのこと、サイテーに嫌いだ。あんたみたいなの、日本語で露助ってゆう。死ね」

老人は少女の言葉を反芻したかのように、日本語の音の響きを彼女に返した。

「シネ」

「ぼけ。あたしと会話してんじゃねえよ」

一九五七年

イヌよ、イヌよ、お前たちはどこにいる?

一九五七年、アメリカの本土(メインランド)で、二つの血統の運命は交錯する。いっぽうには純血の、シュメールがいる。他方には雑種の、アイスがいる。どちらも雌犬で、複数回の出産を経験している。

シュメールは美しい。純血のジャーマン・シェパード種として、頭蓋(スカル)と口吻(マズル)の比率が10:10である等、これ以上はない「標準体型」を有している。その美しさは老いはじめたいまも消えない。イリノイ州のシカゴ郊外で飼われて、犬舎の、ケージの内側(なか)にいる。

アイスは恐ろしい。父親は北海道犬、母親はシベリアン・ハスキー、祖母にはサモエドがいた。碧い瞳の狐顔で、骨格は頑丈、その背には鬣(たてがみ)もどきをなびかせていた。どの犬種のスタンダードにも収まらない、異様な外見だった。誰にも飼われず、ミネソタ州の域内を放浪していた。なににも縛られず、しかし、ライフルに追われた。

シュメールは王座を狙う仔犬たちを産む。その見栄えの血筋のよさによってドッグ・ショウの制覇を期待される、胤(たね)違いの、無数の仔犬たちを。老いはじめていたが、いまだ計画交配による妊娠と出産をつづけて、たいていは犬齢四、五カ月になるまでわが子を率いた。母親だった。

アイスは本能の命ずるがままに、発情期になれば住宅街の飼い犬たちと交尾い、自分にふさわしい性格を、外観を、能力を有した雄たちの、力を自らの血統に雑える。産む仔犬たちは、さらに純血から離れる。分類不可能な容貌、凶悪な野生の力。アイスはこの二世たちを率いて、のみならず、仲間の二世たちも率いる。以前はアラスカ／北極圏の橇犬であった同胞の五頭と、その子供たち。いまでは〈野犬〉として人間たちに警戒される、この一党の、全部を率いたリーダーだった。

いっぽうは美しいシェパード、その役割は母親。

他方は雑種をきわめた怪物、もちろん母親ではあるが、その立場は怪物たちの王。女王。

アイスよ、お前はライフルに追われる。町の人間たちはお前を嫌う。お前とその一党を厭う。お前は人間社会に存在してはならない、邪悪なものなのだ。都市の怪物なのだ。縛られないイヌは、ただの野獣であり、抹殺されて当然なのだ。だが、お前は抹殺されない。お前は利発だ。あるときは山にいて、あるときは町に降りる。お前は一カ所にとどまらない。それは、危険だからだ。お前はその危うさを、重々承知しているからだ。お前はもちろん知らないが、お前の父親には勝者の血が流れている。お前は生き残った側にいる北海道犬の、子孫だ。数千年来の狩猟生活をつづける北海道の先住者・アイヌは、お前の父祖たちを大物獣猟犬として用いた。父祖たちは「狩る側」にいた。羆と闘い、死ななかった北海道犬が、お前の父祖だ。鹿を斃してきた北海道犬が、お前の父祖だ。お前の父祖は一頭残らず、狩猟によって淘汰されながら生き残った側なのだ。だから、お前は察知する。「狩る側」の心理を察知して、あらゆる事情を了解する。お前はほとんど人間の動きを予知する。だから、駆除などされない。

ライフルが発射するのは無駄弾だ。

愚(オロ)カ者メ、とお前は言う。お前はリーダー犬として、群れの仲間に告げる。アタシタチハ捕マラナイヨ。

アタシタチハ走ルヨ。

そうだ、お前たちは走る。お前たち〈野犬〉は、ひたすらアラスカ／北極圏の大地を、雪原を、氷原を疾走するように駆ける。すでにミネアポリスは遠い。ミネソタ州をあちらこちら放浪して、しかし北にはむかわなかった。状況が（駆除とその回避の現状が）お前たちを別の方角にさしむけた。それは、南だ。やはり南下だ。わかるか？　アイスよ、そして以前は橇犬だったアイスの同胞たちよ、お前らは生地から遥か南に放逐されて、ふたたび必然として、さらに南下する。

わかるか？　それが宿命(さだめ)だ。

いまや数十頭の集団に膨れあがった。女王アイスの知恵と本能に導かれるままに、雑種化を加速させる怪物たち――〈野犬〉の群れは、ミネソタ州の南部からウィスコンシン州、アイオワ州、イリノイ州にまたがる一帯を、その四つの州境(しゅうざかい)を縦横に走る。

駆ける。

生きのびて、疾駆する。お前たちは死なない。

しかし、一九五七年のアメリカでは、つねに銃口がお前たちを追跡する。

アイスは走る。シュメールは走らない。シュメールは、清潔で広々とした特製ケージの内側にいて、子育てに専心している。ゆったりと動いて、仔犬たちに乳房を含ませる。生後間もない仔犬たちの、排泄を介助する。威厳を持って、ゆるり、とそこにいる。威厳は地母神のそれだった。多産と豊穣の証しの、威光だった。そして、そこは養育環境として完璧に清浄で、仔犬たちは一頭残らずジャーマン・シェパード種の純血だった。

当然だが、シュメールのいる世界では、雑種は穢らわしい。

その世界の価値観では、雑種は生まれる意味すらない。

シュメール、お前は走らない。お前はかしずかれている。お前はその犬舎の持ち主に、持ち主であり飼い主である人間に、将来の王者たちの母親として大切にあつかわれている。最大級にその存在意義を認められている。だから、お前はケアされる。わが子をケアするお前を、お前の主人であるはずのブリーダー／ハンドラーの人間がケアする。

なぜなら、お前が〈美のエリート〉を産むからだ。

ひたすら美しいだけの二世、ドッグ・ショウのあらゆる選考基準を生まれながらに満たして、審査員たちの厳しい審美眼をものともしない、最優等のイヌを産むからだ。

いま、その仔犬たちがお前の乳房に群がる。

満腹すれば、お前の庇護のオーラの内部で仔犬たちはふざけあい、からみあう。

だが一九五七年、お前はついに運命に翻弄される。

なにが起きたのか。お前の主人が問題を起こしたのだ。シュメール、お前を飼い、お前の同胞たちを飼い、お前の子供たちの主人でもある清浄（クリーン）な犬舎の持ち主が、不道徳（アンクリーン）な行為に走った。いよいよ、我慢が限界に来ていた。なにしろ優勝カップが獲得できない。最高タイトルを獲るためだけにイヌを繁殖させてきたのに、いまだ、望みは叶わない。むしろ万年二位だった。たしかにグループ別審査では連覇する。圧倒する。しかし、統一チャンピオンにはなれなかった。つまり「全米ナンバーワンのわんちゃん」の座は射止められずにいたのだ。イヌと一心同体となる絶妙なハンドリングで、お前の主人は「戦後アメリカのドッグ・ショウ界の華」とまで謳われた。だが、無冠だった。イヌ雑誌にはひんぱんに登場する著名人だった。だが、無冠だった。「若き（美しき）女性ハンドラー」として注目を集めるたびに自尊心は膨れあがり、最優秀賞を逸するたびに、より派手に傷ついた。しかも、いまは若さも失いつつある。そこで、お前の主人は審査員の買収に走った。失敗した。ならばと、今度は主催者側の重要人物に大股開きのサービスをしかけたが、お前の主人にはドッグ・ショウの協会長を勃（た）たせられるほどの若さは、なかった。全然ないのだ、とお前の主人は思いこんで、焦りがなにかを暴走させた。たとえば、シュメール、お前がじきに高齢出産も無理な老いの域に入るであろう事実が、ひとつの暗示として、啓示として、脳裡に閃いたのだ。だから、いましかない。お前の主人は、第三の手段として、優勝候補の他のイヌたち（ドーベルマン・ピンチャー、コッカー・スパニエル、スコティッシュ・テリア、ボクサー、アフガン・ハウンド、トイ・プードル）にパドックで毒を盛り、念には念を入れて、それらの優勝候補の飼い主たちのランチにも毒を盛った。四頭が死に、二人が入院した。この悪行はあまりにも簡単に露顕して、お前の主人はたちまち有罪判決を受けて獄中の人物と化す。

シュメール、お前のいる犬舎はもはや維持されない。

お前をケアする人間は社会的に抹殺された。

それが、一九五七年の晩夏だ。

同じ夏、アイスはなにをしている？　雑種の怪物たちの女王（リーダー）、四つの州境を縦横無尽に動きまわる野獣（けだもの）たちの指揮官は？

仔犬を作（な）した。ふたたび出産を経験して、わが子に乳房を含ませる現役の母となった。それが何度めの出産なのか、アイスよ、お前は知らない。お前は数など、数えない。なぜなら、数をいちいち数えるのは両手に指が十本揃っている愚か者の所業だからだ。十進法の文明社会に生きる人間たちの、その輩（やから）に限定された業（ごう）だからだ。お前には両手の代わりに前肢があり、それぞれの指には肉趾（パッド）が付いていて、それらは、ひたすら走るために存在する。疾走するために存（あ）る。だからアイスよ、お前は数など、数えない。お前はいちいち数えずに、本能にしたがう。お前はひたすら〈強きイヌ〉の血の……血筋の直感にしたがう。

お前は知らないが、たぶん、それは四度めの出産だ。

アイスよ、そして夏の終わりに、お前とお前の群れは、しばし放浪をやめる。

お前は、いわば「巣」にいる。お前は夏が嫌いだ。お前の体内に流れているのは一滴残らず北のイヌの血で、だから夏は、お前の敵だ。本当のことを言えば、南がお前の敵だった。しかし、南下するのはお前の宿命（さだめ）だから、これには逆らえない。厳寒に耐えるために存在するお前の鬣（たてがみ）は、いま、仔犬たちをフワリと撫でるために存る。お前の母親としての愛を代弁して、そこに生えている。お前とお前の群れは「巣」の一帯にとどまる。八月と九月のはざまの時間にお前の子供たちは生まれて（本土（メインランド）のどの時間帯をとるかで、アメリカにとってのお前の子供たちの「誕生月」は変わる。いずれにしても、それは八月三十一日の夜中だった。お前は七時間かけて、七頭を産んだ）、それから一週間、お前はつききりだ。二週間が経ち、依然お前はつききりだが、いよいよ子供たちに歩きかたを教えはじめる。それから、コノ世界ハ暑イヨ、とも教える。ココハ凶暴ニ暑インダ、ダカラオ前タチハ、生キナガラ変ワラナケレバ駄目ダヨ、と教える。それは、より雑種化しろとの命令だ。聖なる雑種の掟だ。雑（ま）じれ、穢（けが）れろ、犬種に「標準（スタンダード）」があることを否定しろ。

イヌに純血（クリーン）を強いたのは、人間たちだ。だから。

アイスよ、しかし、お前とお前の群れが一瞬でも放浪をやめたのは、あまりに危険度が高すぎた。お前は幾度も、幾度も、出産の経験を積んだが、一九五七年のアメリカで、お前たちは「社会の敵（パブリック・エネミー）」だったのだ。アイスよ、お前こそが「社会の最悪の脅威（パブリック・エネミー・ナンバーワン）」だったのだ。だから、ほんの二、三週間ならば一カ所にとどまれるとの計算は、甘い。いや、そもそもお前は計算しない。お前は数を数えない。

たしかに人間は、両手に指が十本揃っている〈愚か者〉だった。しかし、その十本の指は、数をいちいち数えると同時に、銃把を握れたし、引き金をひけた。

なにが起きる？

包囲網だ。お前とお前の群れは、奔放に駆けてはいない。だから、その餌場／縄張りは一点に集中しはじめる。アメリカの地図の、一点に。本土（メインランド）のそこ、と指さされる。緯度と経度で明示される。お前たちは排除されるべき野獣（けだもの）として、ついに居場所を特定された。じわり、じわり、包囲網がちぢまった。お前たちは、ついに尻尾を捕まれたのだ。しかも十本指の〈愚か者〉たち……人間たちは、アイスよ、お前の知性を最大級に高く評価した。だから、しろうとの狩人たちはもはや、いない。お前を「狩る側」にいるのは、プロだ。

州軍の部隊が出動する。

これまでの展開、すなわち、数年来の失態が鑑みられて、その出動はリクエストされた。それが一九五七年のアメリカだったのだ。いよいよ、州知事に「行け」と命じられた人間たちの十本の指が、軍用ライフルを握ったのだ。もちろん、州軍はいわば予備軍にすぎない。しかし、装備と権限において、やはり彼らはプロだった。

アイスよ、アイスに率いられる群れの〈野犬〉たちよ、疾駆していればお前たちは死なない。死ななかった。しかし、いま、お前たちは走らない。走れなかった。そして、それは起きる。ウィスコンシン州の西端にいる州軍の部隊が、境界を鎖して、お前たちを狩りだす。あらゆる手段が用いられる。アイスはまだ、容易には身動きがとれない。生後三週間に満たない仔犬たちとともに「巣」にいて、だから、予知の力に頼る指揮が不可となる。群れの先頭に立てないのだ。その瞬間、アタシタチハ捕マラナイヨと言えない。アタシタチハ逃ゲルヨと言えない。

そして、それは起きる。

恐慌をきたして、群れはちりぢりになる。

このとき、アイスはただ母親として存在する。集団の女王ではない、ただ七頭の仔犬たちの母として。なにが起きるか？　アイスはのろい。逃走した他のイヌたちは、速い。そしてめだつのは、速いほうだ。ちりぢりになりながらも、結局は一頭では事をなせず、数頭単位であたふた町に迷いこんでしまう「指揮官なき群れ」のほうだ。発見されて、射殺される。通報されて、射殺される。なにしろたちまち成果が出たから、州軍の目はそちらに奪われて、アイスとその子供たちは、すなわち一頭の母犬と七頭の仔犬たちは、まだ生きている。

いちばん最後まで、生きている。

「巣」を出た。それは当然だ。子供たちに、歩キナサイ、と命じる。一歩ズッ、一歩ズッ、アタシタチハ逃ゲルノ。アタシタチハ生キノビルノ。よたよたと母子（おやこ）は移動する。アイスは低い唸り声を発している。うううう、と言いながら、駆除されない途（みち）を探る。

探る。

正面に州道がある。ハイウェイだ。そこを渡れば、匂いが消せる。痕跡が隠せる。アイスは子供たちに、マズ待機シナサイ、と告げる。アタシガ偵察ニ出ルカラ、ココデ待チナサイ。そしてアイスは州道を駆けだす。州道の、横断をはじめる。なんら難しさのない行為だった。これまでに、「人間たちの道路」という名の河は何度も渡った。あっという間に駆けて、渡った。州道の交通量は、たしかに多かったが、渡河ができないほどではなかった。だが、その河の真ん中でアイスは後ろをふりむいた。立ち止まり、ふり返った。仔犬が鳴いたのだ。まるで駆けだしてきそうに、母親を求めたのだ。だからアイスは、来テハ駄目、絶対ニ駄目ダョ、と命じた。子供がひっこむまで、見守った。それから。

轢かれた。

時速一二〇キロのピックアップ・トラックに、高度三メートルまで撥ね飛ばされた。

路上に落ちた。即死だったが、その後の十分間で、数え切れない数の車に、平らに潰された。

数え切れない数だった。そもそも、アイスが生きていれば数えない。

そうしてアイスよ、お前は完璧に死ぬ。

お前は死に、シュメールはまだ生きている。

それはもう一頭の母親だ。単なる品評会のために生きて〈美のエリート〉を産みつづけてきた、清浄（クリーン）なケージの内側（なか）の地母神だ。しかし、ケージはもはや誰もケアしない。ケアする人間のほうが、巨大な獄舎（ケージ）に入れられた。だから、犬舎はもはや維持されないのだ。もちろん放置はされない。最初の二日間だけ、犬舎のイヌたちは餌も与えられずに捨て置かれたが、それはまずい、と当局が気づいた。

三日めに、ほとんどの問題にかたが付いた。

犬舎は処分される。イヌたちも、処分される。たいていのイヌは、容易に引き取り手が見つかる。なにしろ、その犬舎の持ち主は「ドッグ・ショウ界の華（いまは徒花（あだばな））」であり、イヌたちの血筋のよさは折り紙つきだった。たとえばシュメール二世となる、生後間もない仔犬のジャーマン・シェパード数頭は、十数人が里親になりたいと挙手した。いろいろと画策もあった。シュメールの主人がライバルを蹴落とそうと謀（たばか）ったように、他のドッグ・ショウの常連たちも、この著名人（いまは徒花）に対して〝濃い〟視線を注いでいた。

この犬舎には、品評会用犬のマニアにしかわからない、泡立つ値がついていた。

だから、犬舎を処分すると当局が決定してから二十四時間を経ずに、ほぼ全部の問題が決着したのだ。代理人（エージェント）が生まれていた。イヌたちは表むきは公平に、裏では口には出せないような駆け引きをもって、さばかれた。もちろん、代理人（エージェント）は手数料で儲けた。当局との取り決めに基づいて、もろもろの備品も処分された。犬舎は解体された。

そしてシュメールよ、お前はどこにいる?

お前は答えられない。なぜなら、お前は呆然としている。お前は引き離されてしまったのだ。母子(おやこ)のきずな、血のきずなから。まだ授乳中であったというのに、仔犬たちは一頭残らず、お前の視野から奪われた。お前がわが子を見守れる、庇護のオーラの視界から、強奪された。そして、お前はどうなった? お前には引き取り手はいない。お前を、その子とともに飼おうとする里親志願者は、絶無(ゼロ)だ。誰もがほしがったのは「これから王者(チャンピオン)になれるイヌ」であり、お前のように「今後の出産が可能かどうかもわからない、老いはじめた雌犬」ではない。シュメール、お前はいまだに美しいが、そのままではドッグ・ショウに出陣できる犬齢(とし)ではない。すなわち、その世界では価値がないのだ。だから、お前に手間と費用をかけるのは無駄だ、と誰もが判断した。以前のお前の主人ならば、まだ、そのようには速断しなかっただろう。しかし、お前の主人は獄舎(ケージ)に入れられていたのだし、当局の判断ではもはやお前の主人ではなかった。

お前はどこにいる?

一九五七年の晩夏だ。代理人(エージェント)がお前を処分する。お前のように、さばけなかった同胞のイヌは、じつは数頭いた。しかし、代理人(エージェント)は当局に対して、さばけた、と報告した。もろもろの面倒を避けるためにだ。そしてお前は処分される。お前とその同類は、殺処分にまわされる。

そのためにトレーラーに押しこまれた。

他州で、殺されるために。ひそかに始末されるために。

お前のまわりで、状況を察したイヌたちが怯えている。しかし、お前は呆然としつづけている。お前のこころは凍結(フリーズ)した。シュメール、お前はトレーラーの窓ぎわにいる。床を汚さないように、お前たちは一隅にまとめて繋がれた。足下にはゴム製のマット。そしてトレーラーは動きだす。牽引車にひきずられて、滑りだす。

死にむかってだ。

それから、それは起きる。

トレーラーは州道に乗っていた。イリノイからウィスコンシンに抜けていた。時季(とき)は、一九五七年の晩夏で、初秋といってもよかった。シュメール、お前は呆然としつづけて、ひたすら窓外に虚ろな目をむけている。お前は気づかないが、トレーラーの車輪が、動物の死骸を踏む。すでに真っ平らになってしまっていた、路上の、イヌの轢死体を踏む。そのときだ。お前の虚無の視線が、なにかを捉える。強烈な絵を、捉える。見捨てられた仔犬たちを、お前はたしかに路傍に見たのだ。七頭の仔犬がかたまって、ぶるぶる震えながら、ココデ待ッテイルヨ、ココデ待ッテイルヨ、言イツケヲ守ッテ、ココデ待機シツヅケテイルヨ、と訴えている絵を、認める。お前はその瞬間、衝(つ)き動かされる。空腹の七頭の仔犬たち、母親の亡霊を待つ子供たち。

それがお前に、行け、と告げる。目覚めろ、と指示する。

そうだ、お前は一瞬にすべてがわかった。いま、お前は母親を奪われた仔犬たちを見たのだ。だから。

シュメール、お前の血はついに目覚める。お前はただの飾り物のイヌではない。お前の父親はバッドニュースだった。太平洋海域の戦場から無傷で帰還した、第二次世界大戦期の、最優等の軍用犬だった。そしてお前の祖母はエクスプロージョンで、お前の祖父は正勇だった。アリューシャンの西端の無時間を生きのびた、米日両国の軍用犬だった。お前の深奥(なか)には、襲撃、を可能にする力が眠っている。そして、それが目覚める。お前の犬歯は、お前を縛りつけているロープを咬みきるためにある。お前の力強い四肢の骨格は、トレーラーの内壁に突進して、それを叩き揺らし転倒に導くためにある。そしてお前の興奮が、同じように繋がれていた「殺処分」の同胞たちに感染して、ざわざわと叛乱に同調させる。繋がれたままのイヌたちが、壁に体当たりを繰り返す。激烈にトレーラーの車体が揺れる。イヌたちが吠える。牽引車のドライバーはなにごとかとブレーキを踏み、代理人(エージェント)が降車して、ドアを開けて覗こうとする。その瞬間に、シュメール、お前は飛びだす。お前は代理人(エージェント)を襲い、ソコヲ退(ド)ケ、と言う。アタシノ前カラ退ケ、邪魔スルナ、スレバ殺ス。

そうだシュメール、お前は覚醒した。お前は代理人(エージェント)に深傷を負わせて、走る。その場をただちに去っている。

そうだシュメール、お前が走る。

走っているのだ。

それから州道の道端にとどまっている七頭の仔犬が、幻の母親をついに見つける。

母親のアイスとは似ても似つかないが、たしかに庇護のために駆けつけてきた雌犬を、そこで迎える。

母は、来たのだ。

豊かな乳房を持ち、七頭を養える母乳(ちち)を持ち、なにより愛を持った母が。

地母神にして、父の血統の力を目覚めさせた破壊者のイヌでもある、シュメールが。

そしてシュメール、お前は言う。お前は、自分を求めて顔をあげ眸(め)をむけている七頭の仔犬に、言う。

吸イナサイ。アタシノ乳ヲ、吸イナサイ。アタシノ腹ノ下ニ、群ガリナサイ。

シュメール、お前は自分の乳を、その子らに吸わせる。

その夜から、逃走ははじまる。ついにお前たちは母子(おやこ)になった。交通量がほとんどなくなった夜間、お前たちは州道を渡る。向こう岸に、渡河した。そう、ここにアイスの遺志は果たされたのだ。第一の母の意図(ねらい)は、第二の母によって、期せずして達せられた。もちろんお前たちはふしぎな母子だ。純血の美しさだけを追求してきたジャーマン・シェパードの母親と、雑(ま)じることを善しとする〈怪物性〉が産み落とした、外見(みため)のまるで異なる雑種の七頭の子供たち。ある仔犬はサモエドの笑みの表情を有し、ある仔犬は胡麻色をした鬣を持ち、ある仔犬はラブラドール・レトリーバーの顔だちにシベリアン・ハスキーの胸部(むなもと)、そして北海道犬の、つけねの位置が高い太い巻き尾を併せ持つ。

お前たちの邂逅は、価値観の異なる二つのイヌの世界の邂逅だ。

お前たちはあらゆる意味を無効にして、愛によって結ばれている。

二つの血統の運命が交錯して、ここで、お前たちは家族だ。

ひと月、とある「巣」で家族は暮らす。そこは鉄道の操車場で、仕分け線の外れに、さながら放置されたかのような無造作さで貨車(ワゴン)がプールされている。到着線の裏手では、人間たちはほとんど往き来していない。シュメールが有蓋貨車を「巣」に選ぶ。シュメールが子供たちに、わずかにスライドした扉の隙間から内部(なか)に入り、コノ暗ガリニ潜ミナサイ、コノ暗ガリニ慣レナサイ、と告げる。ココガ「巣」ダカラ、と告げる。衛(まも)りの固さを直感して、そう教えた。事実、そこは要塞のように堅固だ。四囲は鋼鉄、おまけに「巣」は台車によって、地表から浮かんでもいる。そして、そこは清浄(クリーン)ではないが、シュメールに犬舎のケージを想い起こさせた。育てる場所は、ここでいいのだ。以前のケージは明るかったが、ここには闇しかない。それでも、いいのだ。シュメールは仔犬たちをケアする。雑種のわが子を。いまでは、誰もシュメールをケアしない。シュメールは自分で餌を探す。母として、一家の餌を探す。離乳もはじまっていた。駅舎のまわりで、深夜、ごみを漁った。一九五〇年代後半には、アメリカン・ライフの健全さが大々的に謳われて、残飯は資本主義の勝利を証すために出現しつつあった。冷凍野菜が当然視されだした時代だった。それがシュメールに、家族を、「巣」を維持させる。シュメールは〈野犬〉には見えなかったし、群れて行動もしなかったから、人間たちに追われない。ひそかに暮らす。ひそかに維持する。仔犬たちは順調に育つ。仔犬たちは有蓋貨車の「巣」にいて、シュメールの庇護のオーラにつつまれて、ふざけあい、からみあう。

シュメールよ、お前は運命に翻弄されて、その七頭の母としてそこにいる。

ひと月の間は。

だが、翻弄はそれだけでは終わらない。

いまは一九五七年なのだ。イヌたちの歴史に残る、あの一九五七年なのだ。

ある日、お前は食糧の調達から「巣」に戻ってきて、愕然とする。「巣」の扉が、大きく横に引き開けられている。開放された入口(とばぐち)に、腰かけている男がいる。もちろん人間の、男だ。

爪先のとがったカウボーイ・ブーツをぶらぶらさせて、煙草をふかし、本を読んでいた。頭には奇抜なかたちの帽子をかぶり、髭面だった。見るからに流れ者で、たぶん三十代なかばだった。もちろんシュメール、お前は人間の年齢などわからない。お前がいちばん愕然としたのは、お前の子供たちが、その男のまわりにいたことだ。ほとんど、じゃれて、そのまわりにいたことだ。そして男が顔をあげる。お前を凝視して、首をかしげる。

なんだ、お前？　と訊いたのは人間のほうだ。

お前はシェパードだろう？　仔犬(こいつら)と関係あるのか？

アルワ、とお前は吠えた。だが、威嚇していいものか。子供たちは男の掌中に捕らえられているようなものだし、それ以前に、危害を加えられている気配がない。それから、男の臭い——その煙草の臭気。それは「巣」の壁に沁みこんでいた臭いだ。お前の鋭い嗅覚(はな)が、その事実を洞察する。

仔犬たちがお前を認めて、オ母(カア)サン、オ母サン、オ母サン、と連呼する。

人間の男はそこで、おいおい嘘だろう？　お前が仔犬(こいつら)の父親か母親なのか？　と言う。楽しげに、訊いた。

アタシノ子供ヨ、とお前は吠える。

らしいな、と人間の男は自答してうなずいた。だったら、いいや。こっちに来いよ。餌、やるぞ。

アタシノ子供ナノ、とお前は吠える。

いいか、と男は本を閉じて、お前の目を見据えて、はっきり言う。「これはおれの貨車(ワゴン)だぞ」

一九五七年十月二十二日、お前の一家の「巣」であった有蓋貨車は、連結器によって電気機関車に結ばれた。長い長い長い列車の、一部となった。お前はそれに乗っている。お前の子供たちはまだ独り立ちできないし、生後二カ月に満たずに「巣」を離れるのは危険だから、やはり同様に乗っている。男は、雑種の仔犬たちをかわいがり、同時にお前も認めた。お前の気品にあふれた身のこなし、ジャーマン・シェパードとしての美しい体型美、だが秘められている恐ろしい血を、認めた。そして食事を与えたのだ。つまり、お前は家族ごとその男に飼われる。お前なら番犬になれるだろう、と言われた。その言葉の意味は、シュメール、お前にはまだ不明だ。

しかし、お前もまた男を認めて、だから飼われた。お前はそもそも、人間に飼われることに躊躇(ためら)いがない。そしてお前の家族の「巣」が男の所有(もの)であった以上、必然の判断がそこに生じる。

お前たちは鉄路を移動した。「巣」から動かずに、アメリカの本土(メインランド)を縦断した。

南部をめざしていた。

貨車(ワゴン)の主を名乗った男は、移動労働者たちのネットワークを仕切り、車掌たちに鼻薬を嗅がせ、いわば鉄道世界の裏を束ねている密輸人だった。密輸というのは、大陸のあちこちから集めた物資を、国境の南側に流しているからだった。その規模は、個人にあつかえる大きさを超えて、組織力と資金力にきっちり支えられていた。男にはスポンサーがいたのだ。テキサス州の、メキシコ系アメリカ人の名家だった。米墨戦争以前から土地に暮らしていて、カトリックを信奉し、巧妙な灌漑技術が産み落としたオレンジとレモンの果樹園を持っていた。ここでは、貨車（ワゴン）の主である男が提供する白人（グリンゴ）の労働者と、メキシコからの越境者たちが働いていた。合衆国法は不法入国者の雇用を禁じていないから、名家は堂々と前世紀の……一八四〇年代までの同胞たちを雇った。法に触れるのは、不法入国者の〝輸送〟で、それを男が世話（マネージ）していたし、だから裏の物流を把握しえたのだ。

　たしかに貨車（ワゴン）は男の所有物だった。ふだんは商品が積まれる。人材も積まれる。いまも、連結されている他の貨車（ワゴン）はそうだったが、この有蓋貨車には、隅に、イヌの一家が積まれている。

　十月二十六日、「巣」の移動が終わる。男も、シュメールも、七頭の仔犬も、米墨国境地帯に入る。男がシュメールに言う、いいか？　お前にいい暮らしをさせてやる、お前は利口だ、ただのイヌじゃない、おれにはそれがわかる、だから、いいか？　おれがここの当主（ドン）にお前をプレゼントする、果樹園の番犬としてだ、もちろん仔犬（こいつら）もいっしょだ、そして、いいか？　しっかり務めを果たせ、できるだろう？　そうすればおれも感謝される、これはお前の、おれに対する恩返しだ、してもいいだろう？

　なあ、本当の力を出せよ。

　猟銃を持った当主（ドン）の使用人たちが、駅で、「巣」から降りた男とシュメールと七頭の仔犬を出迎える。そしてシュメールよ、お前は子供たちを率いて果樹園に入る。お前は、なにが求められているかを理解した。一日め、二日め、三日め、お前はじょじょに果樹園に慣れる。四日め、五日め、六日め、子供たちは成長する。ここでもまた順調に生い育ち、七頭揃って生後満二カ月に達する。

十一月だ。一九五七年の、十一月だ。

馬がいないている。蛙が鳴いている。鶏が朝方わめいている。屋敷の中庭に置かれた池では十数羽のアヒルが泳いでいる。霧が果樹園じゅうに広がる時間帯があって、お前はそれを、美シイ、と思う。厳寒の地方のイヌの血が濃い子供たちが、霧ガアル時間ハ、イイ、イイ、トッテモ涼シイ、と喜ぶ。

美しい果樹園の十一月だ。

そしてそれは、およそ一万数千年前にこの地上に誕生したイヌ族の歴史に刻まれる一九五七年の、十一月だ。

夜だ。当主（ドン）の屋敷にはテレビがあって、一族の人間たちは画面に見入っている。居間につどい、驚嘆のうめき声をあげている。畏（おそ）れがあり、不審がある。使用人たちは庭にいて、宙（そら）を見上げている。まなざしは真剣で、どこかに真実を捜そうとしている。あれか？ 違う、あっちか？ 流れ星じゃないぞ。

そしてシュメールとその子供たちよ、お前らは感じた。

なにかをザワザワと感じて、お前たちも満天の星空をふり仰いだ。

人工衛星が飛んでいる。地球周回軌道を約一〇三分でまわっている。前の月にソ連が宇宙開発においてアメリカを抜いた。超弩級の予算が投入されて、人類史上初の人工衛星・スプートニク一号の打ちあげが成功したのだ。それから、わずか三十日しか経っていなかった。共産主義の圧倒的な優位を全世界に対して示しながら、より驚異的な人工衛星の打ちあげが試みられた。スプートニク二号には、気密室が設けられて、そこに生物が乗り組んだ。宇宙飛行を体験する地球ではじめての生命体。人間ではなかった。搭乗させられていたのは、一頭の雌犬だった。

気密室にはのぞき窓が開けられていた。

そして雌犬は、地球を見下ろしていた。

雌犬はロシアン・ライカ種で、名前については当初、情報が錯綜した。ダムカともリモンチェックとも、クドリャフカとも報道されていたが、数日でライカに落ちついた。ライカ犬の、ライカだ。かつ宇宙犬の、ライカだ。ソ連で、国家の最高機密となったイヌ。

生きたまま地球をまわっている。

無重力状態で、見下ろしている。

お前らは視線を感じた。

シュメールとその子供たちよ、お前らは感じた。米墨国境地帯にいて、だから宙（そら）を仰いだ。

そして数千頭が同時にふり仰いだ。一九五七年十一月三日、北海道犬の北の胤（たね）から生まれた血筋の三〇〇〇頭と七〇〇頭と三十三頭が、ジャーマン・シェパードのバッドニュースの血統に列（つら）なる二〇〇〇頭と九〇〇頭と二十八頭が、共産圏／資本主義圏の線引きを無視して地上のいたるところに散らばりながら、同時に蒼穹（おおぞら）を見上げていた。

「ヤクザの嬢（じょう）、なめんな」

だからあたしはなんなんだよ？

少女は問う。十一歳と十二歳のあいだのエックス歳で、こんなクソ寒い原始時代のロシアに監禁されて、ぼけ、なめられてる。

いつまでも人質（ヒトジチ）つづけさせられて。

だいたい、**あたし**は透明人間かよ。

イヌたちのグラウンドでの訓練を見に行った日から、変化は起きた。少女が老人に「死ね」と言い、老人が少女に「シネ」と言葉を返した瞬間（とき）から、説明不可能な変質ははじまった。しばしばコートを着て建物の外に出た。自分のための狭い部屋（理論上の独房）と、厨房と食堂、その他がある建物から、その〈死の町〉の散策に出た。日課だ。少女はそれを、あたしの服役（おつとめ）の時間割り、と言う。それまでは一日の大半をベッドに座りこんでわめき、状況についての烈（はげ）しい苛つきを表明するだけだった。あるいは食事どき、同席するロシア人たちにむかって剝きだしの敵意と、日本語の罵声をぶつけるだけだった。いまは違った。少女はしばしば屋外（そと）に出る。自らの意思で、閉ざされた〈死の町〉の敷地を、そして鎖（さ）している四囲のコンクリート塀を、見てまわる。広い敷地の内部を区画している舗装道路を順番に踏んだ。アスファルトのあちらこちらにある陥没の雪だまりに、足跡を残した。そうした〈死の町〉での新たなる少女の日課を、誰も咎めない。

おい、あたしだって大切な人質だろ?

馬鹿にしやがって。

ちゃんとカンシしろ。あたしは透明人間かよ。

だとしたら、と少女は状況に対して意思を持つ。あたしはあんたたちのことだって、透明人間になって見る。そう決めて、しばしば少女は〈死の町〉に暮らしている他の人間たちを追尾して、まぢかに観察した。その五人に、名前もつけた。老人はむろん、じじい、だ。厨房を仕切っている眼鏡の老婆は、ばばあ、だ。あるいは、ロシアばばあ、だ。しょっちゅう組で行動している、同じような顔をした二人の中年女は、その特徴のなさから記号で、女1、女2、と認識されて、いつしか、イチコ、ニーコ、と名付けられていた。残る一人、しっかり頭が禿げあがった中年男は、オペラ、と命名された。時どき鼻唄を歌っていたからだ。少女には不気味な旋律の、労働歌や、革命歌の類いで、それを——鼻唄でありながら——たっぷりの声量で歌っていたからだ。カラオケとか、ないのかよ? 気もち悪ぃんだよ。だから名前は、オペラ、だった。

じじいとばばあとイチコとニーコとオペラ。あと、あたし。

この〈死の町〉の限定された住人を、そう整理した。

整理して、観察した。

ある側面、それは積極的な接触(かかわり)だった。だが、そこに感情や意思の伝達を図ろうとの狙いは、まるでなかった。が、しばしば、少女は同じ空間に身を置いて、その五名のロシア人のそれぞれの言動を、じぃっ、と見た。

そしてイヌだ。

建設当初から地図に載せられず、いまでは歴史に見捨てられた〈死の町〉のその他の居住者である、数十頭のイヌたち。

少女の「服役(おつとめ)の時間割り」の一部は、そのイヌたちの観察に充てられた。

調教を毎日見物した。午前の部と午後の部。いまでは〈死の町〉全域を舞台にしつつある、高度な戦闘襲撃用の訓練。しばしば、イヌたちは広範な区域を移動して、少女もその破壊工作の予行演習を追跡した。そう、予行演習だった。だから運動会の準備なんだろ、クソわんころの大運動会の、と少女は察知していた。それが市街戦のリハーサルであることを、ほぼ把握していた。

距離は保っていた。必ず数メートルの隔たりを置いて、眺めた。イヌたちの試演を眺めたのだ。ぼけ、あたしは体育(タイク)の授業ってのは、たいてい見学すンだよ。キャンキャンキャンキャン、馬(ば)ッ鹿(か)みたいに走りまわりやがって、疲れねえのか？　だが、実際にはイヌたちはさほど吠えない。たいていは静寂のうちに疾走して、模擬ターゲットを襲う。ひそやかな襲撃を、叩きこまれているからだ。調教師の老人——少女のいう「じじい」——にしっかり仕込まれているからだ。だが、その動きの激しさは、たしかに太い咆哮を感じさせた。

実際にその場に響いているのは、たとえば銃声だった。


「ヤクザの嬢(じょう)、なめんな」

実弾は発射されない。空砲だが、その轟音に、イヌたちは慣れた。

少女自身、いままでは〝部外者〟として警声を浴びせられることがない。最初に老人がたしなめたからだ。その命令を、イヌたちが記憶したからだ。だから静かだった。数頭だけ、二度めの見学時も少女にむかって吠えて、しかしそれに関しては少女当人がたしなめた。

「じゃかあしい」とにらみつけて、言った。

視線を外さずに言って、黙らせた。

それを見て、老人は笑った。

四十頭強のイヌが常時訓練に参加して、専門的な技術を学ぶ。磨きあげる。たいてい、七、八頭が休んだ。疲労が極度に溜まる前に、休息（オフ）を与えられていた。老人がそれぞれの個体のコンディションを判断して、基本的には順繰りに訓練から外した。それらのイヌは、一日、檻にいた。

犬小屋だ。

外気にさらされた、屋外の、圏檻（ケージ）だ。

そこにも通った。イヌたち専用の区画に、少女は当然「服役の時間割り（おつとめ）」の一コマとして足を運んだ。イヌの数は時おり、微増している。どこかで捕獲されたのか、若いイヌが多い。新しい環境に親しむまで、休息（オフ）のイヌたちといっしょに、昼間も檻で過ごした。それから、まるっきりの仔犬がいた。つい先日まで母親と同じ檻に入れられていて、乳房に吸いついていた、この〈死の町〉生まれの仔犬たち。

いまは兄弟姉妹だけで大型の檻に囲われている。

日中、自分たちだけでいた。

生後せいぜい六、七週間めの仔犬たちは、まだ警戒心がない。少女は金網越しに、観察した。初めて仔犬たちの檻を発見したとき、少女は理解した、ここには年寄りのイヌがいてこうゆう小さいのもいる、と。少女は想起した、あのじじいが「シネ」と日本語吐（ぬ）かしたとき、屋上からあたしに吠えたのが老犬（おいぼれ）だった、と。そして実感した、あたしはイヌだろうと人間（ひと）だろうと、じじいが全部、嫌いだ。

「でも、だからって、お前らを可愛いなんて思うわけねえだろ」

少女は金網越しに仔犬たちに言った。

日本語で。

それから毎日、その檻の前で、不満をブッブッと吐きだすようになった。客観的に見れば、仔犬たちは愛らしい。ころころとしていて、立ち耳がぴょこん、ぴょこんと丸い頭部からつきだしていて、体毛はふわりと全身を覆う。だが少女は「ぼけ、ぼけ、ぼけ、クソわんころ」と言う。「お前らなんて」と言いながら、金網に指を食いこませる。「餌で人間に、手なずけられてるだけだろ?」仔犬たちには鑑札（タグ）が付けられている。ロシア文字は、もちろん読めないが、少女には番号は読めた。アラビア数字の番号は読み取れた。44、45、46、47、48、それから、113、114。七頭だ。付けられている番号は、少女にとってイヌの名前も同然で、だから個体数も整理した。

その番号によって少女は〈死の町〉の仔犬を把握した。

だから、観察に集中できた、という側面がある。だから、しばしば檻の前に、少女はどこか

「ヤクザの嬢（じょう）、なめんな」

魅入られたような表情を示して立っていた、という事実がある。と同時に、仔犬ならではの「予想のつかない行動」が、見るという行為を飽きさせなかった。

だから艦通いをつづけて、少女はブツブツと語りかけたのだ。

「こけたぞ」と言った。

「お互い、咬みあいやがって。この餓鬼わんころ」と言った。

「それで一人前のつもりかよ」と言った。

「あほ」と言った。

その時間割りの一コマに、吐きだされる何事かがあった。

仔犬たちの愚かさを、ある日、少女は試した。厨房と食糧貯蔵庫を漁った。イヌがなにを食わされているのかは了解している。あたしは、だって、ばばあの作業を観察してる。だから少女は仮説を検証しようとしたのだ。「餌で手なずけられてるだけだろ、お前ら? ヨンジューヨンにヨンジューゴに、ヨンジューロクヨンジューナナヨンジューハチに、ヒャクジューサンにヒャクジューヨン。だろ? ほら、あたしからだって食うだろ?」

自らの仮説。

結果は、大合唱だった。

鑑札番号44が言う、「クレ!」

鑑札番号114が言う、「クレ!」

鑑札番号45と鑑札番号46と鑑札番号47と鑑札番号48と鑑札番号113が言う、「クレ、クレ、クレ、クレ、クレ!」

金網の隙間からさしいれると、食材（もの）を確かめもせずに、わらわらッと群がり、しゃぶりついた。

そう、仔犬たちにはまるで警戒心というものがなかった。かつ、離乳期も過ぎていたから、それらの「ロシアン・ドッグフード」の類いに抵抗もなかった。少女が与えたのは、たとえば羊の蹄だ。残り物だが、齧れる。舐（ねぶ）れる。わずかだが肉やゼラチンがついている。

「嬉しいのか?」と少女は訊く。

嬉しそうだった。

「そんな臭い肉で、嬉しいのか?」

嬉しい、と仔犬たちは答えた。

「ほら」と少女は、言葉の上では勝ち誇りながら、しかし表情は奇妙な硬直とわずかな弛緩（ゆるみ）をみせながら、告げる。「お前たちはあたしにだって、手なずけられる。尻尾、ふるだろ。だからお前らは、ぼけだ。だからお前らは、クソだ。お前ら、ロシアなんだよ。羊の臭（くせ）ぇ肉だって、栄養のためには食うだろ?」

仮説の検証は、それから毎日、行なわれる。少女は仔犬たちの檻にむかう際、必ず餌を――それは盗んだ餌だ――携える。そして、与える。少女の訪問を七頭は歓迎する。少女の姿を見て、たしかに尻尾をふりはじめる。キャンキャン、キャンキャンと言う。そして少女はむさぼるイヌたちを眺めながら、相変わらずブツブツと語りかけた。日本語だった。モノトーンの日本語だった。「あたしも時どきヒツジを食わされる。あの不味い肉。あのきつい味。お前らは好きか? お前らは好きみたいだ。あたしは……ぼけ、あたしはヒツジって冬の料理だって思

「ヤクザの嬢（じょう）、なめんな」

う。ヒツジ、食うと、からだ熱いだろ。だろ？　あたしはそうゆうの、憶えたんだ。クソ、あたしだって、いろいろ憶える。ほら」と金網の下部から、檻の内部(なか)に手をさしいれる。

その手に、四、五頭が群がる。

舐める。

少女はそのうちの一頭を、がさつに撫でる。

「ほら、お前は熱い。違うか、ヒャクジューヨン？」

もう一、二頭が、自分たちのことも愛撫してほしいとばかりに、頭部と体側(わき)をこすりつける。

少女の手に。指に。

違わないだろ？

うん。

違わないだろ？

クレ。

そこまでが少女の日課だった。少女の「服役(おつとめ)の時間割り」の、これが現時点での最後のコマだった。鑑札番号の付いた仔犬たちの観察、ひそかに与える餌、それから、仔犬たちの耳に流しこむ日本語。たっぷりの、日本語の、不満。モノトーンの声。その声音(トーン)に七頭がなじむ。

日課はつづいて、ある日、破られる。

劇的に破られる。その瞬間までに、新たにルーティン化した〈死の町〉での時間割りが幾日……幾週つづいていたのか、判然としない。少女に尋ねても、それは不明だ。依然として少女は日にちを数えていない。人質(ヒトジチ)となって、何日めかなんて、そんなのは・な・い。あたしはエックス歳だ、ぼけ。時間なんて、消えろ。

　それが起きたのは、だから、その日だ。

　昼食は終わっていた。そして厨房で老婆がジャムを作っていた。少女は老婆を背後から観察していた。透明人間になって、カンシしていた。逆カンシだ。わかるか、ばばあ？　わかるか、あんたがあたしの人質（ヒトジチ）かも、しれないンだって。だが少女は無言だ。いっさいは内心の台詞だ。語られない、日本語だ。厨房を監視することは、つねに仔犬たちのための餌を「盗んで」いる少女にとって、重要だった。だから凝視する。老婆と同じ空間に身を置いて、日課として、じぃっ、と見る。見るのは、全部だ。樽のような老婆の体型も、その老婆がかけている眼鏡のレンズのぶ厚さも、厨房に揃えられている食材も。野菜や香草の類い——甜菜（ビート）。ディル。長葱。籠に入れられている。いや、ディルはグラスに挿されている。飾られている。蕎麦の実や小麦粉。油……ひまわり油。ラベルに大輪の黄色い花が描かれていたから、少女は「ひまわり油」だと正確に判断した。それから台所用品の類い——普通に鍋がある。両手鍋。フライパンがある。ボウル。玉杓子。包丁。

　ジャム作りには、それらのどれも、用いられない。

　材料は酸塊（グーズベリー）と、イチゴだった。広口瓶に、果実と同じ分量の砂糖を入れて、それでお終いだ。単純な作業。

　イチゴだ、と少女は思う。

　いまはイチゴとかの、季節なのか？

　少女は〈死の町〉を広範囲に散策していたが、その敷地の内側（なか）に菜園は見つけていない。だ

「ヤクザの嬢（じょう）、なめんな」

ったら森で果実摘みをするのか？　それとも、ちかい場所に市場があるのか？　わからない。それとジャムって、どうゆう時季（とき）に作るんだ？　冬の前？　でもロシアになんて、冬しかねえだろ。

だから季節ってなんだよ。ぼけ。あたしはエックス歳だ。

イチゴが気になった。

もちろん少女と老婆の間に、会話はなかった。数分後に、少女は屋外にいた。いつもの〈死の町〉彷徨の一部として、厨房を出ていた。建物から区画ふたつぶん、離れたところにコンクリート塀がある。ここを外界（そと）から切り離している壁。少女にとっての〈死の町〉を、はっきりと監獄に変えている、遮断壁。偶然、イチコとニーコの姿を捉えた。どこかの車庫から、単車を引っぱり出してきていた。意外だった。タンデムシートに、二人で乗るつもりなのだ。イチコかニーコの、どちらかが運転するつもりなのだ。食糧調達か？　少女は直感した。それから、当たり前のようにカンシに入った。だが透明人間になっての観察は、その瞬間、方法として採られなかった。反射的に、少女は建物の陰に身をひそめていた。イチゴ、と思った。尾（つ）けるのは日課だが、どうゆうところにむかうのか、確認したかった。イチゴ狩りか、イチゴ買いか、どこで？　二人の中年女――イチコとニーコは、外界（そと）に通じる扉を開けた。両開きの鉄の扉で、この〈死の町〉の出口のひとつだ。出口。脱獄を考えたことはない。ここが監獄だとして、どうにか壁を越えてシャバに出ようと足掻いたり計画したりしたことは、一度だってない。クソ面倒臭いからだ。その後どうすンだよ？　森でキノコ食ったり、熊と闘ったりして、いっしょうけんめいにサバイバルか？　するわけねえだろ。しかし、この瞬間、外界（そと）を見たいとは思った。イチコとニーコが単車に乗る。少女は忍び寄っている。二人の死角に入って、巧みに〈死の町〉の街路から壁ぎわに、進む。いちばん近い区画の建物の背面にいて、頭は低い位置から、出した。イチゴ、と思った。

二人乗りの単車を、あたしは追えるか。

扉。ガチャリとはしてない。

鍵、なし。

だから見届けようと試みたのだ。イチコとニーコの外出を、しっかり。その方向――どうゆうところ――を見極めようと意図したのだ。

森か。菜園か。市場か。

扉に手をかけていた。コンクリート塀を、通過しはじめていた。足のさき、半分。

激しい銃声が一発、背後から、した。空砲ではなかった。実弾は発射された。少女のかたわらで、壁のコンクリート片がピシッと吹き飛んだ。弾き飛ばされた。深い銃痕。しかし、少女はそれを視認しない。できない。ほんの数十センチ側を、銃弾がかすめたのだ。その空気の震えが、いまも皮膚の内側に残響（エコー）している。

少女は戦慄している。

……狙われた？

少女は硬直して、皮膚の外側は、ぞけりと総毛立つ。

それから顔の紅潮がはじまる。いまだ慄（ふる）えながら、しかし紅潮は水位があがるように、静かに、静かに、耳まで達する。と同時に少女の顔に新しい表情（いろ）が生まれる。下唇を噛みはじめて

「ヤクザの嬢（じょう）、なめんな」

いる。ギ……ギリ、と噛みはじめている。ゆっくり、ふり返る。

真後ろを。

ほんの三メートルばかり隔たった場所に、両手（ダブルハンド）で拳銃を構えて、厨房にいたはずの老婆が立っている。前掛けを果実の汁で汚して。

「ばばあ」と少女は言う。

老婆は返事をしない。

「カンシはしてたわけかよ。あたしは、全然透明人間じゃないってわけかよ」

眼鏡のぶ厚いレンズが邪魔して、老婆の顔色はうかがえない。本当の心持ちは。

しかし、その二つのレンズこそが、カンシ——監視している。機械同様に。

「……拳銃（チャカ）で、脅して、大喜びか、ばばあ？　ぼけ、あたしを馬鹿にしやがって。あたしは、そんなモンには慣れている。イヌより慣れてる。そんな銃声（どんぱち）、あたしをビビらせられるって思ったのかよ？　ヤクザの嬢（じょう）、なめんな」

吐き捨てた。言葉を。

だが失禁していた。

すでにデニムの股間が、じわり、と染みをひろげている。その現象（こと）に気づいていた。相手にも看（み）てとられるだろうと気づいていた。だから言った。いまだ威嚇射撃のための、両手（ダブルハンド）の姿勢を崩さない老婆に。

「クソ……いつか包丁で刺すぞ、ばばあ。お前も世間だ」

十数分後、少女は与えられている部屋に戻り、着替えている。下着を穿き替える。尿で濡らしたデニムを、棄てる。代わりに、予備として以前から宛てがわれていたズボンに——それらの替えは世話役の老婆が準備した——足を通す。初めて、それを穿く。こんな貧乏臭いパンツ、と少女は怨む、憎む。あたしを馬鹿にしてるのか？　子供服、着せてンじゃねえよ。いま棄てたの、庶民用とは違うんだぞ、わかるか？　グッチだったんだよ。ブランド物だったんだよ。だから一度も洗わないでも、穿きつづけたんだよ。あたしのお気に入りのグッチの、ウォッシュド・デニム。

それが、しょんべんかよ。

少女は感じている。その言葉にならない感情。恥辱。

コートを着る。帽子をかぶる。外側から激情（それ）に装甲するように、しっかりと防寒をして、いわば「ロシアの子供」に擬態した。シベリアの、少数民族のモンゴロイドの一員のように。だがその内側にあふれているのは日本語だ。日本語の、罵詈雑言だ。リミットのない毒づきだ。もはや制御できない。その気もちを吐きだすには、仔犬が要る。

あの仔犬たちが。

鑑札番号44と鑑札番号45と鑑札番号46と鑑札番号47と鑑札番号48と鑑札番号113と鑑札番号114が。

大型の檻が。その檻の前にたたずむ日課が。

しかし、この日の午後、仔犬たちは檻から出されている。少女は状況を察知している。三日前か、四日前か、流れは変わった。その意味ではルーティン化した「服役（おつとめ）の時間割り」が劇的に変わるシークエンスには、すでに伏線が張られていたことになる。仔犬たちは、別に本格的

「ヤクザの嬢（じょう）、なめんな」

な戦闘襲撃用の訓練を受けているわけではない。ほんの短い時間、檻を不在にして、グラウンドに置かれる。そうして、老人が適性を見ていた。先天的な闘争心を備えているか、否か。銃声に対してどう反応するか。硝煙に対してどう反応するか。つまり採用試験の期間だった。ボール遊びのような類いの、つぎの段階だ。そして基礎訓練の、前の段階だ。

仔犬たちは、調教済みの〝完成された〟成犬たちの動きに倣うか。あるいは、いずれ倣おうとするか。

人間の命令を聞けるか。あるいは、いずれ聞くか。

その手の適性を判断していたのだ。

訓練に、ちいさな形で参加していたのだ。

結論はすでに出ている。七頭のどれも筋がいい。それは、そうだろう、と老人は判断していた。犬種として、すなわち血統として、そうだろう。だから、試験はおのずと高度になった。二日前か、三日前か、もう「行け」「止まれ」「しゃがめ」の基礎的な命令に応答させる、たとえば標的を実際に襲う遊びが試されている。

もちろんグラウンドにいれば、範は示される。先輩である成犬たちによって、示されている。その匂いを……雰囲気を嗅ぎ取らなければならない。襲撃とはなにか。必要とされているのは、本当はなにか。幼い身ぶりで、当然、よかった。遊びなのだ。しかし、だからこそ、資質の善し悪しは明瞭になる。

そのために。

少女は状況を察知している。檻の前にむかっても、無駄だとわかっている。いま、この時間、仔犬たちはいないのだ。仔犬たちはグラウンドにいるのだ。ぼけ、やっと手なずけたのに。シツケするためにひっぱり出したのか？　奪うな。あたしのわんころ、奪うな。たぶん半時間後か、一時間後には圏檻(ケージ)に戻されるとは理解している。しかし、待つ気はなかった。状況をちゃんと察知している少女は、だから調教の現場にむかった。

じかに。

コートを着込んで、防寒用の帽子を目深(まぶか)にかぶって、頭の内側(なか)は憎悪の日本語でいっぱいにして。

少女は見た。仔犬たちが言葉を与えられて、それに反応している。あたしが日本語、クソみたいな日本語、流しこむだけだったのに。じじいがわんころどもにロシア語教えこんでる。あたしの声を聞かせないようにするために？　少女は聞いた。一つひとつ、そのロシア語の命令(コマンド)を聞いた。むかつきながら、それらを頭に滲(し)みこませた。音、として。ただの音、として。少女はもはや距離を持って調教(それ)を見ない。数メートル離れて遠巻きにしたりはしない。遠慮せず、イヌを恐れず、老人のほんの真後ろに付いた。挑発的だった。本当に、本気で、憎しみに満たされていた。視界の先にはオペラがいる。じじいの相棒の、オペラ。胴体と両腕を防御服に包んで、保護帽はかぶらずに標的を演じていた。仔犬たちの遊びの、標的だった。訓練だろ、と少女は思う。これは殺人(コロシ)の訓練だろ？　わかってるんだぞ、ぼけ。少女は言葉にならない感情を感じている。破壊だ。破壊しろ、と願っている。老人は少女の存在を気にしない。無視ではないが、この場面では、仔犬たちの適性を見るのに集中している。言葉は仔犬たちにだけ、かけられる。ロシア語の命令(コマンド)として、かけられる。少女は思いだす。あたしが、このじじいに、

「ヤクザの孃(じょう)、なめんな」

勝手に会話されたこと。そうだ「シネ」だ、あの死ねのこと。だったらあたしが会話してやる。あたしが邪魔してやる。今度は、あたしだ、だろ?

七頭の仔犬が控えている、その場で、唐突に少女が大声を発した。

ロシア語の命令(コマンド)を、その響きだけで、真似した。

襲え、と願った。お前ら、あの人間を襲え!

そして発していた言葉は、「イケ、威嚇シロ」だった。襲撃を命じる、たしかにロシア語だった。滑らかではないが、しっかり反芻されたロシア語の音声(それ)だった。

七頭の仔犬がそこにいる。仔犬は数日前からの適性試験で、命令(コマンド)に慣れている。それが人間(ひと)からの何事かの指示であるという、漠然とした概念に。そして仔犬は、少女の声に馴(な)れている。毎日、語りかけられていたからだ。少女が日課として、七頭に語りかけていたからだ。だから。

もっとも利発な一頭が、号令に応じた。

一頭の仔犬が、駆け出したのだ。

鑑札番号47だった。ダッ、と全力疾走をはじめた。ちいさな後肢が、たわみ、唸った。加速した。めざしているのは標的だった。親しんでいる声に、フルボリュームで命じられたからだ。たぶん、体当タリシロと命じられた。あるいは、ソノ人間ニムカッテイケと。咬メ・殺セ、と。鑑札番号47の判断は、ほとんど間違っていなかった。

少女の言葉を理解した。

そしてオペラに躍りかかった。

襲いかかり、抑えつけられるまで攻撃をつづけて、老人の「しゃがめ」の命令(コマンド)が出ると、最初に少女にむかってふり返った。

少女は啞然と、鑑札番号47を見ていた。

仔犬は「僕、できたよね？」と、少女に訊いていた。

鑑札番号47は雄犬だった。

少女は、だから……だから、鑑札番号47にうなずいた。

このとき、会話がはじまったのだ。この〈死の町〉に囚われてから、いま初めて、少女は何者かとコミュニケーションを成立させたのだ。相手は人間ではなかった。イヌだった。しかし一頭のイヌと日本人の少女との間で、言葉は通じた。媒介（メディア）にしたのは猿まねのロシア語だったが、そこには数ミリの言語的な誤差しかなかった。

その衝撃は、一分ごとに、十分ごとに、一時間ごとに少女の内側に滲みる。

滲みる。

夜。少女は食卓で言う。じじいとばばあとオペラとイチコとニーコが揃っている食卓で、少女は宣言する。「あたしはあのイヌをもらう」と日本語で、はっきり言い渡す。もちろん、誰も理解しない。全員、少女がなにを告げたのか、この段階では理解しない。しかし少女は気にかけない。

「わかったな？　許可はとったぞ」と言明した。

そして老人は感じる。お前はなにかを宣言したな？　そう問い返している。

ロシア語で問い返して、それ以上は追及しない。

後はふだんどおりの食事風景があるだけだ。甜菜（ビート）入りの野菜サラダ、金時豆の冷製、ボルシチ、酸っぱいパン。
　すでに日課は狂った。夕食後に、少女は建物を出る。初めて日が暮れてから屋外（そと）に出る。そして犬小屋の区画にまっすぐ、むかう。迷うことはない。手には携えたものがある。厨房で、片づけと明日の仕込みをする老婆のかたわらから堂々と攫（さら）った、羊の肋骨肉（リブロース）の残り。捌（さば）かれた後の、余り物。

　仔犬の檻の前に立つ。

　七頭はキャン、キャンキャンと迎える。寝ぼけている仔犬もいたが、肉の匂いに目覚めた。他の檻で、同じ反応からか成犬たちが騒（ざわ）めきだす。少女は七頭にだけ間食（それ）を与える。羊の肋骨を。

　そうして、暗がりに目が慣れるのを待つ。少女は懐中電灯など持っていない。羊の肋骨に群がる七頭を、見分けられるまで、待つ。

「なあ」と語りかける。いつものように、日本語で。「ヒツジだ。前も言ったろ？　ヒツジしゃぶると、からだ熱いだろ？　なあ、どうだよ？　だから持ってきたんだ」

　少女は檻の入り口に、手をかける。金網の張られた、鉄パイプで長方形に組まれた、扉。掛け金式の錠（ロック）しかない。イヌが自ら開けて飛びださなければいいのだから。それを少女は外す。檻の内側（なか）に入って、一頭を、そっと拾いあげる。鑑札番号47を、抱きあげる。

「お前、あたしを温（あった）めろよ」と言った。

　イヌは抵抗しない。

「あたしの部屋に来て、いいか？　夜は懐炉（カイロ）になれ」

イヌは抵抗しない。

その晩、少女の独房は、一人と一頭のための寝床となる。少女と鑑札番号47のための部屋となる。横幅が五十センチもないベッドで、少女は鑑札番号47を引き寄せて、がさつに、だが強い感情を抱きながら、撫でる。その感情は、言葉にはならない。イヌは抵抗しない。むしろ飛び込む。少女のぷちぷちと太った腹に、もぐり込む。

一人と一頭は眠る。

温まっている。

朝、少女はしっかり起きる。新しい日課は、すでに予定されている。いままでの「服役の時間割り」が壊れたことは、自覚されている。ここから、はじまるのだ。なにかがここから、はじまるのだ。もはや少女は透明人間ではないし、たとえば少女が命名したじじいやばばあやイチコやニーコやオペラの、監視者でもない。自分がカンシされている事実は学んだ。だから？　第三の立場に、少女はイヌとともに就こうと意図する。

調整しながら。

朝、少女は起床して、イヌとともに屋外に出る。便所だ。建物から十メートルばかり離れたところに便所はあって、毎朝、顔もそこで洗った。いつものように少女は用を足す。鑑札番号47もその付近で用を足す。それからイヌのための区画にむかう。今度は鑑札番号47を抱えあげず、歩かせて、ともに檻のエリアにむかう。仔犬たちの檻の前に立つ。金網の向こう側で、鑑札番号47の兄弟姉妹が、ふしぎな表情をする。鑑札番号47に、ナゼ、オ前ダケ外ニイル？　と問う。「あたしが選んだんだ。センバツしたんだ」と少女は言う。ソウナノカ？　と六頭は問う。

「ヤクザの孃、なめんな」

う。「あたしの護衛だ。このヨンジューナナ」と少女は言う。鑑札番号47は声に出さずに、うぉん、と答える。ダカラ、夜、ココニイナカッタノカ? ソウナノカ、兄弟(キョウダイ)? と六頭が尋ねる。「でも、いいか? 朝とか昼とかは、この檻にいる。あたしがヨンジューナナを戻す。お前らといっしょに遊んで、お前らといっしょに訓練、するんだ。いいか? だから絶対ヨンジューナナを、無視(シカト)するなよ。したら蹴り飛ばすぞ。しばくぞ。あたしは、本気だ。護衛にすンだから……」と少女は、そこで鑑札番号47にむき直る。「いちばんのイヌにしてやる。本物のイヌにする。なあヨンジューナナ、わかるか? イヌといるときは、お前、イヌだ。ただのわんころ、そうゆうふうに生きろ」

生きろ、と少女は言う。

真横に付いた鑑札番号47が、うぉん、と声に出さずに答える。

それから少女は、鑑札番号47をふたたび檻の内側(なか)に戻す。

六頭の兄弟姉妹は、従順に、迎え入れる。ただし、クンクンクンと匂いは嗅いだ。

その朝、鑑札番号47はいつもどおりにイヌの餌を摂る。少女は老婆の準備した朝食を摂る。鑑札番号47はイチコとニーコによって給餌される「ロシアン・ドッグフード」をむさぼり、少女はライ麦パンと酸味のある飲み物の食事(それ)を済ませる。新しい日課が、そうして進行しだす。少女は食卓で、毅然としている。あたしはカンシもしないしカンシもされない。したければ、しろ。少女は同じテーブルに着いている他の人間に、発問を許さない。

午(ひる)まえ、鑑札番号47は大型の檻の内側(なか)で、いつもどおりに兄弟姉妹と戯れる。ケンカを……格闘の真似事をする。駆けっこをする。ごろごろ転がる。

少女はいつもどおりに檻の外側で観察していて、だからこれでいいんだ、と直感する。

昼食。

そして午後。訓練に少女は立ち会う。はっきり、立ち会う。それこそが少女の新たな日課の、核心だ。試験期間は実質的に終わって、仔犬たちは生後四ヵ月以前のイヌのための、早期訓練を受けている。基礎訓練に励んでいる。少女は老人と、オペラの、調教の現場に参加している。邪魔はしない。しかし鑑札番号47に、復習をさせる。サボらせず、集中力が途切れないように工夫しつつ、「ヨイ」「イケナイ」「左転」「右転」を教える。

ロシア語で号令する。

少女がロシア語の命令を、意識して憶えはじめる。

仔犬たちの訓練時間は短い。

ほんの一、二時間で、檻に戻される。

たぶん、じじいが、と少女は思う。あんまり疲れさせないようにって、考えてるんだ。

「疲れたか?」と少女は鑑札番号47に訊く。

イヌは平気な顔をしている。しかし、少女はイヌを休ませる。他の仔犬たち……六頭の兄弟姉妹と同様に。

それが正しいのだ、と直感して。

その晩、少女はふたたび、鑑札番号47を檻から出す。同じ部屋で眠るために。お互いの温もりに包まれて、一人と一頭としてつながるために。「疲れたか?」ともういちど、訊く。イヌは、タップリ疲レタンダ、と言葉ではなく態度で示して、少女の太った——個性的に肥えている——肉体に埋もれる。

夜、イヌはイヌではない。

夜、少女はただの人間の児ではない。

イヌと少女は、この〈死の町〉で、第三の生物として、いる。

朝になるまで、ずっと。

そして朝になる。新しい日課は、また繰り返される。調整はされる。だが、基本的に内容は、同じだ。必須事項は、同じだ。少女がそのスケジュールを予定した。最初の日に、一番めの朝に、少女はすでに構想していたのだ。いまは、揺るがず実行する。そして夜になる。そして朝になる。そして夜になる。そして朝になる。エックス歳の少女が決してカウントしない日数が、経過する。

鑑札番号47は、昼、少女を主人と認めた。確実にその命令にしたがった。少女は、はっきりと、イヌの興奮状態と冷静な状態を制御できるようになった。言葉で、だった。マスターした号令用のロシア語で、だった。狙っていたわけではないが、鑑札番号47の兄弟姉妹の六頭も、グラウンドで少女が発する命令に応じた。仔犬は、仔犬と呼ぶよりは幼犬と呼ぶのがふさわしい大きさになり、しだいに若犬の段階に近づく。ある日、老人がじっと少女を見ている。鑑札番号47とその兄弟姉妹を巧みに、主人として指揮している少女を、その双眸に認めている。

なんだよ？　と少女は言う。

凄いな、と老人は言う。

あたしからヨンジューナナを奪うなよ、と少女は言う。

なあ娘、お前はもう調教師じゃないか、と老人は言う。

そんなことをしたら殺すぞ、と少女は言う。

あるいは、お前もイヌなのか？　と老人は尋ねる。

「だいたいじじい、あんたとかばばあとかが悪い。あんたたち、あたしを撃ったり、するだろ？　拳銃（チャカ）で……脅しやがって。だからあたしも自己ボーエーだ。わかるか、ぼけ？　だから、このヨンジューナナを護衛にすンだよ。今度ふざけたことしてみろ。あたしのイヌに、襲わせてやる」

お前もイヌなのか？　と老人は再度、ロシア語で尋ねる。それから、首をかしげる。お前はもしかして……あれ（い）なのか？

自己防衛。護衛のための、少女のイヌ。身辺に侍（はべ）らせたイヌ。そして夜になる。そして朝になる。そして夜になる。そして朝になる。声を殺して人間を襲う技術を、若い鑑札番号47が身につける。吠えず、たとえば建物の裏手から飛びだして、ザン、と瞬時に無音で殺（や）れる力。だが、習得したのはまだ基礎の基礎だ。速さが求められて、襲撃用（それ）の五感が求められる。しかし、応用編をそのイヌは見ている。その若犬はグラウンドにいて、成犬たちの破壊工作の試演をたしかに見ている。しじゅう、だ。そして夜になる。そして朝になる。少女と鑑札番号47の日課には、微調整が施されている。午後の部の、若犬のための合同訓練が終わると、もう鑑札番号47は兄弟姉妹の檻に——その日は——合流しない。一人と一頭で、いわば「自由行動」をする。それは夜の時間の膨張に似ている。少女は鑑札番号47を連れて、市街戦のシミュレーション空間となった〈死の町〉のあちこちを踏む。いっしょに、白い、四階建ての建物の内側（なか）を駆ける。

階段をのぼる。階段をおりる。のぼる。おりる。高い監視塔にものぼる。そこで一人と一頭は〈死の町〉を鳥瞰する。見下ろしながら少女が、なあヨンジューナナ、と言う。いつか……あたしたちで世間を殺すぞ。鑑札番号47はじっと少女の声を聞いている。命令(コマンド)のロシア語ではない、日本語のつぶやきを聞いている。地上におりる。舗装道路で、車の残骸の屋根(ルーフ)に鑑札番号47だけが乗る。そのイヌは、まだ走行中の車を跳躍はできない。迫り来る車にむかって跳び、飛び越えることも、ボンネットに乗ることもできない。しかし、その若犬はなにかを真似る。成犬たちの破壊工作の、本質をスッと真似する。

いずれ若犬は育つ。

いずれ鑑札番号47は、成育する。

ある日の「自由行動」で、少女はその部屋に入りこんだ。その建物の、その部屋に入りこんだ。ふだん利用している本拠(ホーム)の建物――そこに少女の部屋があって、厨房と食堂がある――以外に、老人とオペラが出入りする建物があるのは、知っていた。興味がなかった。イヌの訓練のための道具置き場だ、とみなしていた。事実そうだったが、しかし、建物にある部屋は一つだけでは……一種類だけではない。

まず興味を示したのは、鑑札番号47だった。たまたま、なにかの臭跡を嗅いで、建物の入り口に近づいた。屋内(なか)のどこかで歌声がした。コンクリートの壁に響いて、顫動音(ビブラート)が自然に付随した。オペラが歌っていた。とても調子のいい旋律だった。相変わらず少女にとっては、不気味だった。ルゥゥ、ルゥゥゥゥウ！ ルゥゥゥゥゥゥゥウ！ 鑑札番号47はしかし、歌声には反応しなかった。地面の遺留臭をクンクンしていた。「道具(もの)、片づけるだけじゃないのか？」と少女は訊いた。「なあヨンジューナナ、ここにイヌ、通ってるのか?」

少女は日本語で、イヌも? と訊いた。

鑑札番号47はイヌの言葉で、いぬガ誰カ来テイルネ、と答えた。

「死んだハワイの匂いがする」建物の内部（なか）に足を踏み入れて、少女はつぶやいた。まあロシアだもんな、常夏（トコナツ）殺しも、当たり前か。でも、これ、更衣室の匂いだ。少女は連想して、エックス歳になる以前のことを思い出した。クソ、あたしは貧乏人の世間のこととか、思い出したぞ……クソ。やや薄暗い屋内（なか）を「自由行動」の一人と一頭はずんずん歩いた。建物の構造は本拠（ホーム）と同じだから、戸惑わない。広間に入った。

そのさきに、その部屋があった。その建物の、その部屋に入りこんでいた。

一瞬、少女は「組の事務所みたいだな」と思う。思って、ぼそぼそとつぶやいている。父親が会長をしている組織の、雑居ビルのワン・フロアを借りた事務所を連想したのだ。だが、壁に習字が――〝魂〟やら〝一殺多生〟やらと墨痕あざやかに書かれた書（しょ）が飾られているわけではない。壁にあるのは、地図だ。それも古い古い世界地図。事務所には神棚があるが、ここにはない。ロシア正教の聖画（イコン）もない。代わりに、テレビがあった。この〈死の町〉でテレビを見るのは、初めてだった。電源は入れられていない。だから画面は死んでいる。そもそも、部屋は無人だ。なのに濃い気配がある。ナニカの気配。「死体とか床下に隠してありそう、嗅げないか、ヨンジューナナ?」イヌは答えない。背後の広間の、さらにむこうの通路からオペラの歌声が響いている。依然、響いている。事務所のような革のソファはないが、とりあえずテーブルとシートはある。テーブルには、札束が積み重ねられていた。何列にも、いっけん丁寧に、しかし無造作に。ルーブル紙幣は見当たらない。この現金(げんなま)って、と少女はちらっと見て思う、アメリカとかの、ドルとかだっけ?

やっぱり組の事務所みたいだ、と思う。

そう認識した途端、神棚が視界に映る。この部屋で「神棚もどき」と感じられる存在(もの)。そこには提灯もないし、手前に鎮座する日本刀もないが、しかし霊気が発せられている。あれだ。ナニカの気配の源。地球儀だ。

棚にあって、あれはたしかに飾られている。祀られている。

この部屋でいちばんジューヨーってされてる、と少女は覚(さと)る。

瞬時に了解する。

だから手を出す。

テーブルをまわり込んで、手を出した。地球儀を、手にとった。重いかと思ったが、それほどではない。しかし金属の手ざわりだ。古いモノの手ざわりだ。そして、地球儀だから内部(なか)は空洞かと思ったが、違う気がした。両掌(りょうて)のあいだで、転がした。少女は地球を回す。自分の頭部よりも大きな模型(それ)を。

感じた、こいつは空っぽじゃない。

感じた、ある。

感じた、いる。

なにが?

ナニカが……入ってる?

転がしながら継ぎ目を探った。北半球と南半球が、ぱり、と割れそうだった。その線（ライン）だ。慎重に外した。それから、出てきた。骨だった。動物の頭の骨だった。しかも、焼け焦げたような……ただれたような、皮膚の残り物の類いが、付いている。それは乾燥し切ったミイラの皮膚に、似ている。

……なんだ、これ？

マジかよ？

鑑札番号47がなにかを告げた。少女に、なにかを告げた。しかし、鑑札番号47は地球儀の内部（なか）に収められていた頭骨に反応したのではなかった。鑑札番号47は、その部屋の入り口に何者かが現われたことを、告げたのだった。一人ではなかった。少女と鑑札番号47と同様に、一人と一頭だった。

現われたのは人間とイヌで、どちらも老いていた。

少女が鑑札番号47の訴えに反応して、はっと、ふり返った。

「棺を開けたのか？」と老人が言った。

「なン……だよ」と少女が言った。

「お前は、娘、それに触れたかったのか？」

老人のかたわらにいるのは、老犬だった。少女はもちろん、その老犬に見憶えがある。すこしばかり大柄で、威厳のあるイヌだ。そして以前、少女にむかって屋上から、うぉん、と吠えたイヌだ。

「いちばん最初のイヌに、触れたかったのか？」と老人はロシア語で、つづけた。「しかし、

「ヤクザの嬢（じょう）、なめんな」

それはベルカではない」

「壊してないぞ」と少女は日本語で言った。「開けただけだ。ぼけ、こんな気味悪いドクロ、隠してて。その……これって、じじい、イヌの骨か?」

突然気づいて、少女は訊く。

「それは最初の祖国の英雄だった。しかし、生きては地上に戻れなかったイヌだ。そのイヌの、骨だ。だから、それはベルカではない」

「なにしゃべってんだ?」と少女は訊く。

老人は、側にいる老犬を指さす。そして、もういちど、少女の瞳を覗きこむ。

「これはベルカだ」と老人は言う。

「イヌ……やっぱり、イヌの骨だろ」

「娘、わかるか? 祖国が消えてしまう前の年に、おれがただ一頭、殺さなかったイヌだ。このベルカを、おれは逃した。おれの手が作りあげてきた血統を、おれ自身の手で根絶やしにすることはできない。だが、それを祖国は命じた」

「どうしてイヌの骨を、神棚にあげてるんだ? イヌの宗教みたいだ……」

「あるいはロシアは。ロシアの歴史は命じたのだ。だからおれは歴史を裏切ったわけだ。おれは、お前の乳母役のあの女に、このベルカを預けた。余生を送らせるつもりで、だ。ふたたび血統をつづけさせる気はなかった。本当に、なかったのだ。おれが真剣に隠退していたようにな」

老人は、二歩、三歩、部屋に踏みこんでいる。

今度は鑑札番号47を指す。

少女はあたかも鑑札番号47をかばうかのように身を近づけて、手にしたイヌの頭骨を、無意識に頭の上に載せる。

両手で支えながら、載せる。

「ほら」と少女は言う。「ぽいだろ？　宗教」

「おもしろい」老人は笑う。

鑑札番号47が、しっかり、お座りをする。

「お前はそれを、かぶるのか？」と老人がロシア語で言う。

「ヨンジューナナがどうしたんだよ？」と少女が日本語で問い返す。

「ところでその47番のイヌは、このベルカの子供だ。なあ？」

老人は老犬をふり返る。ベルカと呼ばれた老犬は、うぉん、と答える。

「こいつは年寄りだが、さいわいにも、まだ子作りには励めたわけだ。いわば、間に合ったわけだ」

「……ヨンジューナナって、その老犬と、関係してる？」

「おれはお前と会話が通じている気がするよ。娘、まるでイヌ族の神子のように偉大なそのイヌの頭骨を自分の頭に載せている、お前。わかるか？　いま、七頭の仔犬が生まれた。新しい世代が生まれた。だから、どれかはベルカになる。あるいは、雌ならばストレルカになる。名前がだ。番号を卒業した、名前がだ。おれが見ているかぎりでは、その47番がつぎのベルカになる可能性は、ある。大いにな」

「ヤクザの嬢、なめんな」

「そういや、似てる。その老犬（おいぼれ）って、オヤジとかかよ?」

「ベルカだ」と老人は、老犬のほうを顎で示して、少女に言う。

瞬間的に反応して、少女が反復する。「べるか」

「そうだ。そして、おれはわかった。次世代の雌に、イヌのストレルカはいない。その47番がベルカになるとして、イヌのあいだにストレルカは誕生しない。命名されないだろう。なぜなら、お前——」と老人は、三番めに今度は少女を指さした。「おれがお前に名前をつけるからだ」

　エックス歳の少女は、おい、と言う。老人をにらみつけて、指さげろ、と言う。

「お前がストレルカだからだ」と老人は笑いながら、言う。

少女にイヌの名前を命名する。

一九五八年から一九六二年（イヌ紀元五年）

イヌよ、イヌよ、お前たちはどこにいる？

一九五八年。依然として世界には線が引かれている。二つのイデオロギーによって、この地上の……地球のあらゆる土地が区切られている。共産圏に属するのか、資本主義圏に属するのか。あるいは、どちらに属したいのか。そしてイヌよ、お前たちは、どちら側にも所属している。

最初に四頭が共産圏に入った。そのうち三頭は、中国籍となった。朝鮮半島で人民解放軍に鹵獲された、本来（もと）はアメリカ籍だった純血のジャーマン・シェパードたちだ。米軍が誇るエリート軍用犬だった、すなわちジュビリーとニュース・ニュース（通称E（イー）ベンチュア）とオーガの三頭だ。異腹の兄弟姉妹だ。父親はバッドニュースで、だから父方の祖父母には正勇とエクスプロージョンがいる。その系譜に列（つら）なっている。それが、中国籍の三頭だ。残る一頭は、北の系譜に列なる。北海道犬の北の血筋で、しかし純血とはほど遠い、雑種の極北にいる「交雑」種だ。その一頭は、半狼（はんろう）だ。そして、その一頭は、まだ何籍でもない。ソ連の領土にいて、いずれソ連籍のイヌとなる運命を有した。だが、一九五八年の時点で、その一頭はまだ国など知らない。

犬神、お前はユーラシア大陸にいる。

お前はソ連の領土内の、大地にいる。

しかし北極圏だ。お前は極東シベリアを、離れていない。いや、数週間で離れる。すでに東シベリア海の沿岸部を離れて、凍結したコルイマ河を渡った。犬神、お前は犬橇を牽いている。そして犬神、お前はわずか一年ほどの間に――一九五六年の十二月から、一九五八年の初頭までに――第四の主人から第五の主人へ、第五の主人から第六の主人へと、渡された。お前に問題があったからだ。才能にではない。才能はすばらしい。お前の五感能力はただのイヌの限度を超えて、お前はもろもろの危険すら予知する。主人に先立ち、ルートを探す判断ができたし、難所もやすやす越える。だからすばらしい橇犬だ。だが、犬神、仲間がお前に怯えている。極東シベリアで飼われているのは、だいたいがロシアン・ライカ種だ。お前はそこに、なじまない。いや、一瞬、なじむ。お前が人間に信頼されて、しっかりコミュニケーションをとるからだ。お前がつねに任務を果たそうとするからだ。しかし、お前の貌……お前の気配。お前はまるで違う。お前はただのイヌでは、まるで、ない。お前はなにかが決定的に違うのだ。

半分が野獣であるかのように。

そして、それは事実だ。

だから仲間のイヌたちはふいに恐慌をきたす。ドウシテ？　と問う。ドウシテ、敵ガ、オレタチノ内側ニイル？　それは主人から警戒するよう命じられた、野生の狼と同じ匂いだ。人間の領域のほんの外側にいて、たとえば虎視眈々と、飼養されているトナカイを狙っているはずの、あの〝連中〟と同じ匂いだ。顔だちが半分、いっしょだ。だから——ドウシテ？　それで、ついつい橇を牽引するリズムを崩してしまう。崩して、転倒してしまう。あるいは、それで、鞭使いの主人の命令を無視して勝手に駆けだしてしまう。全部、怯えているからだ。お前に怯えているからだ。

犬神、お前のせいなのだ。

しかし、お前は気にしない。

餌の奪りあいになれば、平然と仲間を咬む。お前は君臨するように咬む。お前は乾し魚を好む。お前はトナカイの肉と大麦を煮て、冷やした食餌を好む。お前はアザラシの肉を喰らう。お前は……お前は調和をむさぼる。

それこそが犬神、お前の問題だ。

だから、主人たちはお前を手放した。ある町から町に移動して、帰り途、お前は犬橇につながれていない。町から村に移動して、帰り途、お前はただ一頭置いていかれる。置き去りではない、新しい主人に、渡される。「いいイヌだ」と誰もが言う。「しかし、うちのイヌたちとは嚙みあわねえ。どうしてかなぁ？　だから、譲るよ」と言う。

お前は移動している。

お前は極東シベリアを、村から村、村から町、町から町、町から村へと、移動している。

西に。

より西の村に。

より西の町に。

ユーラシアの大地を、北極圏の境界となる南部の山脈群を避けて、偶然にも西進する。お前はチュクチ人の領域から、コリヤーク人、エベンキ人のそれへと渡り歩いている。第五の主人が現われて、第六の主人が現われて、その後はお前は、数えない。新たな主人がどの民族（地元少数民族）に属しているかを、犬神（アヌビス）よ、お前は気にもかけない。

マタ北極海ガアル、とお前は思う。そう、お前は以前、北極海のイヌだった。お前は氷上の「漂う」極地観測基地に飼われていた。三歳から四歳までの約一年間、お前は北極海を漂いつづけてきたのだ。

オレハ北極海ヲ離レテイナイ、とお前は思う。そう、お前はいまだ北極圏の内側にいて、だから沿岸に沿って移動している。その海域の、縁（へり）を。まわっているだけなのだ。

しかし、西に。

最初にお前は、東シベリア海という、北極海の一部を構成している海の汀（みぎわ）から旅立った。ただし、その時季、海と陸の境界はなかったが。それからお前は、一年あまり移動をつづけて、同じように北極海の一部をなす、違う名前の海を見る。ノボシビルスク諸島の西、ラプテフ海だ。

一九五八年のどこかの時点で、犬神（アヌビス）よ、お前は極東シベリアを離れた。

犬神（アヌビス）よ、犬神（アヌビス）よ、お前はどこにいる？　お前はヤン湾にいる。ヤン湾の港町・チクシにいる。そこにはレナ河が流れこんでいる。ソ連第二の大河であり、全長が四二七〇キロにも及ぶレナ河が、そのヤン湾で終わっている。巨大なデルタ地帯を形成しながらラプテフ海に流出している。犬神（アヌビス）よ、お前はそこでなにをしている？

もちろん、橇を牽いた。

だが今度は、むきが変わった。お前はもう、西にむかわない。お前が移動するのは、南北の方角だ。冬、レナ河は凍りついて、まるっきり恰好の交通路になる。整備された犬橇のルートと化す。お前はそこを、走るのだ。走らされるのだ。凍結した河上を、お前の前肢と後肢に具わる肉趾（パッド）は踏むのだ。レナ河には二つの源流があり、一つはバイカル山脈に、もう一つはスタノボエ山脈に発している。いずれにしてもラプテフ海／ヤン湾／港湾都市チクシの、南方である。ユーラシア大陸の内側（ふところ）だ。だから犬神（アヌビス）よ、お前は自覚している、オレハ時ドキ北極海ヲ離レル、と。お前はしばしば南北に移動する。チクシを拠点にしながらも、凍結したレナ河で遡上（のぼり）を、下りを、繰り返すのだ。

レナ河の中流にはヤクーツクがあり、その町はソビエト連邦内の「ロシア共和国」を構成しているヤクート自治共和国の、首都だ。その町の住人の半数はヤクート人だ。そしてお前の現在の主人も、ヤクート人だ。だが犬神（アヌビス）、お前は誰が自分の主人であるかを、ほぼ気にかけない。お前の主人は、最初、チクシで違う人間だった。それから、あるとき、同じ顔をした別の人間に代わった。

双子の兄弟だった。もう四十歳ちかかった。弟はヤクーツクの周辺に暮らし、コルホーズから支給される装備で、毛皮猟をしていた。しかし、ノルマが達成できない。だから極貧だった。いっぽう、兄はパスポート（国内用の旅券）がなければ都市から都市、地域から地域へと一般人（一般のソビエト人）が自由に往来することは不可能な時代に、「運搬業」の免許を取得して、犬橇を足にレナ河の下流域から中流域を走った。物を運んだ。専門職であり、その給与は高かった。しかも、スノーモービル普及以前のシベリアではしばしば好成績をあげて、表彰もされた。つまり、兄は成功していたのだ。弟はその成功を歯嚙みするほどうらやんだ。ヤクーツクでひさびさに落ちあったときに、だから兄をひそかに殺した。撲殺した。死体は森の、猟師小屋のちかくに埋めた。それから、兄になりかわる。兄の権利を強奪して、ヤン湾の港町・チクシに戻る。

ばれなかった。

軍事基地の置かれたチクシは、それこそ人間(ひと)の立ち入りに厳しかったが、悪い弟は「善い兄」とみなされて、なんらチェックを受けなかった。

イヌたちは戸惑ったが、そんな機会(とき)こそ、お前が役に立ったのだ。お前が、犬神(アヌビス)、役に立ってしまったのだ。お前はイヌとしての能力が高すぎる。今度の主人はアマチュアだったが――ただし、遊牧騎馬民族のヤクート人として馬橇(ばそり)には慣れていたし、犬橇体験はもちろん、数度あった――、お前は主人が「どのようにわれわれを御そうとしているか」を先読みして、理解する。お前は主人の意思に、貢献した。だからリードしたのだ。仲間はお前に怯えて、これは非常事態だと認識しているがゆえだが、したがう。犬神(アヌビス)、お前の判断にしたがった。

馬鹿な主人の、威厳のない指示にふりまわされるのを避けて、お前の権力にしたがった。

群れはまとまったのだ。

犬橇のチームは機能した。

もちろん、お前が半狼である事実は、他のイヌたちを畏(おそ)れさせる。だが、イヌはイヌだ。順位を認めた途端、その恐怖はむしろ服従の種(たね)になる。お前は群れの第一位だからこそ、他のイヌたちを怯えさせる。いまや状況はそのように解釈された……畏怖する側にいる、当のイヌたちによって。

犬神（アヌビス）よ、だからお前は君臨した。

お前は調和をもたらした。

このレナ河のルートにおいて。お前の所属する犬橇に。

走る。お前は走らされる。お前が誰かに譲られることは、ない。最新の主人は（それは厳密には主人の贋者であり、同じ顔をした「悪い弟」だ）お前を誰かに渡したりはしない。「いいイヌだ」と言い、「うちのイヌたちと噛みあって、ばっちり仕切ってる」と言う。「何千ルーブル出されたって他人（ひと）にこのイヌは譲れないね」と言う。そして、お前を酷使する。お前とその他の橇犬をとことんまで使役する。成績をあげろ！　成績をあげろ！　運べ・運べ・運べ！　お前は走る。走らされる。アマチュアの主人が発している曖昧な命令をしっかり釈（と）いて、チーム全体に伝えながら、凍りついた河すじを往き来した。幾度も、幾十度も、南北に。

「運搬業だ！」と馬鹿な主人は吼（ほ）える。「おれは専門職の、祖国（ソビエト）自慢の運搬業だ！」

冬はあまりに長い。レナ河には厚い氷ばかりが存在しつづけている。春は突然来た。

いきなり、解氷の時季は来た。

それを素人の、この〈運搬業者〉は読めなかった。レナ河の解氷は地域によってカタストロフィをもたらす。凄絶な風物詩を生じさせる。たとえばヤクーツクは、しばしば大洪水に見舞われた。

犬神（アヌビス）よ、お前が最初に気づいた。一九五八年の春がレナ河に訪れたのを、音として聞いた。

なにかが、ピシリ、と言ったのだ。なにかが、パシ、と弾けたのだ。その瞬間、お前は走っている。ヤン湾を出発して、レナ河の中流域にむかっている。南だ。オレハドンドン北極海ヲ離レル、と感じながら疾走している。それから、それは起きたのだ。橇を牽き、また、仲間にしっかり牽引させている。それから、お前の耳が聞いて、お前の前肢と後肢の肉趾が、やはり感触として聞いた。ピシリ、パシ、ピシリ、パシ。

お前は停まろうとした。

お前は、イマ、停マラナケレバイケナイ！　と予感した。

お前は警声を出した。

主人は「うるせえ」と言った。

ハーネスと、自分のいるポジションのせいで、勝手には急停止ができなかった。無理矢理に行なえば、綱に絡まり、引きずられる。最悪窒息するし、手足をうしなうし、チームの均衡そのものがたちまち崩れる。しかし、お前は気づいているのだ。割レル・割レル・割レル。お前は仲間に対して警声を出した。しかし、その強烈なビジョンを、どのように伝えたらよいのか。

コノ道ガ割レル！　とお前は言いたかった。

主人は鞭を乱暴にふるいながら、「ほらっ、停まるな！　走れっ、死ぬまで走れ！」と命じた。

まさに不吉な予言だった。

ほんの一、二秒後に、凍結したレナ河が沸騰した。それは起きたのだ。劇的に解氷がはじまったのだ。交通路は無数の氷塊に分裂して、ガキ、ボコリ、ガガガガ、とうごめいた。地響きともに大地が流れる。あるいは転がる。回転する。河上にはひび割れができている。あるいはひび割れだけが河上にある。前方（まえ）が裂けていた。イヌたちの行く手は、割れていた。数頭がまとまって落ちた。沈んだ。冷水にさらされて、ゴボゴボと溺れた。水を掻いて、まだ走っているようだった。まさに「死ぬまで走る」のだ。綱が、橇の本体を招（よ）んだ。沈め、溺れろ、引きずり込まれろ、と告げていた。鞭を手にした人間は泡を吹いているだけだった。犬神（アヌビス）よ、お前の主人は、阿呆だ。お前の主人は、なにも判断できない。犬神（アヌビス）よ、しかしお前は判断している。

うぉん、と吠えた。

強烈に、吠えた。

主人がお前を見る。

お前は大きく口を開けて、牙を剝きだしにする。半分は狼も同然の、その鋭い牙。

それがお前の合図だ。お前は言った、断チ切レ！　と。オレタチヲ縛ッテイル綱ヲ断チ切レ！　と。

生キタケレバ、断チ切レ！

うぉん、と吠えた。

お前は主人に命じたのだ。

示された、鋭い牙。とっさにお前の主人は反応する。ほとんど連想から、応じている。橇から飛び降り、腰からナイフを抜きだし、ひぃひぃ言いながらお前に駆け寄る。お前を拘束している綱を截（き）り、お前にしがみつこうとする。お前はふたたび、うぉん、と吠える。

来イ！　と言っている。

　そのとき、また足下が揺らぐ。お前とお前の主人は、ばらばらになった道路の「部品」に乗ったままで、数十センチ流される。あるいは数メートル。ゴロリ、ガラリ、沈む、揺らぐ。跳躍して逃げだす暇（いとま）がない。全部が沸騰しているのだ。レナ河の全体が、ザワッ、ゴリゴリとうごめいているのだ。まわりにはイヌたちの叫喚がある。流れそのものの咆哮がある。犬神（アヌビス）よ、そうなのだ、それは起きていた。お前はそれの渦中にあって、現状の認識が追いつかない。お前は感じる、上が下になり、下が上になっていると。お前は河中に数秒間浸（つ）かり、また浮かんだ。濡れた。お前はわかっている、岸だ。コノ道ハ割レタ、コノ道ハ河ダ、河カラハ上ガレ、岸ダ。

　アッチダ。

　割れていない「部品」から別の「部品」へ、反射的な判断を下しながら跳ぶ。アッチダ、アッチダ。だが、お前の全身が重い。視界が揺れている。視界が濡れている。平衡感覚が狂っている。それは起きていたが、犬神（アヌビス）よ、お前は詳細を把握しない。しかし、たしかに駆けた。認識の場面は飛び飛びになったが、お前は河岸にたどり着いている。それは角度にして七十度から八十度に切り立った、崖だ。シベリアの永久凍土の層だ。お前は登った。からだが重い。誰かがしがみついているからだ。お前の胴体に、一人の馬鹿な人間がしがみついているからだ。その人間は、ひぃひぃ泣いている。ひぃひぃひぃひぃ泣いている。ウルサイ、とお前は思う。それでもお前は崖を登攀（とうはん）した。足を滑らせたのはお前ではない。永久凍土層の裂け目に、ずるり、と嵌まり込んだのはお前ではない。お前の主人だ。陥（お）ちたのは、その馬鹿だ。そしてお前を道連れにする。お前の胴体を、お前の左肢を手放さずに、まるで隧道（トンネル）のような凍土層の空隙に、ひきずり込む。

お前は斜めに転がり落ちる。

お前は河岸から地上にあがれずに、地下に落ちる。

ものすごい速度で。滑った。

全身のあちこちを打ちながら、擦過傷を無数に負いながら、お前は。

お前は意識をうしなったわけではないが、お前の認識の場面は、ブラックアウトする。

そこは深すぎた。そこは狭すぎた。さきに落ちた主人が呻いていた。より深奥（ふかみ）で、間歇的に呻いていた。死の臭いがした。ほとんど決定されている主人の死が、ふたたび不吉な予言としてツゥンと臭った。寒かった。まわりじゅう、凍土だった。摂氏マイナス四度か五度の冷気が漂い、それ自体は酷寒にはほど遠いとしても、お前は濡れていた。骨が冷えはじめていた。お前の体内の頸椎やら腰椎やら肩甲骨やら頭蓋骨やらが、カリカリカリと凍りはじめていた。カラダガ凍ル、とお前は感じた。イヤダ、とお前は思った。生キタイ、生キタイ、死ナナイノダ、とお前は思った。強烈に、思った。凍土層の空隙の、その細い狭い自然造形の〈通路〉は、純粋な闇の世界だった。そこは暗すぎた。お前は恐怖した。犬神（アヌビス）、お前は、ココハ恐イ、と正直に思った。長い夜が来た。

死ヌノカ？

何度も自問した。

死ヌノカ？

お前は時どき後肢をばたばたさせて、自分が生きていることを確かめた。自分がどのような体勢で〈通路〉に留め置かれているのか、それすら把握できなかった。凸起に引っかかっているのかもしれなかったし、凭りかかっているのかもしれなかった。お前は眠るまいとする。凍ルノハイヤダ、そう思い、眠るまいとする。だが、目を開けていても〈通路〉は真っ暗だから、お前はずっと、ずっと、ずっと眠っている気がする。あるいは、お前は、たしかに眠っている。お前の認識の場面は——もしかしたら、ずっと——ブラックアウトしている。そして、お前は陽光を求める。当たり前だ。お前は来るはずのない地中の朝を、長い長い長い夜を過ごしながら、求める。

お前のいるそこ、その〈通路〉のある永久凍土層の崖は、レナ河の左岸に位置した。つまり西側にあった。ほぼ垂直にちかいほどに切り立っていた。その季節、日は短いが、たしかに太陽は昇る。そして朝日は、ちょうど、その崖を射す。ある時間に、〈通路〉の入り口の亀裂から、射しこむ。

斜めに射しこんで、お前はほんの十分か二十分かだけ、その純粋な闇の内側で、かすかな光に満たされる。

お前は、はっとする。

お前は、寝ていたのかもしれない。

お前は、陽射しがそこに滲みこんできている事実に、気づく。

コレハ朝ダ、と思う。

だが、つぎの瞬間、お前は愕然とする。お前が、そこに、あるものを発見してしまったからだ。お前の真上に（お前はお前自身の体勢がどうなっているかを知らない）、哺乳類の眼（め）があった。それも巨大な眼だ。一つだけ、片側だけの、眼球だ。犬神（アヌビス）、それはお前の目玉の数倍……いや、十倍の大きさを有しているかもしれない。

その眼が、真上から、お前を見下ろしていたのだ。

氷の内側（なか）から。

永久凍土に封じこめられていた太古の動物の、顔面だった。それが〈通路〉の側面にちょうど位置して、犬神（アヌビス）に接していた。その動物は、牙を持っていた。長い弧を描いている、牙。それから、その動物は、長い鼻を持っていた。全身が長い体毛に覆われていた。その全身は、体高にして三・五メートルに達した。生前の重さは六トンに達した。それは寒冷地に適応した一万数千年前のゾウだった。十八世紀にフランスの博物学者によって、マンモス、と名付けられた大型哺乳類だった。

絶滅したそのマンモスが一頭、冷凍状態で、そこに保存されていた。

地中に。厚さ五十メートル超のシベリアの永久凍土の内側（なか）に。

腐らずに。

そして、いま、一万数千年前の巨大な眼が、犬神（アヌビス）を見下ろしていた。

アンタハ誰ダ、と犬神（アヌビス）は訊いた。

オ前ハ誰ダ、と氷に問いが反響した。

オレハ……オレハいぬダ。

氷の内側（なか）の眼は、当然だがイヌではない。だから、その巨大な眼球は回答しない。

ズットソコニイタノカ？　と犬神（アヌビス）は訊いた。

ズットココニイタ。

今度は凍土が素直に答えた。それは氷漬けのマンモス自身の回答を、犬神（アヌビス）の脳裡にもたらした。オレハ冷凍サレテイル、と。

アンタハ眼ダ、と犬神（アヌビス）は事実を告げた。

オレハ眼ダ、とマンモスはその事実にうなずいた。

オレヲ見テイル。

オ前ヲ見テイタ。

オレハ……生キテイル？

オ前ハ……生キテイル。

生キル？

生キロ。

犬神（アヌビス）の問いは氷に反射して、いまや命令となった。犬神（アヌビス）は、自分が命じられた、と理解した。その巨大な眼こそが、自分の本当の主人であることを知った。それはイヌではない。その眼（にして眼の持ち主）は、自分がイヌであるとは、答えなかった。だが、それは人間ではない。

その瞬間、犬神（アヌビス）はそれが自分にとっての〈絶対者〉だと、理解する。

それを表現する言葉を、イヌの犬神（アヌビス）は、持たない。

人間であれば、それを「イヌの神」と表現した可能性は、ある。

この瞬間、犬神（アヌビス）は名前どおりの「イヌの神（犬神）」を、真実の主人として認め、目覚めた。

犬神（アヌビス）よ、犬神（アヌビス）よ、ついにお前は目覚めたのだ。

お前は眠っていないのだ。

十分が……二十分が過ぎる。それで、かすかな朝の陽射しに〈通路〉が満たされる時間は終わる。ふたたび純粋な闇に閉ざされる。お前と真実の主人との邂逅は終わった。お前はどうする？　もちろん、お前は命令にしたがう。あの命令だ。生キロ、というひと言だ。お前は行動を起こしている。お前はここから、脱出するのだ。ギ……ギリ、と体をひねった。お前の体勢が変わった。お前は滑った。その〈通路〉内を、滑走して、落ちた。だが、恐怖はない。じっさい、お前は〈通路〉に傷つけられない。お前は降りた。

空間に。

お前は古い主人を探す。

阿呆だった人間を探す。

そいつは〈通路〉の深奥（ふかみ）に、息も絶え絶えに、いた。呻き声もだせずに、いた。お前は腹が減っている。お前は、これから脱出に挑むために、力が必要だと知っている。だからお前は、それを食糧とみなす。それで空腹を満たす。問題はない。古い主人を……人間のなきがらを非常用の食糧にしたことは、以前にも経験がある。たしか生後十一ヵ月か、ちょうど一年めのことだ。たしか北極海に初めて足を踏み入れて、死に瀕したときのことだ。ある種の聖なる儀式のように、お前は、生きのびるために主人を食った。馬鹿だった人間を、食った。以前と違いがあるとすれば、前回は「古い主人」が完全に死んでいて、今回はすこし……ほんのすこし、まだ息がある、という点だった。だが、問題はない。その息をお前が止めればいい。

そうだろう？
ソウダ、とお前は何者かに答える。自分の倫理観に縛りをつけているものに。ダカラ、ソウダ、と言って、お前はそれに止(とど)めを刺し、満腹になるまで、それをむさぼる。

地の底をじりじり、さ迷った。永久凍土層の空隙は、狭いが、北や南や東や西や、斜め下や、斜め上に、自然造形の〈通路〉として走っている。もちろん、行き止まりがあり、ループしてしまう分岐がある。しかし犬神(アヌビス)、お前には嗅覚がある。イヌの鼻があり、地上の匂いを、嗅いだ。お前には野獣(けだもの)のしぶとさがあり、試行錯誤を厭わない。

わずか二日で、お前は脱出した。
それから、お前は生きる。それがお前の真実の主人の命令だからだ。北極海には戻らない。オレハ北極海ノいぬデハ、モウ、ナイ、と自覚していた。それは理屈ではない。北極海に入るために、お前は以前、マッシャーであった主人の屍肉をむさぼった。いま、ふたたび犬橇を御していた「古い主人」の屍肉をむさぼって、お前は儀式を済ませた。たぶん、対(つい)となっている儀式を。入ッタノダカラ、出ル。そうだ犬神(アヌビス)、お前は地上への逃走を果たした瞬間に、すでに肚(はら)で、二つの儀式の意味をわきまえていたのだ。理屈ではない。しかし、めざすのは南だ。

お前の狩猟能力が活きる。たとえばお前は北極海で、極地住民の猟人(ハンター)たちに飼われて、獲物を発見し、追跡し、攻撃する技術を学んだ。半狼としての、生まれついての襲撃本能に磨きをかけた。ここでは獲物はジャコウウシではない。ホッキョクグマではない。だが、基本は同じだ。あとは応用だ。お前は北極圏の外側(そと)の土地で、天候を読む。読める。犬神(アヌビス)、お前のご馳走はなんだ？　トナカイだ。欧州ロシアよりも緯度的にずっと南下している凍土地帯(ツンドラ)に、あるいはシベリア特有の森林（タイガ）に、トナカイがいる。野生のそれがいて、放牧されたそれがいる。春から夏、レナ河周辺の湿地帯には、ソフホーズで飼われている数千頭の群れが、あちらに一つ、こちらに一つと、いる。お前は襲う。やすやす、狩り倒す。トナカイの内臓をむさぼると、そいつの胃袋の中にはたっぷり苔（こけ）がある。トナカイは「トナカイ苔」と呼ばれるコケ植物を主食にしていた。その胃袋は、だから、緑色をしていた。お前はそれを鮮血で濡らして、まるで赤いソースをかけて味わう。肉と、血と、野菜だ。完璧な蛋白質と、ミネラルと、ビタミンだ。究極の一皿だ。お前は満腹になって、吠える。それはシベリアの大地に、こだまする。まるで純血の狼の遠吠えだった。お前の半分の血。

純血？

お前はそんなものには興味がない。

興味があるのは、単に、勁（つよ）さだ。どこまでも、どこまでも、生きられる強靭さ。イヌとして。一頭のイヌとして。あるいは、一つの系統樹として。犬神（アヌビス）、お前は一頭であり、一つの血統である。北海道犬の北からはじまり、名もなきアラスカ／北極圏の狼の血を「父」として雑（まじ）えて、お前はそこにいる。いずれ、お前の胤（たね）から系図はのびる。お前は一頭であり、同時にお前は、一つの系統樹なのだ。

オレハ雑（マ）ジルいぬダ！　とお前は言う。

ソウヤッテ最強ノいぬニナルノダ！　とお前は言葉にはならないが自覚する。ドコマデモ……ドコマデデモ、生キルタメニ！

お前は人間に作り出されて固定させられた〝犬種〟など、いっさい無視する。お前は（一頭のイヌとして、一つの系統樹として）お前の理想をめざす。お前は永久凍土層の内側（なか）で、たしかに〈絶対者〉と邂逅した。それは一万数千年前に凍りついた、マンモスだった。いまでは絶滅した大型哺乳類だった。そして、犬神（アヌビス）、お前は？　お前はちょうど一万数千年前にこの地上に出現した、イヌ族の一員だ。お前は、血の半分はオオカミ族で、その意味ではイヌとして先祖返りしている。それはやり直しなのだ。イヌがもういちど本物のイヌとして進むために、与えられたチャンスなのだ。お前は理解しているだろう、だからお前は言うだろう、オレハ絶滅シナイ！　と。

　イヌを進化させるのはイヌ自身であらねばならない。犬神（アヌビス）、お前はその意志を持っている。

　お前は目覚めている。

　お前はこの地上にあって、名前どおりの存在だ。

　そんなお前の南下を、誰が止められる？

　シベリアの短い夏が終わる。あるようなないような秋が過ぎて、冬が来る。夜が長い。お前の視界の果てに、トナカイ橇が走る。一面が雪原に変わると、ソフホーズのトナカイたちは主食をうしなう。人間やイヌが小便をすると、それをトナカイは舐める。それで塩分を補う。犬神（アヌビス）、お前は農場の番犬たちの小便を舐めているトナカイを、襲う。お前は冬にも飢えない。レナ河が凍結して、あちらこちらで漁をする人間たちがいる。氷に穴をあけて、魚を獲っている。魚は卵を孕んでいて、お前は時おり、まぬけな人間たちが――河上に網でひきあげながらも――とり逃がした獲物（それ）をちょうだいする。お前は川魚の柔らかい腹部を、魚卵（イクラ）をむさぼる。春になる前にレナ河を離れて、雪原に残された装甲車のキャタピラ跡を歩いた。お前は数百メートル離れて、ラジオを聞いた。地元少数民族ではない、わずか一世紀半前にこの地に入植してきたスラブ人たちの、無線連絡を聞いた。同じように数百メートル離れて、ヤクート馬の鼻息を眺めた。春、お前はたっぷりと栄養を摂り、発情する。一九五二年に生まれたお前は、まだ勃(た)つ。その性器はしっかり機能する。むしろ春から夏、夏から秋にかけて、勃起しつづけている。トナカイ牧場の番犬たちに雌を求めて、いたら犯した。人間たちの村に飼い犬を探して、いい雌犬を見かけたら交尾(つが)った。だが、満足しない。それが、イヌとして強靭な一頭ではなかったからだ。お前の系統樹のために、条件を満たしているとはとても感じられない雌犬だったからだ。だがお前は犯し、お前は胤(たね)を植えつける。だがお前は、マダ足リナイ！　と吠えている。モットスバラシイいぬガ、イル！　コノ地上ニハ、カナラズ最高ノ妻候補ガ、イル！　そうだ犬神(アヌビス)よ、お前は進化しようとしている。だから発情するのだ。だから勃起しつづけているのだ。お前は、もっと犯す。邪魔する雄犬を、殺す。そうして南下する。針葉樹林に入っている。猟犬と遭遇して、それが「優秀なイヌ」だったから、犯す。

まだ足りない。もっと、凄い血を。

南だ。お前はさ迷う。吹雪の中でお前は笑っている。けらけらけらけら、イヌとして笑っている。冬、それから春。お前は蚊よけの煙の臭いを嗅いだ。お前は人間たちの領域のほんの外側にいて、時おり、平然とその内側に入った。空っぽになってしまった「元・人間たちの領域」もあった。スターリン統治時代の収容所(ラーゲリ)の跡地をお前は通過した。金山、銀山のゴーストタウンの跡地を、ふしぎそうな視線(まなざし)で通過した。森のどこかで温泉が涌いていた。お前は匂いを嗅いで、うぉん、と鳴いた。無人の猟師小屋の庭さきに、黒貂(くろてん)が描かれた帝政ロシア時代のシベリア銀貨が落ちていた。夏、ひさびさにレナ河の流域に出ると、その河幅は七、八キロもあった。

短い夏が、夜、お前の頭上に満天の星空をもたらしていた。

八月だ。

一九六〇年の、八月だ。

お前は、ふいに衝動に駆られる。以前にもそんなふうに、ザワザワとしたなにかを感じたことがあった。言いようのない衝動を感じて、だから宙（そら）をふり仰いだ経験があった。お前は日付を憶えていないが（そもそもイヌだから、お前は日付など憶えないが）、それは一九五七年十一月の、三日だった。イヌ族の歴史に刻まれた、あの日だ。いわばイヌ紀元ゼロ年、人工衛星のスプートニク二号に乗り組み、気密室にこもった一頭の雌犬が、地球周回軌道からこの地上を見下ろした聖なる事件（エポック）の日。あの十一月の、三日に、お前は見下ろされた――犬神（アヌビス）よ、お前はあのときも同様に衝動を感じたのだ。オレヲ見テイル、とお前は蒼穹（おおぞら）からの凝視を感じたのだ。ライカの目だった。ソ連に属する宇宙犬／ライカ犬の、ライカという名の雌犬の、視線だった。

そして現在（いま）は、一九六〇年八月の、十九日だった。

いわばイヌ紀元三年の、この日に、第二の事件（エポック）が起きていた。

二頭のイヌが宙（そら）にいた。ソ連の宇宙犬で、一頭は雄犬、一頭は雌犬だった。スプートニク五号に乗せられて、この日、打ちあげられた。ひとつの任務を負っていた。宇宙開発レースはつぎの段階に入っていた。東西両陣営（それはソ連およびアメリカに等号で結ばれる）はともに、今度は人類初の有人宇宙飛行に挑もうと鎬（しのぎ）を削っていた。両陣営ともに、かならず相手の機先を制するのだと意気込んでいた。アメリカはすでにスプートニク一号で衝撃（ショック）を受けて、つづいた二号で屈辱（シェイム）を浴びている。しかし、飛んだのはしょせん、イヌじゃないかね？　いまのところ、畜生程度じゃないかね？　ヤンキーはうなずきあった。それが共産（あか）の限界で、だったら我らが偉大なる自由主義体制のアメリカは、人間を飛ばせるんじゃないかね！　これがヤンキーの確信だった。あんがい着実にアメリカは準備を推し進めた。宇宙飛行士（アストロノート）の、だ。有犬宇宙飛行ならぬ有人宇宙飛行の、だ。いまや宇宙開発レースこそが「イデオロギーの優劣を競う」場と化していた。そして、ソ連は？　ソ連は……ソ連の準備は、着実さなど完全に無視した。なにしろ当時、国家予算のほぼ五パーセントを宇宙開発費に充てていた。これは金額において、アメリカの六倍だった。そうまでして、今度もアメリカに先駆ける、と臍（ほぞ）を固めていたのだ。つまり、ヤンキーが呼ぶところの宇宙飛行士（コスモノート）（ソ連側の、人間の宇宙飛行士）を飛ばすことに関して。だからソ連は、あらゆる準備を無謀に推し進めた。

　そして有人宇宙飛行のための有犬宇宙飛行がある。

　イヌ紀元ゼロ年の事件（エポック）で、あの宇宙犬／ライカ犬のライカは死んだ。そもそもスプートニク二号は黎明期の人工衛星すぎて、じつは、地上に回収可能なようには設計されていなかった。大気圏再突入時に壊れることが——かなりの確率で——予期されていたし、だからライカは、死ぬ、と基本的に運命づけられていた。生還など、はなから想定外だったのだ。だが一九六〇年八月、すなわちイヌ紀元三年の事件（エポック）の主役である二頭は、違った。二頭のイヌは、与圧服を着せられていた。鼻面がのびた透明なヘルメット、奇妙な蛇腹状の導管、茶色の保護被。それこそが有人宇宙飛行のための、テストだった。この与圧服を着用して、イヌが「宇宙に出て、戻れる」のならば、人間も可能だ、とみなされた。人類を宇宙に送りだしても、無事に帰還させられることが、実証される。

そのための有犬宇宙飛行だったのだ。

スプートニク五号は飛ぶ。八月の、十九日だった。所定軌道を十七周する。翌日、二頭は生還する。

ついにイヌが、死を宿命づけられていない宇宙飛行を、成功させた。与圧服を着用した雄犬と、雌犬が。宙（そら）から地球を見下ろして、ふたたび地上に帰った。イヌ族の生誕した大地に。それは二頭の、ソ連籍のイヌだった。それぞれの名前は、雄犬がベルカで、雌犬がストレルカだった。

ベルカとストレルカだった。人々は歓迎する。祖国（ソビエト）の英雄のイヌ、あのイヌの中のイヌ・ライカにつづいた二頭、と。

当時、ソ連の最高指導者の地位に就いていたのはニキータ・フルシチョフだった。スターリンの死後に政敵をつぎつぎ排除して、共産党中央委員会第一書記と首相を兼任しているフルシチョフだ。雌雄二頭のイヌの「偉業達成」を知らされて、いちばん初めに笑ったのがこのフルシチョフだった。また英雄が生まれた、万歳（ウラー）！　と、にやついた。こうして再度、共産主義が科学・技術の分野において西側の〈連中〉を圧倒し、人類を進歩させるのが共産主義に他ならないことが全世界に証明できる。しかも、イヌで。あの〈連中〉はまたもや宇宙での競争で追いぬかれると恐怖するのだ。しかも、たった二頭のイヌのせいで。

万歳！

フルシチョフのやや幼い歓びようには、理由がある。じつのところ、最初の祖国の英雄・ライカが誕生したのは、ほぼフルシチョフの功績だった。実際には（言葉を換えれば）フルシチョフの思いつきだった。これは確実に言えるが、フルシチョフは「宇宙犬の創造者」だったのだ。もともとフルシチョフは宇宙開発にロマンなど求めず、軍事的にその研究が重要だからとの理由でロケット事業にゴーサインを出していたにすぎない。そして一九五七年八月二十一日、複数のロケットを束ねて驚異の推進力を有した、R－7ロケットの打ちあげが成功した。射程距離は七〇〇〇キロ。愛称はセミョールカといったこれが、ソ連初の大陸間弾道弾だった。わずかひと月半後に打ちあげられた人類史上初の人工衛星・スプートニク一号は、このセミョールカが核弾頭の代わりに人工衛星を搭載して発射されたものだった。フルシチョフは、だから、科学者たちの夢（たとえば——人類の宇宙進出！　世紀の大冒険！　大いなる科学・技術のロマン！）には当初、ひと欠片も興味なり共感なりを示していない。しかし、である。アメリカに先駆けて人工衛星を飛ばしてみたら、全世界の反響が凄かった。西側の〈連中〉は震撼していた。共産主義が人類の新時代を開いてしまった事実に。その衝撃。

これは、凄い。フルシチョフはにやついた。

宇宙を制するものは、冷戦を制す、だ。フルシチョフは格言まで思いついた。

ついにフルシチョフの意識は変わった。これが一九五七年の、十月だ。そして翌月、十一月七日には革命記念日が控えていて、しかもこの年のそれは、革命四十周年記念を祝賀するものになる。大規模な式典も催される予定だ。よっしゃ、とフルシチョフは思う、人工衛星が地球をまわってピーピーと電子音を発信しただけでヤンキーが衝撃（ショック）におののいたのだから、あいだを置かずに、屈辱（シェイム）を与えよう。

いっちょ、派手にやってやろう。

思い立ったが吉日とばかり、フルシチョフはスプートニク一号の開発者たち（つまりロケット事業を推し進めていた、夢にあふれる科学者たち）をクレムリンに呼び寄せて、会談した。

革命記念日までに、目立つのを飛ばさないかね？

はあ？　と科学者たちは答えた。

ヤンキーが、おお屈辱（シェイム）！　と唸るようなのがいいな。

ですが、準備期間が、あと一カ月しかありませんが……。

なにがいいかね、とフルシチョフは科学者たちの困惑を無視して、つづけた。

唸るようなものですか？　しかし、われわれにも開発計画というものが……。

目立つものだ、とフルシチョフは答えた。相手の迷惑顔を、まるで視界に入れていなかった。

そうですねえ、同志フルシチョフ、だったらなにが……。

ずばり、宇宙を飛んだら西側の〈連中〉がこぞって愕然とするような、類いだね。わかるね？　予算は相変わらず、惜しまんよ。なにしろ宇宙を制するものは冷戦を制す、だからね。わははははは。

無茶な命令だった。ひと月で、なにが新開発できるのか？　しかし、命令だった。そうしてスプートニク二号が誕生する。基本構造はスプートニク一号と変わりがないが、いっきに大型化して、さらに生物実験機能を加える。そして、世界初の宇宙旅行者となる哺乳類を……イヌを搭乗させる。

イヌ？

思いついたとき、科学者たちも愕然とした。

しかし、これが彼らの結論であり、これこそが史実だ。このようにして祖国（ソビエト）の英雄・ライカは誕生したのだ。フルシチョフの功績だった。まさにフルシチョフこそは「宇宙犬の創造者」だった。このようにしてイヌ紀元ゼロ年の事件（エポック）は生じて、ライカは宙（そら）を飛び、死んだのだ。

地球を見下ろしながら。

それがフルシチョフの功績だ。

いま、フルシチョフは万歳（ウラー）と言う。一九六〇年八月、二頭のイヌが宇宙から帰還して、がはははと笑う。ふたたび英雄が生まれた。雄犬のベルカ、そして雌犬のストレルカ。ソ連所属の偉大なる宇宙犬として、共産主義者の宇宙犬として、地上に戻ってきたのだ。それから、今度はフルシチョフが夢見る。それは政治的／軍事的な、ロマンだ。馬鹿げた夢だ。科学者にはひと欠片も関心を持たれないであろう、夢。

雌雄二頭は交尾（つが）うべきだと考えた。英雄の子供たちが、生まれる必要がある。この提言に関しては科学者たちは快諾した。科学者たちは、宇宙飛行が地上の動物（の生体）にいかなる影響を与えるか、あらゆるデータを集めていた。じきに人間を飛ばすのだ。考えうるかぎりどころか、考えつきそうにない実験をどしどし行なわなければならない。それに、これは重要だった。イヌが無重力状態でも生きのびられることは判明したが、不可視の部分で――その生体（からだ）に――損傷をこうむったりはしていないか？　たとえば、宇宙に一度飛び出したイヌは、以前と同様の生殖能力を保ちうるか？　無重力状態に置かれたことで、その能力が損なわれてはいないか？　あるいは無重力状態の副作用が遺伝上の問題として表われることはないのか？　それをテストするために、科学者たちは喜んでベルカとストレルカを交配した。ちなみに、科学者たちは人間の宇宙飛行士でも同様の実験を行なっている。のちに人類初の女性宇宙飛行士となるワレンチナ・テレシコワ（一九六三年六月、ボストーク六号に搭乗。「わたしは鷗（ヤー・チャイカ）」のコールサインで世界の話題をさらった）は、アンドリアン・ニコラエフ（一九六二年八月、ボストーク三号に搭乗）と結婚したが、これはクレムリン上層部の圧力だった。妊娠にいたるまでの過程や、二人の間に生まれた子供の成育状態が、国家機密あつかいのデータとして収集された。もちろん、宇宙開発がらみの全データが、当時はソ連の国家最高機密だったのだが。さて、フルシチョフの夢だ。提言だ。一九六〇年、すなわちイヌ紀元三年の八月に生まれた二頭の「帰還した」宇宙犬は、科学者たちが四六時ちゅう監視するなかで繁殖行動に励み、ついに実験動物としての務めを果たした。雌犬のストレルカは、ベルカの胤（たね）から、六頭の仔犬を産む。それから数週間、科学者たちはこの六頭に張りついた。獣医と動物生態学者が動員された。異常はどこにも見られない。結論が出る。これら「英雄の子供たち」は一頭残らず、健全である。犬齢三カ月めに入り、いまのところスクスク成長している。科学者たちは、万歳（ウラー）！　と言う。こうして有人宇宙飛行にまた一歩近づいた！　フルシチョフはこの六頭から一頭の雌犬を選んで、まず西側の〈連中〉の顔に、プレゼントした。アメリカ大統領は一九六一年一月からジョン・Ｆ・ケネディが務めていたが、このケネディ一家が無類のイヌ好きだと聞きつけて、ケネディの娘のキャロラインに〝フルシチョフより〟とカードに記して贈ったのである。しかし、これは夢とは関係ない。フルシチョフの政治的／軍事的ロマンとは無縁の、嫌みだ。資本主義圏の顔として魅力をふり撒いている若きアメリカ大統領に「どうだね、われわれソビエトでは宇宙犬の二世まで作っちゃってるんだなあ。共産圏の科学・技術って、本当に進んでるなあ。いやはや、まいったなあ、とは思わない？　どうよケネディ君？」と宣告しただけだ。

　これが、まず一頭。

　そして生まれたのは六頭で、あと五頭の仔犬がいる。健康な、ロシアン・ライカ種の仔犬たちが。そしてフルシチョフは夢見ている。つまり（言葉を換えれば）思いついてしまったのだ。宇宙犬を創造したフルシチョフは、ついで、祖国（ソビエト）の英雄を両親に持つイヌの部隊を作るのだ、と考えた。いつ何時（なんどき）、冷戦は「熱い戦争」に変わるかわからない。第三世界での代理戦争の類いならば、いまにも起きる。そこに――最前線に――このイヌの部隊を投入するのだ。鍛えあげられた、精鋭（エリート）の、宇宙犬の子孫に率いられたイヌの部隊。おお！　とフルシチョフは自分の思いつきに唸った。見事に活躍させたならば、どうなる？　われらが共産圏に対しては最高のプロパガンダとなり、西側に対しては、例のスプートニクの衝撃（ショック）と屈辱（シェイム）を併せた効果を発揮する。することになる！　なにしろ「ソ連の領土を宇宙にひろげたイヌの子孫」という稀有の肩書きを持った畜生が、戦線で、資本主義の雑兵（ぞうひょう）を蹴散らすのだから。わはははは。

　いっさいは戯（ざ）れ言ではじまる。しかし、フルシチョフの言葉は、命令だ。そして巨大国家としてのソ連に存在しているのは、硬直した機構（システム）だ。官僚機構を経由して、フルシチョフの夢はただちに厳格な指令と化す。ソ連の権力は基本的に三つの機関に分かれていた。党、軍、そして国家保安委員会すなわちKGB（カーゲーベー）。フルシチョフの夢の実行にはこの三番めの柱――KGBが携わる。機密を維持しながら、いちばんの効率で計画を推し進めるために。
もはや戯れ言ではない。

ＫＧＢ最大の軍事組織に国境警備隊がある。これは正規のソ連軍ではないが――すなわち国防省の管轄下にはないが――規模はかなりのものだ。兵力はつねに二十万名前後で維持されて、最大三十五万名まで増員された。その戦闘員は高度に訓練され、部隊は最新型の銃器類と火器類、ロケット、戦車、装甲車、武装ヘリ、その他の軍用航空機までを装備する。海軍部は当然、艦艇も有した。ＫＧＢの構成員（およびその家族）は、そもそもソ連内の特権階級だった。一般市民を監視する保安組織、イコール、ＫＧＢであるために必然の帰結ではあった。そして国境警備隊の活動には「反ソ」ゲリラ鎮圧が含まれており、たとえば少数民族の反政府運動（と目される、あらゆる運動）の抑圧が通常任務として行なわれるために、入隊に際してはロシア人からの志願者が優先的に採用された。純スラブ系の、ロシア人だ。つまりスラブ人だ。特権階級の軍隊、それが国境警備隊だった。

国境警備隊は、一個守備小隊ごとに、一個警備犬班を有した。すなわち軍用犬部隊である。あらゆる銃火器、攻撃用車輛などと同時に、非常時においてはイヌで国境を封鎖した。

もっとも最前線で戦いつづけているイヌの部隊は、たしかにこの時期、巨大国家ソ連のここにいたのである。

そして厳格な指令が届けられる末端。

フルシチョフの夢があらゆるロマンの虚飾をはがされて、ただのリアリズムだけの指令と化した場所に、担当者はいた。

国境警備隊の少佐だった。二十七歳の青年将校だった。この指令が届けられる半年前に、国境警備隊内部の「警備犬（軍用犬）購入・飼育委員会」の長の地位に就いていた。もちろんスラブ人として、純血だった。その金髪、その白い皮膚。そして穏やかでありながら冷徹さをうかがわせる貌（かお）。しかし、生まれは特権階級ではない。出世はしたが、ただの農民の出だ。父母はコルホーズで働いていた。純血だが、そのスラブ人としての一族の系図には、貴族の血が……胤（たね）が流れこんでいたりはしない。そうした家庭の、次男だ。軍人のための学校を優秀な成績で卒業して、より熱烈に「祖国（ソビエト）に忠誠を誓う」ためにKGB入りを志願し（この際にはKGB側から極秘の働きかけがあった）、士官候補として欧州国境地帯で二年弱、分遣隊の本部付きだが勤務した。この後、特務要員のための訓練学校への入学を申し出て、許可される。基本はゲリラ戦の能力を身につけることであり、暗殺術、高度な火器運用術、後方攪乱活動の基本的手順とさまざまな応用、拷問術とその対抗法、医療技術、暗号通信術、そして（自分自身のための）生存術まで、一年半かけて学んだ。訓練の厳しさに、脱落者が続出した。最終訓練の三カ月間は北極海のキャンプにやられた。そこでは三人ひと組で部屋を与えられて（キャンプ以前は大部屋だった）、名目は仲間意識の養成とされていたが、実際には壁にも床にも天井にもマイクがしかけられて、あらゆる会話が盗聴され、一瞬でも気をぬいた人間は蹴落とされた。鋼（はがね）の精神が試された。弱音はないのか、と同室者に問われて、必ず「あるはずがない」と即答した。嘘を言うな、おれたちはあるぞ、と誘い水をむけられても、「ここを卒業するか、軍人をやめるか、どちらかだ」と即答した。

うっすらと――しかし印象（てざわり）は酷薄に――笑いながら、「おれは軍人ではなくなったら大主教と名乗るよ」と言った。

どうして？　と問われた。

「おれが軍人でなくなるときは、革命の大義が潰（つい）えるときだろう？　そうしたら、おれは大主教と名乗る。そしてお前たちが、おれを殺せ。暗殺しろ」

共産主義体制下の〝保守〟の象徴としてのロシア正教に言及して、そう言い放った。坊主か、と部屋にいる二人の同期は笑った。笑ったが、皮膚の下で表情はこわばっていた。

一九五八年。訓練学校を一位の成績で卒業してから、中国との国境地帯に配属された。大尉として守備小隊を率いた。一九五九年。独自の特殊部隊を編制して中央アジア（の中ソ国境、カザフスタンとキルギスタンの東部）で紛争解決に当たった。イスラム教徒の弾圧にも手腕を発揮した。一九六〇年。昇進と同時に「警備犬（軍用犬）購入・飼育委員会」の長、という肩書きを得た。二十六歳と七カ月の少佐は、肩書きを飾りにしなかった。一九六一年。指令は届けられた――同志フルシチョフの、夢。この場所で、この担当者にとって、その夢にともなわれているのは政治的／軍事的なリアリズムの響きだけにすぎない。もはやロマンは輝かない。

一九六二年。

違う。イヌ紀元五年だ。おれは人間の視点で物語を編みすぎた。イヌよ、お前たちはどこにいる？　たとえば、イヌ紀元にもっとも肉薄する犬神（アヌビス）よ、お前は？

お前はついに近づいている。

犬神（アヌビス）、お前は依然として勃起している。もう満十歳になろうとしている老犬で、しかし、お前の精力は衰えていない。オレニハ宿命（サダメ）ガアルノダ、と吠えた。ひたすら、匂いを追った。すばらしい雌犬の、いちばん凄い血を秘めた雌犬の、匂いを。それは、鼻さきに感じられた。そうして犬神（アヌビス）よ、お前はいまだ南下している。お前は体内の衝動を信じて、南下しつづけている。具体的にいえば衝動の、余韻だ。その残響（エコー）だ。お前はその夏、蒼穹（おおぞら）からの凝視を感じた。イヌ紀元三年に感じた。そのとき、お前は理解したのだ。オレハ、ソノ視線（マナザシ）ヲ追ウ、と。

そこにイヌ族の進化があると、お前は理解したのだ。

うぉん、と吠えた。

オレコソガ最強ノいぬノ血統ヲ作リ出スノダ、と決意しつづけて、勃起しつづけた。

オレハ死ナナイ。オレノ胤（タネ）ハ。ドコマデモ……ドコマデデモ、生キル！

妻候補ヨ、と吠えた。

イヌ紀元五年、お前は巨大な性器を反らせながら、とうとう現われる。宇宙からの視線（まなざし）の痕跡に衝（つ）き動かされて、地上の果てまで駆け、ついにソ連領の辺境に現われる。南シベリア、モンゴルと国境を接している地域。そこは連邦内の「ロシア共和国」を構成しているトゥワ共和国の、西部だ。ひたすら草原と、低い山脈（やまなみ）だけがある。お前は白樺の林をぬけて、そこに出た。

草原に、KGB国境警備隊の、イヌの繁殖場がある。

それは「警備犬（軍用犬）購入・飼育委員会」が管理する、規模においてはソ連全土で最大の施設だった。部隊配属前の、未訓練犬のためのトレーニング用の設備も揃う。しかもこの二年間で、設備はいっそう充実した。責任者が替わったからだ。そして、そこには預けられた英雄の仔犬たちがいるからだ。いまは仔犬ではない。いまは成犬だ。すでに次の世代を産んでいる。孕み、あるいは胤（たね）を孕ませている。五頭ともロシアン・ライカ種で、しかし研究を重ねる責任者によって、もろもろの犬種と交尾(つが)わせられた。将来、祖国(ソビエト)に忠誠を誓うイヌの部隊を作るためにだ。その血筋から——正確には五頭の二親(ふたおや)の血統から——地上最強の部隊を編むためにだ。すばらしい雄犬が揃えられて、すばらしい雌犬が揃えられた。そして胎(はら)を提供して、精液を捧げた。そのようにして英雄の三世が続々、誕生している。

宇宙犬の孫たちが。

うぉん、とお前は吠えた。

来タゾ！　とお前は告げたのだ。

その瞬間、繁殖場の内部(なか)で、二〇〇頭と十三頭のイヌがぴたりと動きを停めた。立ち耳のイヌは顔をあげて、垂れ耳のイヌは尾をあげた。誰ダ？　とイヌたちは反応した。コノ声ノ力ハ、ナンダ？　誰ダ誰ダ誰ダ？　その瞬間にイヌたちは一頭残らず、オ前ヨ、と呼びかけられたような気がしたのだ。

オレハ犯ス、とお前は吠えた。

オレハ孕マセル、と犬神(アヌビス)よ、お前は吠えた。

生キルタメニ！

そしてイヌたちがお前を畏怖した。繁殖場のあちこちで——お前がひと吠えするたびに——騒動が持ちあがった。あるものは怯えた。あるものは突然発情した。雌犬は股を濡らして、雄犬は人間の職員の足や腰を相手に、あるいは手近な柱を相手に、疑似交尾しだした。人間たちは、右往左往した。お前は、またうぉんと吠え、またうぉんと吠える。お前はついに近づいたが、繁殖場の敷地の内側(なか)には入っていない。お前は柵の外側にいる。ほんの一メートルだけ、距離をとっている。柵には電気が流れている。お前はもちろん、それを悟っている。お前は利発だ。お前には危険を読む力があった。なにしろ北極海から、それもアラスカ経由の北極海から、ここまで旅してきたのだ。そしてお前には、運命を読む力もまた、ある。

だからお前は、待つ。

なにかを……ナニカヲ。

そこで吠えながら。

吠えながら。そして、それは来る。

馬に乗り、それは来た。

人間だ。

「お前か」とその人間はロシア語で言う。

うぉん、とお前は答える。

「入りたいのか?」とその人間は訊く。「ここにいるメスどもの匂いを、嗅いだか?」

うぉん、とお前は答える。

「オスか?」とその人間は、お前を観察して、言う。繁殖場の責任者である騎乗した青年は、感心したように言う。「お前は勃起しているのか?」

当タリ前ダロウ、とお前は言う。

すると青年は、構えていたカラシニコフ自動小銃を、下ろす。

お前はそもそも、銃口を恐れていなかった。

オレガ来タゾ、とお前は吠える。

「まるで」と青年はロシア語でつづける。将校としての威厳を保ちながら、イヌのお前に対して、誠実に語る。「まるで、おれが待っていたイヌは……種雄(たねおす)は自分だ、と言わんばかりの態度だな」

オレガ来タゾ、とお前は吠える。

「そうなのか?」

ソウダ、とお前は吠える。

「お前の体つきは、狼に似ている」と青年将校が語る。いまでは馬からも下りている。電気がぴりぴり流れている柵を挟んで、お前たちは対峙している。「あるいは本物の狼の血が、雑(ま)じっているのか? 知っているか、狼の体型がシェパード似だという事実を。ジャーマン・シェパードだ。あの犬種は、ほんの六十年前に軍用犬にするために編みだされた。つまり戦争専用の、イヌだ。求められた理想の体型が、いまのシェパードの体つきだ」

うぉん。

「お前は、天性の……理想か?」

うぉん、とお前は答える。

「メスがほしいなら、お前にやろう。いいメスだ。若い、血統のいい女陰(おまんこ)だ。しかし、まだ足りない。そいつらには、足りないのだ。軍人にはなれていないのだ。わかるか? おれが求めているのは、イヌだが、軍人の矜持を持った、イヌだ。そうした仔犬が生まれるのを、待っている。どうだ? 試しに、犯してみろ。お前の精液を、あいつらの女陰(おまんこ)に注ぎこんでみろ。おれはお前を認める。おれはお前の勃起を認める。よかろう」と青年将校は、その瞬間、自分に許可した。「おれの情熱がお前をここに招(よ)んだ、と認める。犯せ。英雄の二世を、三世を。もしも……もしも見込みどおりの仔犬が生まれたならば、おれはそのイヌたちにこそ、あの名前を授けよう。雄犬ならば、ベルカと。雌犬ならば、ストレルカと。おれが採用した、正しい系統として——正統として。その証しに」

うぉん。

「来い」

その命令(コマンド)の意味が、お前にはわかる。お前は柵を越える。飛び越える。いっきに。そして、お前はソ連籍のイヌとなる。

「うぉん」

　男はまず三人の鉄砲玉を送った。富山港から深夜、漁船に乗せて送りだし、洋上で貨物船に「積み替え」られて、その三人はロシア沿海州の港に入った。それから七人の鉄砲玉を送った。ここまでは組の若い衆ばかりを用いて、しっかり人柱になれや、と命じていた。これもシノギじゃ、露助（ろすけ）ども、殺してこいや、と二十歳そこそこの組員たちに言いつけた。おれは代紋をきっちり背負わせていたわけだ、と男は思う。じっさい、それは組織のふところを潤した。報酬は一人につき、四〇〇〇万。それも日本円に換算してだ。輸送（密入国）のための経費とその他の挨拶料を差し引いても、そして鉄砲玉——場合によってはその家族——に成功報酬を渡しても、信じられない稼ぎ高が組織に入る。それにおれは、と男は思う、あいつらには襲撃前夜に、たんまり白人女と楽しめるように手配してもやった。スラブの姉ちゃんどもだ。ブロンドの、碧（あお）い目ン玉の、モデル級の美人揃いだわ。凄（すけ）えハーレム、楽しんだだろうや。それからウオッカとキャビアで武装させた。そこまでは、おれも極道の親だった。会長と呼ばれる男は、苦渋に満ちた顔で、思う。しかし鉄砲玉はたしかに鉄砲玉だった。生還率は初め五〇パーセントを超えていたが、いまでは二〇パーセントを切った。つまり、日本に生きて戻れるのは五人に一人、いるか、いないかに成り果てた。にもかかわらず、男は突撃部隊を送りこみつづけなければならなかった。刑務所時代の兄弟分のツテで、金だけで動けそうなヒットマンを探した。これを四人の鉄砲玉に仕立てて、今度は新潟港からロシア船籍の貨物船に乗せた。面倒な手続きを踏まずに密航させた。つづいて厄旅（ヤクタビ）のヤクザ、すなわち渡世名を変えて古巣の広域暴力団からの追跡を逃れている、破門者を拾った。その手の人間をつづけて八人、送りだした。しっかり道具を持たせた。つまり拳銃（チャカ）の類いを——小型と大型のトカレフから、マカロフ、それからイタリア製の自動拳銃、在日米軍基地から横流しされてきたM16ライフル、そこに40ミリ榴弾発射装置をつけたもの、ウージー、そして二十三個の手榴弾と十七本のダイナマイト、等を携行させていた。そうした兵隊の仕事は、だんだん、派手になる。警察とロシア・マフィアの共同事業のナイトクラブで、短機関銃を乱射した（奇跡的にもこの襲撃者は現場からは逃れた。しかし翌日、ナホトカ港に浮かんだ）。警察署長も狙って、二人、代替わりさせた。マフィアの支配下にある銀行の役員を惨殺した。組の人間以外のヤクザを使うようになってから、鉄砲玉の生還率は一〇パーセント未満に下がった。じきに〇（ゼロ）パーセントになるだろう。しかしこのシノギによる純利益はすでに六億円を超えていた。会長と呼ばれる男は、これはいったい、なんだ？　と問う。自問するが、答えは出ない。それに、突撃部隊は派遣しつづけなければならないのだ。なにしろ、男は実の娘が人質にとられているのだ。

　依頼者（クライアント）から。

　わけがわかんねえぞ。会長と呼ばれる男は唸る。もう何カ月、胃痛に苛（さいな）まれていることか。おれは脅され、利用されて当然だろ？　なのに、どうしてギャラ寄越すんだ？　男は、ロシア

「うぉん」

の相場を知っている。たとえターゲットが警察やマフィアの幹部級の人間であっても、もうひと桁かふた桁少ない額で、命知らずのヒットマンが雇えるはずだ――国内で。依頼者は、なにを考えているのか？　この数ヵ月で、男の体重は十キロ減った。痩せた。いや、やつれた。男にはまるで状況が見えない。一連の襲撃劇が、地元にどのような反響をひき起こしているのか、わからない。たとえば新聞が（反主流系の、タブロイド判のイエロー・ペーパーが）どう煽っているか。そもそも、ギャラとなるこの大金の出所はどこか。依頼者の背後にいるのは何者なのか。

背後にいる、と信じていた。

また胃が痛い。血尿も出た。

しかし娘は人質にとられている。

男はそれから三人の鉄砲玉を送りこんだ。たーげっとヲ排除シロ。依頼者は要求しつづけていた。だからよ、と男は胃の腑のあたりに両掌を当てて押さえる、なんの絵図、描いてんだよ？　標的の居所、行動パターン、護衛状況等について、依頼者から送りつけられる情報は正確で、詳細で、最新だった。スパイ映画も顔負けじゃねえか、おい？　そして標的を弾けば、即、ギャラが地下銀行に入金された。ビジネスかよ、と男は問う。問いかける相手がいないので、自問する。これもビジネスかよ。おれの胃袋に、いま、穴、何個あいてんだ？　すでに厄旅のヤクザの調達もままならず、ついに絶縁者を起用した。つまり他団体から赤字破門を受けた、業界の「永久追放処分」者たちを鉄砲玉として雇用したのだ。これは完全に、ルール違反だった。おれはもう極道の親じゃねえ、そもそも極道じゃねえ、外道だ。だけど……だから、ケッ、どうした? 構わねえじゃねえか。こいつは最高のシノギだぞ、と男は開き直る。それまでは、組の収入(アガリ)といえば歓楽街でのミカジメ料、野球賭博、アングラ・カジノ、闇金融、大小の恐喝(ユス)り、その程度だった。シャブはあまり大規模には扱わなかった。会長と呼ばれる男は、洗濯したカネが大事なんじゃ、を口癖としていた。頭つかって儲けろ、じきに二十一世紀になる、これからはビジネスだぞ、ビジネス。だから日露合弁も狙ったのだ。なのに、結果はこういうビジネスか? しかし、男は開き直っている。これまで本家(上部団体)に上納するのに——その上納金を工面するのに、組員たちにいかに苦労を強いてきたか。無駄な辛苦をなめさせたか。そう考えれば、極道の親として、このビジネスで報いられる。

いや、外道の親か。

クソ、外道……外道。いいじゃねえか。

論理で片づけようとする。胃がぎりぎりぎりと、痛い。下痢まで起きた。結局、自分が依頼者(クライアント)に使われてるだけなのだ、との認識がある。誰かが描いている絵の、駒だ、ただの歩(ふ)か、歩の大将だ、との認識が。たーげっとヲ排除シロ。シロ。シロ。今度の三人の鉄砲玉で、また億を超える金が入った。ビジネス。だいいち、おれは人質をとられている。だから、しかたがねえだろ。

鉄砲玉、送りつづけるしか、ねえだろ。

さらに一人、送ろうとする。

いまでは絶縁者の求人(リクルート)も、容易ではない。それでも、強引に、手配を進める。やらないわけにはいかないのだ。人質がとられているのだ。ただし、それはただの釈明(いいわけ)かもしれないと心の隅で理解した。つまり、この煩悶やら胃の激痛やら、組の犠牲やら、あれやこれやは、あんな娘のためではない。

胃の腑を押さえる。おれは、痩せちまったなあ。

貫目（かんめ）下がったぞ。

それは悪い予感だ。予感は的中する。本家から苦情がもたらされる。まだ求人（リクルート）に成功していない、そのきりきりした時期に。本家の顧問が、使者として訪れる。そして、「任侠道上、許しがたい行為」がそちらにあるようだが、と暗に示される。なにを咎められているかは、当然、明白だ。男は、求人（リクルート）が強引すぎたのか？　と思う。さらに使者は、他にもいろいろ悪い噂が流れている、と告げる。

そして単刀直入に切り出す。「ロシアで戦争、おっぱじめようってのかい？」

男は目をむく。誰かが密告（うた）ったのか？

ヒットマン、飛ばしてるだろう、と糾弾される。本家はそんな狼藉を許さない、とつづけて指弾される。男はしだいに、日本海の向こう側からの資金（カネ）の流れがばれているのだ、そうか、と推断する。こっちが羽振りがいいからって洗（アラ）ったな……ぼろ儲け、しすぎたわ。その読みを裏づけて、使者はより直截（ちょくせつ）に切り出す。

「本家はあんたを破門処分にしたいと言ってる。いまのシマは総長預かりになる。新しい跡目も、準備されてるだろ。丸く収めたいなら、五億、都合つけなさい。あんた、ロシア（あっち）で荒稼ぎしてるんだろう？」

「ゴオク？」

「それが本家の意向だよ」
よく調べている、と男は思う。うちの金庫からは、いまならたしかに五億、即、出る。それを上納しろってか？　おいおい、と会長と呼ばれる男は思う。会長の地位を奪う、と脅された男は思う。そのカネを稼ぐために、うちの子も死んでるんだぞ。おれは正式の組員、最初に鉄砲玉にして送りこんだんだぞ。あいつら、人質のおれの娘（コ）のために、本当に人柱になって。その子の命（タマ）と引き換えたカネ、吐き出せと？

そうなったら、おれは親じゃねえだろ。

外道の親でも、ねえだろ。

使者は視線（まなざし）を男に注いでいる。さあ、どうする？　と言わんばかりに。こいつは、と男は思う。おれがヘタを打ったと嗤（わら）っている。絶対に嗤っている。なにが、本家の使いだ。なにが、わしが口添えしよう、してやろう、だ。お前も、タカりだ。違うか？　そう思った瞬間、すでに男はスーツの背中側に手をまわしている。ベルトに、護身銃のベレッタがさし込まれている。それを、ぬいた。そして、弾いた。それで、そいつを。

三発。

四発。

それから死体のほうには目もむけずに、「痛え（いて）」と胃を押さえて、呻いた。

事は密室で起きた。組の事務所の、会長室は防音、防弾、カチ込まれても、逆に軟禁した人間をそこで拷問にかけても、大丈夫な造りになっている。男はまず、食器棚（サイドボード）から医薬品の小瓶を三つ四つ、ひっ掴むようにして取り出して、胃腸薬をちゃんぽんにして服（の）む。頭を左右に、

「うぉん」

がき、がき、と振る。リセットするようにひねる。胸部を撫でる。そこに食道があり、胃腸薬が流れ落ちていっている、と確かめる。ふう、と息を吐く。胃酸の臭いが、きつい。が、耐えられないほどではない。

ドサリ、と革張りの椅子に座りこむ。

卓上からリモコンを手にとった。テレビとビデオの、兼用の操作機だ。男の視線のちょうど正面にテレビ・セットは配置されている。電源を入れる。画面が、ぼわ、と一瞬光って黒化する。すでに入力がビデオに切り替えられている。すでにビデオ・カセットはデッキの内部(なか)に入っている。てきとうに巻き戻して、再生ボタンを押した。

娘が映る。

おれの娘(コ)。

イヌといっしょに、寒々しい部屋の中にいて、撮影するカメラを睨(ね)めつけている。つまり、画面を通して、男を。会長と呼ばれる男を、父親を。それは人質の映像だ。ロシアの依頼者(クライアント)から定期的に送り届けられる、テープだ。その最新版。なにも変わらない。相変わらず、男は娘に毒づかれる。下品な台詞で、罵倒される。「ぼけ」と吐き捨てられる。変わったことといえば、ある時期からビデオにその一頭のイヌがともに映るようになったことだ。まるで娘の、護衛だった。いちばん最初に、仔犬か、と思ったイヌは、たちまち幼犬の大きさに育って、いまでは若犬と呼ぶのがふさわしい。そして、そのイヌもまた、カメラをにらむ。

撮影するビデオ・カメラのレンズを、娘もイヌも、揺るがず直視する。

不気味に。

冷徹に。

イヌまでかよ、と男は思う。イヌ畜生までかよ、おい。

値踏みしやがってんのか? おれの貫目を。

おれの娘（コ）、と男はもういちど、思う。おれの前妻の、娘（コ）。このクソ餓鬼。男は魅入られたように、ビデオの画面から目をそらさない。男は呆然としたように、革張りの椅子に座りこみつづけている。「こんな餓鬼のためになあ」と声に出して、言った。人柱、いっぱい作ってなあ、と声に出さずに脳裡でつづけた。それからふたたび、声に出した。「子供……子供か。愛してるわけ、ねえだろ。呪ってんだよ」


口に出した瞬間に、ふっ切れた。たしかに負い目はおれにあった。前の厄介者、カルテ偽造（つく）って病死に仕立てあげたのは、おれだ。あの愚妻（バシタ）、おれはオジ貴にむりやり押しつけられた。じゃねえと指（エンコ）つめさせられるところだった。それに、三十すぎてからのし上がって、いずれ自分の組の看板をおっ立てるためにも、必要だった。そして用無しになった。もともと筋金入りの馬鹿女（ばがやろ）だったからな、だから、ハメた。おれが手ェ汚した。おかげで愛人（イロ）を、ちゃんとした姐（あね）さんにも、できた。男は後妻について、思う。まだ二十三歳だ。しっかり者だ。組の子の面倒も、ちゃんと見れる。若い子分衆からアネゴ、アネゴと慕われている。おれと血のつながった娘（コ）もできた。一歳半だ。こいつの異母妹（きょうだい）……こいつの。

こいつがいやだった、と男ははっきり認める。ビデオの内側にいる娘（コ）。さすがに実の娘には手をかけられず、おれは前の愚妻（バシタ）は殺しても（なにしろ他人だ）、こいつは当然のように残した（なにしろ親子だ）。が、どうだ? それ以来、こいつがおれにむける視線（まなざし）。そして「義母（かあ）

「うぉん」

さん」を見る目付き。どういうつもりだ？　おまけに、呪われたように太りだす。ハメた母親の、その死んだぶんの体重が乗り移ったみたいに。顔に肉がついた。小学生だろ？　手首がプクッ、プクッと膨れた。おい、それは稚児（ややこ）みたいだろ？　なんだ、生まれた妹の……腹違いの妹（それ）の真似をしてるのか？　気味がわるい。醜悪だ。そして、おれを不快（いや）そうな目で、見る。同時に、要求がはじまった。あれが・これが・それが・欲しい。欲（ホ）シイ、と。乞われれば買い与えた。そうだ、どんな物品（もの）でもだ。こいつは、まわりが持っているから買え、とは一度も要求しなかった。持っていないものを、買え、とおれに命じた。そう強請（ねだ）った。

世間になめられないように、あたしにグッチ買え。

ディズニーランドは、千葉なんて庶民のだ、フロリダ連れてけ。

おれは試されているような気がして、だからなんでも、要求に応えた。こいつに、あたしの母親（おや）、殺してないよな？　と無言で問われている気がして。

察しているはずはない、と確信しているのに、それでも。

おれの、妄想だ。

そして物品（もの）を与えるたびに、こいつは太る。不気味に肥える。

そしてロシアで、商談にも同伴させろ、世間のやつらが行かない場所（とこ）、連れてけ、と命じられて、そして襲撃を受けて人質にとられる。

依頼者（クライアント）に。

「もう、じゅうぶんだろ」と男は言った。「おれの手で、決着（カタ）、つけるか」

それから男はビデオを止める。男は立ちあがる。部屋の隅に転がっている本家の使者の遺体

——ホトケに、初めてまともに視線をむける。やれやれ、と言う。しかし、口調は軽やかだ。おれは何歳になったっけな？　そうそう、三十九歳だ。まだ現役だぞ。インポにもなってねえ。他人の描いた絵図に、乗れるか、と言う。男は会長室の扉を押す。廊下に出る。事務所詰めの組員の前に、顔を出す。その顔は晴れやかだ。そして命じる。「兵隊、全部集めろや」と。

　全部……ですか？　と確認される。

「おう、日本海渡るぞ。出入りだ」

いっそロシアで組を興すか。シベリアでも奪るかぁ、と思って、男は笑う。かかかか、と笑った。気づいていないが、胃痛はすっかり軽減していた。若頭に事情を手短に伝達して、てきとうに誰かにケツを持たせとけ、ハネッ返りの暴走にでもして、時間稼げ、と遺体処理について指示する。

　しかし……会長、それからどうするんですか？　と問われる。

「ああ？　本家なんぞ、うちから逆縁だわ。とりあえずチェチェンの組織に、ロシア・マフィアの幹部の首、土産にしたろ」

　会長と呼ばれる男は、それからロシア沿海州に飛ぶ。組員二十七人を引き連れている。日本円に換算して約二〇〇〇万円を使って、ロシア極東のその都市に看板なしの事務所を構える。もはや絶縁者の求人に奔走する必要は、ない。なぜなら自分たちが即、鉄砲玉だからだ。日本から送りだされた突撃部隊そのものだからだ。依頼者の情報を利用して、シベリア上陸の二日後には速やかにターゲットを殺り、それがロシア・マフィアの大物であることを地元の警部に確認させる。警察の一派閥とのパイプ作りに要した裏金は、約五十万円。今回の襲撃事件の、足がつかないように仕事（シゴト）をしてもらった費用が、約二十万円。チェチェン・マフィアに挨拶に行き、そのロシア側の大物の首と、約三〇〇万円（ぶんのUSドル）を手土産にする。状況は思っていたよりも男に有利に作用している。これまで男が派遣した「鉄砲玉」勢が、この地域に異様な……歪められた戦争状態を作りだしていたからだ。チェチェン側も、ロシア側も、組織としての力は弱まった。二大組織はあたかも潰しあいを行ない、そこに空いた利権の「穴」に、ロシア全土からの雑多な犯罪組織が流入していた。と同時に、裏社会は多国籍化も果たしていた。朝鮮半島を生産地とするヘロインが運ばれてきた。ロシア籍の高麗族のコミュニティが足場となって、北朝鮮諜報機関がその密輸に関わっている、との噂が一種の常識として犯罪界に流布した。中国からはコカ系と覚醒剤が入った。逆に、マカオ、北京、上海にロシア人の売春婦が送り出された。貿易を一手にあつかうのは三合会だった。さらにCIS（独立国家共同体）の中央アジア諸国のマフィアが、より良質の麻薬でパイを奪おうとしていた。組織間の小競りあいは、頻発した。この現実に触れるにつれて、男は、これもおれが鉄砲玉を送りこんだからか？　と眉を顰（ひそ）める。なにしろ、東アジア系の犯罪組織の滲透が、男の派遣する日本人の「鉄砲玉」勢をめだたないようにしていたのだ。隠れ蓑に、していたのだ。おまけに日本人（ヤクザ）によるロシア・マフィアの幹部（および利権の関係者）殺しは、仁義ゆえのことだ、と曲解された。この都市（まち）に以前、日本の犯罪組織がロシア・マフィアの商談相手として——大切な〝商談のご一行〟として迎えられたことは、そしてホテルのレストランで襲撃を受けて犠牲が出たことは、周知の事実だ。直後に、日本人（ヤクザ）はホストであるロシア側との交際（つきあい）を絶った。それから「鉄砲玉」勢による進攻がはじまったのだ。だからこれが、極道の流儀なのだ、と解釈された。

エクスキューズを聞き入れない、絶対的な、何事か。なかば腹いせの、報復。つまり仁義だ、と誤解された。当地の犯罪界にいる万人にとって、日本人は不気味だった。しかし、理解できないわけでもない。その落とし前の付けかたは、たとえばチェチェン流の〝血の復讐〟に似ているからだ。だからチェチェン・マフィアは、会長と呼ばれる男が土産を……敵対勢力の大物の首と、約三〇〇万円を持って現われたとき、提携関係を結ぶのを受け入れた。速やかに金と力（それは特攻体質を具えた日本人の、ひたすら不気味な、力だ）に反応したのだ。しかし、男はこの成功に、素直に笑わない。かかかか、と高笑いはしない。いまのところ状況が有利に働いているのは、何者かが絵図を描いたからだ。チェチェン側がシノギで疲弊して現金に反応するのも、そうだ。全部が……全部が依頼者の、指示から生じている。男は、だからそれを越えるんだよ、と意を決する。アフガン戦争の退役軍人の団体とのコネクションを開拓するのに約七十万円を投資する。これで旧ソ連軍の盗品の銃火器が揃う市場にフリーパスで入れる権利を得る。そこでは地対空ミサイルすら破格の値段で買える。三日間で、組員二十七人を残らず重武装させる。費用は一人あたり約六万円。他に男は自分用の武器、四門の迫撃砲、さらに箱詰めの実弾を揃えるのに約一四〇万円を費やす。チェチェンの組織に無料で「洗浄屋」を紹介してもらう。ターゲットを殺ったことで、依頼者から振り込まれるギャラを、その洗濯の手順について出口（最終窓口、日本側の地下銀行）から順繰りに解明させる。まだ振り込みから一日しか経っていないので、手がかりは濃厚に残っている。この「洗浄屋」には実費は無制限、成功報酬は約五〇〇万円、と伝える。二日後、「洗浄屋」からの要請で新たにテクノロジー犯罪専門の極小組織とのコンタクトを図り、挨拶料として約三十万円を使う。ロシアは世界でも

「うぉん」

っとも優秀なハッカーを輩出している。熟練した人材を多数、二十世紀末のインターナショナルな犯罪界に輩出している。コンピュータ・システムの不正使用の、稀に見る専門家が雇われる。報酬は半日の拘束で約二〇〇万円。その夜、「洗浄屋」には最終的に約七五〇万円を支払うが、ついに足跡はつかめる。足跡はその都市(まち)のかつての共産党本部が置かれていたビル（内の一室）にあり、撤去されずに残っていたレーニン像の前（での密会）にもある。さらに元KGB諜報員だという四人の人間を起用して、一人あたり約五十万円から約六十万円の報酬で、情報収集の最終段階を処理(こな)させる。

　だから、と男は言う。スパイ映画のように、な？　餅はやっぱり、餅屋だろ？

　おれはつかんだ尻尾は、放さねえぞ。

　幌付きの軍用トラックを購入するのに要した費用は約一九〇万円。それは盗品市場では買っていない。民間企業に払い下げられたものを、ほぼ合法に手に入れた。二十八人の日本人(ヤクザ)は全員、乗りこんだ。運転席に四人、後ろに二十四人。毛皮の外套を着て、フェルト製の長靴を履いて、銃火器と同時にこれが「抗争(でいり)である」との意識で武装していた。夜明けに都市(まち)を発ち、西をめざした。車窓には原野があった。それから湿原があった。また原野に戻り、廃車置き場が出現した。積まれた車輛(クルマ)は、部品がほとんど抜きとられて、ただの脱け殻だった。その後には民家がつづいた。郊外の農村らしい。豚が飼われている。原野は開拓された畑にかわる。なにを栽培しているのかは不明で、延々つづいていた。道路には砂が撒かれていた。冬季の凍結防止用に、大量に。それが狼煙(のろし)のように埃を舞いあげた。ふたたび拓(ひら)かれていない原野に移り、出発から四時間後、鬱蒼とした森林(タイガ)の輪郭が行く手に現われた。男は、この先だ、と思う。男の手には、地図が握られている。約一二〇〇万円を費やした地図、そこには「地図に載らない町」がきっちり手で書きこまれて、示されている。旧ソ連時代の閉鎖都市が。そこに、いる。そこに依頼者（クライアント）は、いる。その瞬間、会長と呼ばれる男は、やっと高笑いできそうな気分になる。餅はやっぱり餅屋、と思い、抗争（でいり）はやっぱり極道だわ、と思う。森林（タイガ）の樹冠部に人工物のシルエット。それは高い、監視塔だ。一つや二つではない。距離を置いて、四つはある。それからコンクリート塀に囲まれた敷地の、断片。来たぞ、と男は思う。ついに道路の終点を目にする。その前方（さき）で、壁に囲われた世界がはじまる。「ムショじゃ」と男は言う。なんだか監獄だわなあ、と連想して嗤（わら）う。「解放記念日に、すンぞ」と言う。約一〇〇メートル手前でトラックはいったん停車する。幌の荷台から、若い日本人（ヤクザ）が一人、降りた。一門の迫撃砲を携行していた。すでに51ミリの高性能榴弾は装填されている。地面に屈（かが）みこんで構えた。曲射用の角度をつけずに水平に、撃つ。扉を。その「地図に載らない町」の門扉（ゲート）を、入り口を。両開きの鉄の扉が、たちまち破壊される。手榴弾の十倍の威力で、吹き飛ばされる。直後、トラックはふたたび走りだした。突入だった。迫撃砲を撃った若い衆も、飛び乗る。そして強引に解放された世界の、内側に。数十メートル疾（はし）走った。舗装道路がその「地図に載らない町」の敷地内をなかば整然と区画していた。だが、その舗装道路にはあちらこちらに陥没があった。凹みが。その一つにトラックの後輪が嵌まり込み、ガタ、と停まった。会長と呼ばれる男、そして抗争（でいり）に高ぶる組員の二十七人は、示しあわせたわけではないが途端にばらばらッと降車した。約三〇〇万円を費やした銃火器で、日本人（ヤクザ）たち総勢二十八人はきっちり装備していた。そして、散開した。トラックの周辺に残った数人が四門の迫撃砲を四方（よも）にむけて、その「地図に載らない町」全体を威嚇した。会長と呼ばれる男はそこに留(とど)まらなかった。若い衆と四門の迫撃砲に護られて、安全地帯から指令しようとはしなかった。新型カラシニコフを手に、散った。自らも散開した。なにかが脳裡でブチ切れる。おらぁ！　と思う。おれは絵図、越えたぞ！　両脇を二人の若い衆に固められてはいたが、気分は単身の殴り込みだった。「かっきり十五分で様子、探るんじゃ！」と叫んだ。「押さえるものは押さえろ。とる命(タマ)は遠慮せずに、行け！」と命じた。男の気もちは極限まで、猛(たけ)る。数棟の白い建物のあいだを、ぐぉぉぉ、と哮(たけ)りながら、駆ける。しかし、まだ実際の行動としては弾けない。なぜなら、そこは無人だからだ。その「地図に載らない町」は一見、まるごと廃棄された町だからだ。いや、じっさい、廃棄されている。正規の住人はいない。正規ではない居住者たちも、わずかに……わずかに……。

その瞬間に、現われる。

イヌが。

イヌが現われて、十数分で終わる。それは男の描いた絵図ではない。会長と呼ばれる男は、まず三人の悲鳴を聞いた。それから七人の悲鳴を聞いた。最初の数分間、なにが起こっているのか、まるで不明だ。なにしろイヌは吠えなかった。五十頭のイヌがいっせいに繰り出したが、吠えるイヌは一頭もいなかった。それは無言(しじま)という名の、武器だ。そして、人間(ひと)を襲撃する。いっさい吠えずに仕留めた。フォーメーションを組んでいた。二頭が一人の日本人(ヤクザ)を狙い、喉を咬みちぎり（被害者の大半は顎の下がパックリ開(あ)いた）、短機関銃を、自動小銃を、拳銃を奪う。迫撃砲四門で護られたトラックは、高度に訓練された六頭の部隊に襲われた。あっという間に、陥(お)ちた。四方を固めていたが六方から狙われて、それも時速六十五キロ以下で攻めこむイヌは皆無だったから。ただし、二門の迫撃砲が照準も定めずに発射されて、一発は地面（グラウンド）を抉り、一発は偶然にだが監視塔に命中した。そして半壊する。監視塔の先端がガガガッと落ちる。大地でゴ・ドワッと唸る。これが合図となった。威嚇射撃がそこかしこで――「地図に載らない町」の複数の区画ではじまる。恐怖から乱射する日本人（ヤクザ）がいて、撃ちはしないが「ぶっ放つぞ！　ぶっ放つぞ！」と絶叫しだす日本人（ヤクザ）がいる。イヌに日本語で脅しをかけて、それが意味をなすか否か、判断もできない。おまけに、イヌは銃声に慣れていた。イヌはそも動揺しなかった。それでも、めちゃめちゃな機銃掃射によって、まず一頭が犠牲になる。それから三頭が犠牲になる。いまわの際に、ぎゃん、と言う。末期（まつご）の言葉で、きゅん、と吠える。残る四十六頭のイヌたちは、事態はつぎの段階に入ったとして吠え声で意思を通じあわせる。この瞬間に、会長と呼ばれる男は、イヌ？　と初めて思った。この「地図に載らない町」は無人ではない、イヌがいる、と初めて悟った。そして状況を悟りはじめた。イヌがおれの子たちを襲撃しているのか？　組の子を。なんだなんだなんだどうしてイヌなんだ？　おれが捜しているのは依頼者（クライアント）だぞ。それなのに。いっぽう、イヌたちは〝掃討〟に入った。最初から、コレハ予行演習デハナイ、と自覚していたが、仲間の損失によって――損失が生じたことは、警声によってイヌ間に通報されている――四十六頭は冷静に猛った。追いこんだ。たとえば四階建ての建物に日本人（ヤクザ）を一人、二人と追い入れて、階段の踊り場で殺した。屋上から墜落死させた。ドコニモ逃ゲ場ハナイゾ、ココハオレタチノ、町ダ、オレタチノ縄張（シマ）ダ！　イワズト知レタ〈死ノ町〉ダ！　ただし、初めての実戦は、やはり不用意な損失を出す。いかに戦闘用のプロ犬でも、また二頭が死ぬ。また一頭が死ぬ。それでも、日本人（ヤクザ）が淘汰されるのはもっと早い。二十二人めが死に、二十三人めが死んだ。会長と呼ばれる男は、その事実を察している。その窮状を目と耳と脊椎で察している。チリチリチリと顫(ふる)える背骨の、第六感で。おれの、おれのおれのおれの、命(タマ)張ってる組の子を、手前(てめえ)ら！　そしてイヌが現われれば、殺した。凄まじい殺気を放ち、周囲を睥睨(へいげい)した。ぼけが！　と吠えて、いちばんイヌを殺した。

会長と呼ばれる男の、両脇を固めている二人の若い衆も、まだ生きている。

会長と呼ばれる男の、脊椎のチリチリチリチリと鳴る予知に、掩護(たすけ)られている。

いま、死ぬ。

死角から跳んできた大柄なイヌがいて、それがまず右手の組員の喉笛を咬み切り、その血しぶきを煙幕(カムフラージュ)に、地面に転がりながら左手の組員の足を狙った。襲った。倒した。転がして、ガシ、と首を獲(と)った。それは現役のイヌでは、ない。戦闘員として現役のイヌではなかったが、老いる前は完璧な一頭だった。そして現在(いま)も、犯しがたい威厳を放っていた。恐ろしいほどの貫禄を。それが起(た)ちあがった瞬間に、わかる。そのイヌは会長と呼ばれる男のちょうど正面に立ったから、わかる。

そこは死角ではない。

イヌは、血塗られた口を開いて、吠えた。

「うぉん」

撃たれた。

会長と呼ばれる男は、そのイヌが地面に、どう、と斃(たお)れるのを見る。新型カラシニコフの銃口は下ろすが、動かない。その場から、一歩も動かない。視線もほとんどずらさない。男は、この「地図に載らない町」のイヌ以外の居住者を、初めて目にする。人間を。その死闘の現場に、その娘(コ)は来ていた。

ベルカを殺したな、と言った。

日本語で。

よう、と男は言った。人質になっても、痩せてねえなあ。

ベルカを殺したな、と娘(コ)は繰り返した。

男は娘(コ)の名前を呼んだ。日本語の名前で呼びかけた。その娘(コ)の、会長と呼ばれる男が付けた、名前で。親として命名したそれで。返事はない。ひたすら、にらみ返されている。会長と呼ばれる男は、ビデオと同じ(おンな)だわなぁ、と思う。そして、なあ？　と尋ねる。どうだ、脱獄したいか？

「させねえ」と言った。回答を待たずに。会長と呼ばれる男は、「決着(カタ)、つけに来たんだわ」と言った。

会長は「だからお前(めえ)のことを」とつづけた。

父親は「お前(めえ)って面倒を。このクソ餓鬼」とつづけた。

新型カラシニコフの銃口を、上げていた。

娘はその視線(まなざし)を一瞬たりともそらさずに、このとき、なにかを口にする。命令(コマンド)を口にする。

それは、ロシア語の命令(コマンド)だ。刹那、ぱっと飛びだす影がある。街路樹のように舗装道路わきに植えられた樹の葉叢(はむら)の中から、建物の裏手から、あるいは二階の窓から。イヌだ。七頭のイヌだ。だが、成犬と呼ぶにはまだ若い。殺(コロ)セ、と娘はロシア語で言っている。襲エ、オ前タチ、

「うぉん」

ソシテ、仕留メロよんじゅーなな。六頭が標的に、鈴生(すずな)りに群がる。カラシニコフは最初に弾き飛ばされている。ガチャ、と音を立てて地面に落ちている。十字架にかけられたかのように、標的は（フェルト製の長靴や、剝きだしの手のひらや、外套の袖口を咬まれて）四肢をひろげていた。その場に立ったまま、ほぼ起立状態で。そこに一頭のイヌが——鑑札番号47が突進する。時速六十二キロ。跳ぶ。牙を立てる、柔らかい喉に。身をひねる。殺(と)る。終わる。

終わった。

男は、ブワッと血を噴いて、斃れた。男は——会長と呼ばれる男は、父親は。

そして娘がいる。

少女がいて、すでに獲物から離れていた七頭のイヌたちが、その足もとにつどう。

数分間、動かない。

その場で、イヌも少女も、微動だにしない。

それから、ふり返る。

誰かが背後に出現したのに、気づいて。

そこに老人が立っている。

少女はひと言だけ、老人に言う。日本語で言う。「じじい、あたしはいま、ストレルカ、襲名したぞ」

声は震えている。瞳は二つとも、あふれる涙に濡れている。

一九六三年から一九八九年

イヌよ、イヌよ、お前たちはどこにいる？

どこにでも。お前たちは散らばった。お前たちは無限に殖える。もちろん、子を産むイヌもあれば、産まないイヌもある。血統はつづいて、絶たれて、複雑にからむ。そしてお前たちは生まれて——一頭一頭が生まれて、お前たちは死ぬ——一頭一頭が死ぬ。お前たちは無限には生きない。しかし、お前たちの系統樹はつづいている。

アリューシャン列島の西域からはじまり、いまも。

地上のいたるところに。

お前たちは絶滅しない。

しかし、翻弄される。なぜならば、それが二十世紀だからだ。戦争の世紀だからだ。軍用犬の世紀だからだ。

かつて二十世紀には二つの大戦が行なわれた。世界をゲーム盤（ボード）に、展開した。二十世紀の前半にだ。そして後半に、相似形の戦争が二つある。二つの局地戦争がある。どちらも冷戦構造の産物で、そしてアジアを舞台にしている。いっぽうではアメリカ兵が血を流して、いっぽうではソビエト兵が血を流した。前者が東南アジアでの局地戦争、後者が中央アジアでの局地戦争だった。

インドシナ半島と、アフガニスタンでの。

どちらも十年間、つづいた。

アメリカが地上軍をその場所に派遣したのは、一九六五年三月八日。そしてベトナム戦争は一九七五年までつづいた。

ソ連がその場所に——国境を越えて——地上軍を送りこんだのは、一九七九年十二月二十五日。そしてアフガン戦争は一九八九年までつづいた。

ベトナム戦争とアフガン戦争。アメリカとソ連のそれぞれの泥沼。どちらも冷戦構造の産物で、どちらも〝直接介入〟から十年間、つづいた。相似形だった。イヌよ、イヌよ、お前たちはこの二つの泥沼に翻弄される。そしてお前たちは、お前たちの系統樹は、アメリカとソ連だけに影響をこうむるわけではない。剪定（せんてい）を受け、接（つ）がれ、運命を繋らせられるわけではない。

そこには中国がいる。

第三のプレイヤーとして、共産中国（レッド・チャイナ）がいる。

一九六三年。毛沢東がフルシチョフを嫌っている。

そして同じ一九六三年、人民解放軍の軍用犬部隊を構成しているのは、一頭残らずジュビリーの裔（すえ）である。この部隊は一つの軍区に常駐はせず、作戦に応じて移動する陸軍の主力に——すなわち機動性重視の野戦軍に属する。

同じ一九六三年、アメリカは勘違いをしつづけている。依然として地球はさながら「塗り絵」だ。二つのイデオロギーがせっせと己（おの）が勢力範囲を塗りわけている。いわば地理学的な抗争だ。そして共産圏が用いている色彩は、いわずもがな、赤だ。ここまでの認識は正しい。アメリカといえども、むろん誤らない。しかし……しかし、その赤色（レッド）の成分がひとしなみでは全然ないことを、アメリカは理解しない（あるいは無視する。あえて視野狭窄になることを選ぶ）。まるっきり異なる顔料が用いられていても、赤は赤、と大ざっぱに断じて、あらゆる政治的判断を下す。

一九六三年。実際には、ソ連と中国の赤色（レッド）はまるで違う明度と彩度を有している。その単純化は、政治的判断のためには、致命的だ。

しかし、アメリカは致命的でありつづける。

その柔軟性に欠けすぎる観点はどこで具わったか？　発端（はじまり）は一九五〇年二月にある。中ソ友好同盟相互援助条約の締結にある。この時点でアメリカは共産中国（レッド・チャイナ）をソ連の衛星国とみなして、以降、その見地をあらためなかった。そして反共のために、蔣介石の台湾（の国民党政府、そして「中華民国」）を中国の代表として扱いつづけた。しかし、中ソ友好同盟相互援助条約に調印したのは、毛沢東とスターリンである。毛沢東が信頼したのは、スターリンである。その跡を襲ったフルシチョフではない。一九五六年に党大会で「スターリン批判」を展開したフルシチョフではないのだ。

ここに中ソ対立の力学がある。それが毛沢東とフルシチョフの個人的な関係に基づいている事実に、アメリカは気づかない。その季節、毛沢東が、フルシチョフを嫌った。フルシチョフは、毛沢東を警戒した。そして、単純にこれだけのことに、たとえば歴史が翻弄される。二十世紀が翻弄される。イヌたちが翻弄される。

アメリカは視野狭窄に陥っている。一九六三年、もはや中国はソ連の衛星国などではないというのに。

あるいはイヌを見れば、それがわかったはずだった。イヌだ。人民解放軍の軍用犬部隊だ。そこに注目すれば、中ソがしだいに乖離する事態の、ひとつの表出を発見したはずだった。

確実に。

まず朝鮮戦争がある。中国はここに人民義勇軍を派遣する。一九五〇年十月、すなわち中ソ友好同盟相互援助条約の成立から八カ月後のことだ。ソ連の軍事援助を受けてはいたが、中国軍の武装は貧弱で、国連軍——その大半は米軍——の力に翌年前半の第四次、第五次戦役でしばし圧倒される。その力とは、近代兵器の力であり、近代戦術の力である。それまでの中国軍は、人海戦術の軍隊、かつゲリラ戦のための軍隊であり、これでは「国防軍」になりえない現実をつきつけられた。朝鮮半島に延べ五〇〇万人を投じて、学習したのだ。一九五三年七月、休戦が成立。当然だが、これを契機に中国軍は近代戦の軍隊に方向転換を図る。

イヌは?

三頭が鹵獲されて、人民解放軍に組みこまれた。雌犬のジュビリーだ。それから雄犬の、ニュース・ニュース(通称E)ベンチュア)とオーガだ。かつてはアメリカ籍であり、いまは中国籍の軍用犬だ。純血のジャーマン・シェパード種だ。毛沢東が中華人民共和国の建国を宣言したとき、その軍隊は軍用犬部隊を所有していない。が、朝鮮戦争を経験して、その軍隊は〝近代〟を意識する。二十世紀の戦争。戦争の世紀の戦争。そのシンボルは投入される近代的軍用犬だ。

最前線にいる、イヌ。

軍用犬部隊はこうした経緯(いきさつ)で編制された。朝鮮半島の最前線に投入されていた米軍側の補助戦闘員、超・精鋭(エリート)のイヌたちは、まず戦時下の捕虜犬となり、それから戦後に即、中国籍に転じた。人民解放軍史上初となる部隊に、発足時点で参加したのだ。ジュビリー、ニュース・ニュース（通称Eベンチュア）、オーガの三頭揃って。この最初の軍用犬部隊の総数は、三十二頭。ただし、一九五三年当時、中国はまだ親ソだった。そこで編制は大いにソ連軍に倣った。すなわちロシアン・ライカ種を「構成犬」の中心に据えた。ちなみにソ連の軍事史における近代的軍用犬は、すでに一九二〇年代には登場している。ソ連が成立したときには、すでに軍はイヌを所有していた。そして一九四一年六月二十二日の日曜日にはじまる、対ナチス・ドイツの大祖国戦争（第二次世界大戦）では、開戦時に一万頭の軍用犬が準備されていた。だからこそ、人民解放軍はソ連軍のそれを範とした。モスクワの中央飼育場に問い合わせて、合計二十九頭のライカ犬を譲り受けた。これもまた軍事援助であった。

この中ソの蜜月を象徴して、いちばん初めの軍用犬部隊は二十九頭のロシアン・ライカにわずか三頭のジャーマン・シェパードという、東側に傾いた構成となったのだ。あるいはロシア史に配慮した構成に。将来の計画も、同様であった。ジュビリー、ニュース・ニュース（通称Eベンチュア）、オーガの三頭は、高度に訓練された「近代の中の近代」犬として重宝されたが、繁殖計画からは外された。

つまり、その結果として、イヌは？

雄の二頭は一九五三年冬の時点で去勢された。雌に関しては、部隊の、発情した雄から慎重に遠ざけられた。

ジュビリー、お前だ。

お前だけが可能性を秘めている。お前は時に雄に飢えた。だが、交尾は許されない。しまいに鞭打たれた。ヤンキーのイヌめ、性交（おまんこ）禁止だ、と。

それが一九五六年までつづいた。ソ連はこの年の二月に、共産党第二十回大会を行なう。そして党中央委員会第一書記であったフルシチョフが「個人崇拝とその結果について」なるスターリン全面批判をひそかに行なう。この秘密報告は唐突である。たとえば事前に他の共産主義諸国に対する協議がなかった。つまり中国は無視された。じきに内容はおおやけになって、毛沢東は啞然とする。スターリンが行なっていたのは、暗黒の専制政治？

そんなことを主張されたら、〝スターリンのソ連〟を範として理想国家の建設に邁進してきた中国（われわれ）は、どうなる？

おい、フルシチョフ。おい、ニキータ……ニキータ・セルゲービッチ。

こちとら人民に「毛主席」個人崇拝をさせてるんだって。責任とれるのか？

一九五六年、こうして毛沢東とフルシチョフの感情的対立が萌芽する。この中ソの軋轢は、中国側の軍事戦略としては核開発問題とイヌに反映された。まずは、イヌだ。ジュビリーよ、お前だ。ついに禁は解かれた。お前は、性交（おまんこ）オーケー、とその年の夏に告げられた。人民解放軍の軍用犬部隊の編制および将来の繁殖計画において、範は東側にのみ限定しては求めず、とされた。

シェパード、解禁。

そして若々しい雄犬二十二頭が購入され、お前は唯一の雌犬として、純血のジャーマン・シェパードたちから求愛を受ける。部隊の駐屯する敷地の内側(なか)で。アメリカの精鋭(エリート)の血統を活かそう、と判断されて。

ジュビリーよ、お前には渇望がある。

お前は誰だ? 憶えているか? たとえばお前の、同腹の姉妹を。その名前はシュメールだ。生後六カ月で、別れた。シュメールは軍用犬にはならず、体型美の完璧さを買われて、ドッグ・ショウの世界に足を踏み入れたのだ。アメリカの本土(メインランド)に、残った。そして無数の仔犬たちを産み、やがて不思議な運命に身をゆだねる。わが子ではない七頭の仔犬に乳を吸わせる。

お前は?

アタシハ?

太平洋の反対側にいる。計画交配からは、外されていた。お前は雄犬たちと交尾(つが)いたかったが、許されなかった。子供を孕みたかったが、許されなかった。わかるか? お前は飢えている。お前は、ジュビリーだ。

アタシガ?

そうだ。

うぉん、とお前は吠える。

一九五六年、お前は妊娠しない。一九五七年春、お前は発情しない。高齢のお前には特別に用意された食餌が与えられはじめる。お前の体毛の艶が、若きころの勢いをとり戻す。しかし、お前はまだ孕まない。発情をうながすために、漢方薬が調合される。人間の母乳まで与えられる。盛(さか)れ、盛れ！　しかし一九五七年夏、お前はまだ妊娠の兆候を示さない。そして秋が来た。十一月だ。その十一月の初めに、なにかがある。お前は宙(そら)を仰いだのだ。お前はわけもわからず、衝動を感じて――誰カガアタシヲ見下ロシテイル、アレハいぬダ、いぬノ視線(マナザシ)ダ――蒼穹(おおぞら)をふり仰いだのだ。

そこに、疾走する星を見た気がした。

それからお前は、渇望を自覚する。お前の生殖能力は一〇〇パーセント目覚める。爆発する。ジュビリー、お前は一九五八年に二度の出産を体験する。併せて十五頭を産む。一九五九年にも二度の出産を体験する。併せて十二頭を産む。そして一九六〇年に、最後の一度の出産を（それは超・高齢出産だ）なし遂げる。四頭の仔犬を産む。当時、同じ大陸の北の大地で（そこも共産圏だ。ソ連領内だ）犬神(アヌビス)という名の一頭の半狼(はんろう)が、おのれの犬齢(とし)を無視して勃起しつづけたように、そして雌犬を犯し、胤(たね)を植えつづけたように、お前はやはり犬齢(とし)を無視して合計三十一頭を産んだ。

一九五八年の冬に、最初の子供たちが次世代を産んだ。

一九五九年の春に、最初の子供たちの二番めの子供たちが次世代を産んだ。

一九五九年の秋には、最初の子供たちの二世がはや子作りに励んでいた。殖えた。お前の血統は殖えた。そしてお前の血統こそが「近代」的に優秀だと実証されて、雌雄を問わず、そのイヌたちは性交(おまんこ)を奨励されて、一九六三年には、ついに部隊の全「構成犬」がお前を祖とする系統樹からのびたシェパードとなる。その総数、八〇〇〇頭と一頭。

そして、毛沢東の中国は？

それを語るためには、核開発問題だ。中国はその戦略として、核を所有しなければならない、と決意していた。これは第三のプレイヤーとしての当然の立場である――アメリカがいて、ソ連がいて、共産中国(レッド・チャイナ)がいたのだ。象徴的な事件が一九五八年に起きる。いわゆる台湾海峡危機。この年の八月に、毛沢東の中国は台湾領の小島・金門島に対して大規模な砲撃を加えた。金門島は福建省廈門(アモイ)の沖合いにあり、国民党の正規軍が配置されている。すなわち蔣介石勢力による大陸反攻の前進拠点である。そして国民党政府／蔣介石勢力／台湾の「中華民国」こそは、アメリカが国家として承認した中国だった。アメリカはこの暴挙を許さない。なにしろ、毛沢東の中国は赤い。その共産中国(レッド・チャイナ)が拡大したら、アジアの塗り絵ではコミュニズムの赤が勢いづいてしまう。警戒！　毛沢東を警戒！　そして、一触即発の危機が到来する。この年の夏から秋にかけて、アメリカは核兵器の使用を検討したのだ。当時、太平洋全域を米軍は核武装していた――たとえばグアム、沖縄、台湾の基地が、核使用のための強固な軍事機構を築きあげていた。これを用いて、毛沢東の中国を封じこめよ！　事態を「共産主義(コミュニズム)対民主主義(デモクラシー)」の構図に単純化したアメリカは、やるとしたらやっちゃおう、という気でいた。いっぽう、毛沢東は事態を「中国(われわれ)の社会主義対アメリカ帝国主義」と図式化した。

これが米中関係である。

結局、実際の衝突は回避された。しかし、毛沢東はその危うすぎた「核威嚇」から教訓を得た。つまり、核には核を。アメリカの脅威に対抗するには、他に手段はない。おまけに、それだけではない。以前の親ソ時代には、中国は確実にソ連の「核の傘」に護られていた――それこそ衛星国として。いまは？

役立たず、と毛沢東は思った。

むしろフルシチョフ、と毛沢東は思った。おい、ニキータ……お前の核は、背面の脅威だ！

そしてフルシチョフもまた、なに暴走してんだよ毛（マオ）、と思った。

核戦争が勃発しちゃったらどうするの？　まいったなあ。こっちはてきとうに「米ソ協調路線」とか謳って、大戦に発展しかねない芽だけは摘んでるのに、もう。馬鹿。

フルシチョフは口には出さないが、あのね、と思った。うちとアメリカにだけ世界支配させておけば、いいの。

しかし行動では意思を示した。自分がいかに毛沢東を警戒しているか。じつは中国の核開発は、一九五六年には決意されている。ソ連は同盟国の建て前として、原爆作りを支援するための「国防新技術協定」を一九五七年に締結していた。だが、この一九五八年の台湾海峡危機で、フルシチョフはいっきに毛沢東（の核政策）を憂慮しだした。だって、こいつ、マジやるね。やばいもの。一九五九年、フルシチョフは「国防新技術協定」を破棄。つづいて一九六〇年に、あらゆる原爆関係のソ連専門家を引き揚げさせた。

核技術の援助を全面的に打ち切り、中ソ決裂も、まあいいや、としたのである。

ごめんな毛（マオ）。

そして一九六三年、決定的な出来事が起きる。あろうことかモスクワで、米英ソの核保有三カ国が「部分的核実験停止条約」を調印したのだ。これは、この三カ国で核を独占しますからね、と全世界に告げる行為（アクション）であった。ついに毛沢東は、切れた。これに対する中国のリアクションは、七月三十一日、ソ連国家を名指しで非難する声明を出すことであった。

一九六四年。

中国は二重の喜びに沸いた。まず第一に、十月十四日、フルシチョフが失脚したのである。毛沢東は吼(ほ)えた。それみろニキータ！　第二に、わずか二日後の十月十六日のことだが、初の核実験に成功したのである。中国(われわれ)の、と毛沢東はアジった、これは自力だぞ、ざまあみろ！

いまや中国は大国である。

毛沢東とフルシチョフのつながり（それは敵対だったが）が途切れるや、新たなつながりが歴史を動かす。毛沢東とホーチミンの個人的な関係が。それは、悪いものではない。ホーチミンのベトナム、すなわち一九四五年に成立した「ベトナム民主共和国」が旧支配者のフランスと対決した第一次インドシナ戦争において、ホーチミンを支援したのは毛沢東だけである。共産中国(レッド・チャイナ)は「植民地主義者、打倒！」を声高に叫び、十六万挺の銃火器を無償でベトナム軍に提供した。一万五〇〇〇名のベトナム人を、戦闘の——もっぱらゲリラ戦のプロフェッショナルとして訓練した。その他、いろいろ、した。ホーチミンは生涯、これに対する感謝を忘れなかった。毛沢東に敬意を表わしつづけた。

この良好な二人の個人的な関係が、当然、中越関係に反映して、そこに米中関係が、中ソ関係がからむ。

すると？

ベトナム戦争（第二次インドシナ戦争）の渾沌(こんとん)が生じる。

そう、いよいよベトナム戦争だ。あのベトナム戦争だ。アメリカの泥沼となる、インドシナ半島の局地戦争だ。一九六四年、アメリカの大統領はジョン・F・ケネディではない。フルシチョフの退場に先だって、ケネディは前年十一月二十二日にテキサス州ダラスで暗殺された。この世から、バシュッ、と退場したのだ。そしてケネディは本格的な〝開戦〟には及び腰だったが、ジョンソンは違った。元・第三十七代副大統領にして、現・第三十六代大統領のリンドン・B・ジョンソンは。この年の八月二日にトンキン湾事件が起きる。米軍駆逐艦が北ベトナム軍（ホーチミンのベトナム軍、すなわち共産主義の「ベトナム民主共和国」軍）に襲われたとして、アメリカは報復攻撃に出る。ただし、このトンキン湾事件は、アメリカが仕組んだ虚構である。一九六五年。この年の二月七日から北爆が開始される。ホーチミンのベトナムが爆撃されて、目標はしだいに北へ、北へ……。

するとS?

毛沢東の中国が当然、邪推する。どこを狙ってるんだ?

本当は、どこを?

ベトナム領の北側にいるのは、中国だぞ。

そう、毛沢東はアメリカの矛先を、中国と見た。またアメリカの包囲網だ、と感じた。ホーチミンがSOSを出した。南ベトナム解放民族戦線（いわゆるベトナム・コミュニスト。略してベトコン）は三月二十二日、「全世界の友人からの援助を受け入れる用意がある」と宣言した。

ホーチミンの友人は、毛沢東だった。

ここに〝援越抗米〟は決定した。アメリカ帝国主義の侵略戦争を、中国が阻止する、北ベトナムに対しては人的支援を行なう、と決めたのだ。なにしろ、アメリカは三月八日に南ベトナムのダナンに海兵隊三五〇〇名を上陸させて、ついに地上戦に突入していた。〝直接介入〟を果たしていたのである。警戒！　と北京は叫んだ。アメリカを警戒！　この戦争は中国の本土に拡大する可能性、あり！

　ならば人民解放軍もまた、人員派遣だ！

　そして、それは実行された。一九六五年六月九日、毛沢東の中国の支援部隊が大挙して国境を越えた。友誼関を渡り、インドシナ半島の、ホーチミンのベトナム領に入った。集められたのは人民解放軍の主力の、精鋭ばかり。二カ月の特別学習の期間を経て、出動した。

　このベトナム支援作戦は極秘である。しかし、一九六五年の下半期だけで、十万人以上が〝援越抗米〟のためにインドシナ半島に投入された。

　そしてイヌも投入された。軍用犬部隊の、七十頭と五頭が。きわめて近代的で実戦的な戦闘力として、ジュビリーの末裔たちが、中越国境を越えた。インドシナ半島を南下した。

　南へ、南へ……。

　この動きにアメリカは気づいたか？

　もちろん、大概のところは察知した。なにしろ世界一、二の情報網を持つ西側陣営の盟主である。しかし、アメリカは沈黙した。毛沢東の中国の極秘の〝参戦〟情報をつきとめながら、ジョンソン政権はいっさいを極秘事項とした。すこし当惑したのである。中国って、おれたちの局地戦争を、全面戦争に発展させるつもりなの？　モスクワの思惑ともあきらかに違う気がするんだけれど、これって、罠？　つまりソ連の赤色と中国の赤色を同一視するがために、ワシントンは困ってしまったのである。とりあえずの結論は、秘密には秘密を、だった。互いに情報を公開しなければ、対中戦争は〝開戦〟しない。

直接衝突を避ければいいだけだ、とワシントンは判断した。

インドシナ半島は南北に分断されている。その線（ライン）は北緯十七度線だ。一九五四年のジュネーブ協定――これが第一次インドシナ戦争を終結させた――で、この線（ライン）に緩衝地帯が設けられた。すなわちＤＭＺ（非武装地帯）。一九六七年、ここに隣接する南ベトナムのクアントリ省は、米軍と北ベトナム軍、それにベトコンの激戦地となっている。

回避されていた米中衝突は、この年の夏に、このクアントリ省で起きる。

しかし、それは人間（ひと）と人間（ひと）のあいだで起きたのでは、ない。

お前たちだ。

それはお前たちのあいだで起きたのだ。イヌとイヌのあいだで。

一頭がアメリカから登場する。アメリカの本土（メインランド）から登場する。名前はＤＥＤ。一九六三年十一月に退場したのは、大統領のジョン・Ｆ・ケネディ、すなわちＪＦＫだった。それから一九六八年三月には、大統領のリンドン・Ｂ・ジョンソンが一般教書演説で「次期大統領選には出ない」と宣言して、やはり退場する。つまりＬＢＪが。それからＤＥＤだ。その一頭は一九六七年夏にインドシナ半島の最前線に登場して、一九六八年夏に退場する。

つまりＪＦＫがいて、ＬＢＪがいて、ＤＥＤがいたのだ。イヌ史的には。

お前がいたのだ。

オレガ？

そうだ。

うぉん。

DEDが吠える。一九六七年六月。すでに太平洋は渡った。しかし、ベトナムにはいない。お前は沖縄にいて、妹と別れるところだ。だから吠えた。お前たち二頭は、カリフォルニア州のペンダルトン海兵隊基地で選抜試験を受けて、この地に運ばれてきた。それから六週間の特別訓練を施された。お前たち兄妹（きょうだい）は同腹ではない。しかし胤（たね）は同じだ。犬齢は二歳と四カ月、離れている。お前たち二頭から、系図を父方に七代遡ったところに、バッドニュースがいる。五代だけ遡って曾々々祖父の立場に立つとき、祖母違いではない伯父母（おじ・おば）にジュビリー、シュメール、ゴスペルの三頭がいる。

沖縄での特別訓練とはなんだったか？　インドシナ半島に酷似した地理的環境を利用して、対「ベトコン」戦の専門技術を身につけることだった。まずは不快をきわめる暑さと湿気に、ジャングルに慣れなければならなかった。それからトンネルを捜しあてる能力を発揮できるようにならねばならなかった。神出鬼没の共産ゲリラは、たいてい地中のトンネル網にひそんだからだ。地雷原に対する感覚も研ぎすまされていなければならなかった。待ち伏せ（アンブッシュ）を事前に察知して、奇襲に対応できなければならなかった。

そのための六週間だ。アメリカ籍の軍用犬の精鋭（エリート）を、さらにベトナム戦争のプロフェッショナルに変えるための。

専門化するための。

DEDとその妹の他に、十頭が本土（メインランド）から集められて、他に在フィリピンの米軍基地から来たイヌが四十六頭、在韓米軍基地からの選抜犬が二十九頭。計八十七頭が参加して、残念ながら十七頭が専門化しきらない。その「不適」組に、ＤＥＤの妹が含まれている。だから、ＤＥＤよ、お前は吠える。お前はインドシナ半島に派遣されるが、妹はハワイ州オアフに再配置が決まったからだ。

二度と会えない……戯れられないことを予感して、うぉん、と吠えた。

不合格とされてオアフ島での軍事施設の警備に就かされた（ただし、この歩哨犬の役割も、相当優秀でなければ任せられない）妹の名前は、グッドナイト。いずれ、この一頭もまた複雑な役割をお前たちの歴史で果たす。しかし、いまは別の一頭だ。

お前だ、ＤＥＤ。

オレカ？

そうだ。

名前の由来を考えろ。ＤＥＤとは慣用句であるドッグ・イート・ドッグ dog-eat-dog の頭文字、つまり「我（われ）がちの、自制なき、骨肉相食（は）むような烈しさの」姿勢と状況を指した。そうした烈しい闘争心を期待されて、お前はＤＥＤと命名されたのだ。わかるか、ＤＥＤ？　イヌがイヌを喰らうとは、悪趣味ではあるが、単なる悪趣味だけの名ではない、というわけだ。しかし、お前はその宿命（さだめ）を名によって暗示されてしまう。

じきに。

お前はまさに骨肉を食む。

それがお前の、宿命（さだめ）だ。

オレノ？

そうだ。

うぉん。

お前が吠えて、七日後、いよいよ輸送準備が整う。まだ一九六七年六月。沖縄を発ち、対「ベトコン」戦のプロフェッショナル犬、七十頭がインドシナ半島入りする。配属は順番に行なわれる。いちばん南の第四軍管区戦術地帯、ここに配置されるイヌはいない。第三軍管区戦術地帯には四十四頭。カンボジアに接した西のタイニン省に半数が割りふられる。第二軍管区戦術地帯には四頭。いちばん北の第一軍管区戦術地帯に残りが配属される。つまり、二十二頭だ。うち、クアンガイ省に八頭が割り当てられて、トゥアティエン省には四頭、それから最北部のクアントリ省に十頭。

一九六七年七月。クアントリ省に入る十頭に、DEDは含まれた。

輸送ヘリコプターが十頭を運んだ。

イヌたちは大空から戦場に降り立った。ジャングルに伐り開かれたLZ（着陸ゾーン）に。クアントリ省の北側の境界に十七度線がある。DMZ（非武装地帯）がある。しかし、この夏、そこは激戦地だ。十二カ月前にアメリカの統合参謀本部がDMZへの砲撃を許可した。もちろん、公式発表はなしで。この国境、軍事境界線でのモットーはただ一つ、「コミュニストの侵入を断て！」だった。七カ月前にDMZの向こう側への応射が認められた。これは、侵攻だ。五カ月前に先制発砲がはっきり認められた。これは、だから……はっきり侵攻だ。そこまでやって、効果はなかった。ついに三カ月前からは防護壁の工事が開始された。今度は軍事境界線の南ベトナム側を閉じるのである。途方もない人員を投入して、有刺鉄線、地雷、監視塔、サーチライト、その他を構成要素とする通称「マクナマラ線」の建設が開始された。資材を重量物空輸専用機のCH54ヘリコプター（通称「空飛ぶ起重機」）で輸送して、航空機にたびたび掩護を要請して。

これは通行不可能な障壁となったか？

全然。

ならなかった。

作りかけとはいえ、敵は「マクナマラ線」をすり抜けて、しばしば米軍の後方に出現した。そこで海兵隊の前進基地を奇襲するわ、建設途中である「マクナマラ線」をばしばし粉砕するわ、やりたい放題だった。

いったい、どうなっていたのか？

理由は地下にある。得意のトンネル網だった。ベトナムは一九六五年三月から徹底抗戦の準備に入り、大都市では、重要施設はどれもこれも地中に移し済みだった。あちらこちらで地下道・防空壕が掘られ、以降、掘られつづけた。当然、DMZは放置されない。すなわち十七度線の地底には、ひじょうに複雑な隧道が掘られはじめて、すでに二年余が経過していたのである。

しかも北ベトナム軍には、DMZを越えて南ベトナム側に侵入する特攻要員を手引きする（たとえば漆黒の闇の内部だろうが、なんだろうが）、超人的な感覚を具える異能の補助戦闘員がいた。

イヌである。

首輪につけられていた人民解放軍の標章は全部消した、極秘支援の中国のイヌである。すでに、そうとうの活躍を示していた。たとえば米陸軍の対ゲリラ専用の特殊部隊・グリーンベレーはひそかにラオス領に入り、そこでCIDG（不正規な防衛集団）部隊を編制して、DMZを西側から脅かしていたが、この作戦を一九六七年夏まで頓挫させつづけたのがイヌである。赤いイヌたち——これは比喩だ——は、抗米！　と吠えてCIDG部隊と山岳部で対決したのだ。

この夏、赤いイヌは二十頭にまで減っていたが（しかも十七度線付近に配備されているのは十一頭だったが）、北ベトナム側の最強の補佐だった。

ホーチミンと毛沢東の友情の証しだった。

以上がDMZの現実であり、そこに隣接したクアントリ省の現実である。南ベトナム・第一軍管区戦術地帯の最北部の、現況である。地上での攻防があり、地下がある。米軍は「マクナマラ線」を構築しようと躍起になって、北ベトナム軍はそれを片っ端から壊す。ほとんど破壊のために建設が為されている。もちろん省内の南と西と東にはベトコンがあふれていて、ひたすら消耗戦が展開している。これは米軍が仏教徒の大地に樹（う）ち立てた、自らのための、余分な、地獄だ。お前はここに配属された。DEDよ、お前は命じられる。最終目的は、コミュニストの殲滅。そのための第一歩が、コミュニストの追跡。お前はそれを命じられた。お前と、他の九頭が。専門家の精鋭（エリート）が。忽然とジャングルに消えるベトコン、あるいは北ベトナムの特攻要員を、お前たちは見つけ次第、襲わずに距離をとって追跡せよ、と指示された。連中がどこから涌いてくるのかがわかれば、混乱は収拾する。お前たちはそのために、沖縄で特別訓練を受けたはずだ、そうだろう？

ソウダ。

だったら、力を見せろ。

うぉん。

すでに地理的環境には慣れていた。その熱帯の地形、気候には。ＤＥＤよ、お前は仲間とともに放たれる。しかし、なんという爆音、なんという異臭、なんという人工の雷火。これは、ショウか？

お前は放たれた。十頭は。はるか彼方にわずかに漂う催涙ガスの臭気。まぢかで耳を聾する轟音（ノイズ）。頭上を飛び交うロケット砲と迫撃砲。機関銃がわめいた。機銃掃射。榴散弾。飛ぶガンシップ。劇臭。発見される潜入者——コミュニストたち。お前たちは五十メートル離れる。一〇〇メートル離れる。しかし、決して見失わない。追う。ひたすら追う。十頭が十方向にわかれて、それぞれが地中のトンネル網の擬装された入り口を発見する。

それは本物か？

お前たちはそれぞれ、頭をつっこむ。

ここから事態は同時多発的だ。まずＤＥＤ、お前と、お前同様の四頭の後ろに、別の四頭がいた。そいつらは、首輪をしていない。鑑札（タグ）をさげていない。しかし野犬ではない。所属をあかさないイヌ、しかもインドシナ半島のジャングルでの実戦経験が豊富すぎる、赤いイヌだ。お前たち四頭のそれぞれの後方に、四頭がいた。お前は襲われる。

お前は追いこまれる。

お前は対「ベトコン」戦のプロフェッショナルだが、闘犬ではない。お前は人間にも、地雷原にも即応できたが、たとえば野獣に襲われるのは想定外だ。しかも、それは単なる野獣ではない。この二十世紀が産み落とした……近代的な兵器だ。そして同類だ。食肉目イヌ科の、イヌだ。

お前は追いこまれる、地中に。

他の三頭もそうだった。

双眼鏡を手にした北ベトナム軍の将校がいる。その足下には二頭の赤いイヌがいる。待機している。レンズから目を離して、将校は二頭に合図する。「第四層に誘い込め、あるいは、虎の罠！」と命令を発する。二頭は放たれて、ただちに隠蔽されていた入り口から地中に飛びこむ。

他の六頭。半数はトンネル内部のとば口に待ち構えていたコミュニストの歩哨に、竹槍で突かれて、ただちに絶命した。垂直の穴に落ちるようにズルッと地底に死骸が入った。それこそ、ベトコンなみに忽然と地上から消えた。残る三頭のうち一頭は、同様に竹槍攻撃を喰らったが、ただちには死なず（むしろ死ねず）、キャンキャン言った。ほぼ三分後からは肺臓に血をためてゴボゴボ言った。追跡犬にはそれぞれ付き添いの米兵がいる。そして二人がパニックに陥る。なにしろ、担当のイヌが数十メートル前方で――たいてい双眼鏡で観察していた――地面に〝忽然と消失〟したり、いきなり「ゴボゴボ犬」と化して苦悶しはじめたり、したのだ。彼らは思った、あったぞ、ベトコンの巣窟！

そして掃討制圧用の空爆を要請する。

残る二頭。

コレハタシカニべとこんノ穴ダ、と判断して、その場に控える。付き添い人に発見情報を報(しら)せるために、合図として寝そべる。そして、大地に耳をすます。すると、聞こえる。仲間が追われている。仲間が、地中で――コノ地ノ底デ？　ドウシテ、ドウシテ？――何者かに襲われている。

そのときに爆撃がある。かなり近い場所に迫撃砲弾が四つ連続して落ちる。これは十頭のイヌの作戦行動（それぞれの「コミュニストの追跡」作戦）とはなんら関係がない。しかし、衝撃はとっさの反応に関わる。この瞬間、二頭はあたかも示しあわせたように、自ら発見して控えるトンネル網の入り口の内側(なか)に反射的に飛びこむ。

現われる戦闘機。きわめて低空飛行で、精密に爆弾を落とす。翼下から、空対地のロケット弾を、爆弾を。支援任務のジェット機の掩護(それ)は、本当に精密だ。照準の箇所だけを沸きたたせて――それらは地図上の座標として示される――派手にショウ化する。つまり大地が陥没して、大地が爆発して、大地が掘り返される。爆弾の破片が大量に飛び、散り、地面そのものの無残な欠片(かけら)がボワッと舞う。そして、埋もれる。地下道は埋もれはじめて、最少の被害としても狙われた〝ベトコンの穴〟はほとんど精密に、閉じる。

そのとき、お前は地中の第四層にいる。

お前は、ＤＥＤよ、第一層が崩れるのを頭上に感じる。

上方(うえ)に。

お前は一瞬、気絶した。ＤＥＤよ、お前も、お前を地中の第二層から第三層、ついには第四層に追いこんだ赤いイヌも（いつのまにか一頭から二頭に増えていた）、巨きな揺れに頭を打つ。岩盤に、固い土壁に。もたらされた衝撃は、要請された限定空爆だけではなかった。この同時多発の状況から、およそ三時間、地上では「マクナマラ線」の幅一二〇〇メートルぶんを対象とする攻防戦が熄まず続けられることになる。たとえば建造さなかの監視塔は二基、倒壊する。砂嚢は七〇〇余、ボンッ、ボンッと飛び交う。電流が通っているフェンスがそこかしこで断ち切られて、びりびり言いながら跳る。三万三三〇〇個あまりの薬莢が舞い散る。人間の手足が舞い散る。左手と右手と左足と右足があるためにカウントできない、何人ぶんの被害かは。「マクナマラ線」掩蔽用の木材を載せて、大地がサーフする。

ある側面、壮大に。世界が崩れた。

それから、お前は目覚める。

気絶したのは一瞬だが、しかし、過去と現在は断絶している。いいか、ＤＥＤ、お前は地の底に埋められた。その入り口は（つまり、お前にとっての出口は）閉じられている。もちろん、トンネル網の出入り口があまさず塞がれたわけではない。問題は、お前のいる第四層だ。そこには二つの垂直空間から出入りできる。しかし、その二つからしか、出入りできない。その二つが、封じられた。

まず第一層のある区画が崩れて、第二層が、第三層が連鎖的に、そして。

問題の垂直空間が閉じる。うしなわれる。

そうしてインドシナ半島の北緯十七度線、ＤＭＺとその周辺の大地の底の、四層めに、イヌたちは生き埋めにされた。

地底の、地底に。

イヌたちは、だ。お前一頭ではない。その事実を、DEDよ、お前はじきに知る。

お前は目覚める。

初めに闇がある。オレハ視力ヲ奪ワレタノカ？　お前は脳震盪を起こした直後で、判断を誤り、不安になる。そうではない。DEDよ、そこはお前の目を無効にする土地なのだ。お前は全身に痛みを感じる。あちこちの打撲、擦り傷。アア、痛イ、痛イ、とお前は唸る。その唸り声は地中の岩盤に、固い土壁に反響する。アアア、と残響（エコー）する。痛イイ、痛イイ。お前は予知できないが、それから数週間、お前の打ち身はひたすら増えるばかりだ。ココハドコデ、とお前は考える、オレハ誰ダッタ？

痛イイイイイ、と残響（エコー）。

それからお前は黙る。

敵がいる。

初めに闇があり、ついで敵がいる。お前は、ココハ地底デ、と思い出す、オレハあめりかノいぬダ。シカモ精鋭（えりーと）ダ。ソレガオレノ誇リダ。

敵も沈黙している。

お前は臭いを嗅いだ。たとえ目が無効でも、お前はイヌだ。鼻があれば、お前は全知だ。なにしろお前は、米軍の誉れである特別なシェパードの血統に生まれて、まずカリフォルニア州で選抜され、沖縄でも選抜された。ダカラ、オレハ最優等ノ軍用犬ナノダ。オレハあめりかノ誇リダ。嗅いだ。敵は二頭。

アイツラダ。

同ジ犬種、しぇぱーど。

二頭。

嗅いだ。お前は察知する。一頭は手負いだ。一頭は……もう一頭は、怯えている？　怖（オ）ジテイルノカ？　もちろん、単純にお前の存在に恐怖したわけではない。事態の推移そのものがその赤いイヌを狼狽させていた。が、釈明（いいわけ）は無意味だ。この瞬間に、だから、二頭は弱者の立場に即（つ）いてしまった。結果として、お前は反・弱者の立場に。

つまり力を得る。

相手の恐怖がお前の力になる。DEDよ。

お前は殺気を放ち、相手は唸る。二頭とも、唸った。

もはや沈黙に耐えられないようだった。吠えはじめていた。お前は、ソレモ恐怖カ？　と問う。恐怖シテイルノカ？

オ前ラ、反あめりかノいぬタチ。

それからお前は二頭を襲った。しかけたのは突然だった。いっきに距離をつめて、手負いの一頭だけに狙いを定めて、顎門（あぎと）の凶器をふるった。もう一頭は逃げた。反撃など考えられない這（ほ）う這うの体（てい）で、まさに尻尾を巻いて逃げだした。お前は深追いしない。戦略だ。この闇に、お前は全然、慣れていない。この閉ざされたトンネル網は「新しい世界」なのだ。焦ってはならない。

探レ、とお前は自分に言う。ココヲ探索シロ。

戸惑いながら、お前ははじめる。この世界は生まれたばかりだ。

一歩の距離。十歩の距離。三つの枝洞。そこまでで一時間。戻る。倒した相手は、まだ死にきっていない。瀕死の状態だが、呼吸（いき）はある。

そして？

お前はその側（そば）で休む。

そして？

二時間が経っていて、お前は疲労を感じる。お前は空腹を感じる。餌はない。食糧はどこだ？

ある。

そこに、あるだろう？

お前は赤いイヌの、腹を裂いた。お前は赤いイヌの、息の根をとめた。初めに闇があり、ついで敵がいた。三番めに、お前は腹を減らしていた。だから、お前は。

これは新しいルールの世界だ。お前が倫理（モラル）になる。DEDよ。お前は死骸を、喰らう。それはお前の骨肉だ。お前に想像できるはずもないが、それはお前の……遠い血縁だ。バッドニュースの血統に列（つら）なる、純血のジャーマン・シェパードだ。

そしてお前は生き、敵は一頭、減った。

お前は気づいていない。お前の仲間が、他に五頭、この地の底に入りこんでいる。同様に閉じこめられている。かつ、敵も。敵の赤いイヌは——北ベトナム軍将校の命令（コマンド）を受けたイヌを含めて――その総勢、六頭。しかし、一頭がここでマイナスとなる。

　これで6対5だ。

　これはなんだ?

　米中衝突だ。インドシナ半島での、避けられつづけてきた直接の衝突(それ)が、起きている。そしてこれは、地底で(正確には地底の地底で)展開される、イヌのベトナム戦争だ。

　翌日、ただし地中にあっては時間の経過が定かではないから今日も明日もないのだが、お前は仲間のイヌを一頭、発見する。しかし、死んでいる。虎の罠にかかっている。尖った竹槍が落とし穴の底に埋めこまれた、対「アメリカ帝国主義者」用の、無残な罠に。そのトンネル網の第四層には、そうした仕掛けが若干数あった。米軍の地下戦闘の専門要員、通称・隧道鼠(トンネル・ラット)を誘いこんで処理するために、設けられていた。

　これで5対5。

　お前はその虎の罠を観察する。しかし視力には頼らない。嗅覚と、触覚で、調査する。それから仲間の死骸を引きあげて(からだの部分部分を、順番に)、それも、食んだ。

　それから一年間、お前たちは引き算に励む。4対5。4対3。2対2。だいたい二カ月に一頭、死んだ。DEDよ、お前は二週めから仲間と群れた。敵も、群れた。陽光のない「新しい世界」に適応できるイヌがいて、無理なイヌがいた。無理なのがお前の仲間とは限らなかった……アメリカ籍の軍用犬とは。中国籍を隠した赤いイヌたちは、すでに地中のトンネル網(の構造、いわば地図)に知悉していて、だからこそ第四層からの出入り口が閉ざされた事実に、絶望した。あるいは、右ニムカウ幹線ノ通路(ミチ)ガ壊滅シテイル! 左ニ進ム分岐ガ、唐突ニ……

唐突ニ生マレテイル！　等、もたらされた打撃の結果に、困惑した。お前たちはその手の失意とは無縁だった。お前はその類いの懊悩にはむしばまれなかった。マズ一歩ノ距離ガアルノダ、とお前は知っている。ツネニ、ツネニ、とお前は肚（はら）に叩きこんでいる。その蓄積としての、十歩の距離。百歩の距離。ワカルカ？　とお前は仲間に問う。慎重ニ、イケ！　と命じる。早々に食糧庫につきあたった。コミュニストたちの保存食。地中に数週間は籠城できるだけの量が、その洞にあった。イヌならば何頭が、何週間、生きのびられるか。ちなみに北ベトナム軍とベトコンは、この夏以降、ほぼ一年間あまりは第四層（そこ）をうしなわれたものとして放棄した。烈しい「マクナマラ線」攻防の季節にあって、再度、垂直掘りをする余裕はなかったのだ。一層めや二層めが通行可能ならば、とりあえずは事足りる、と戦術的に判断した。ところで、同様の戦術的判断がイヌたちのベトナム戦争にも影響した。当然、貯蔵物は同じ第四層の内部（なか）でも分散されていた。崩落等の危険に配慮して、保存食は一カ所にまとめられず、すなわち食糧庫は複数、あった。DEDよ、お前の敵の群れもまた、それらの一つを手中にしたのだ。同じ時期に、だから、互角に。五分五分だ。そして、これは縄張り争いだ。

勢力圏はなにで主張されるか？

お前たちはイヌだったから、臭いづけで、だ。

糞尿のポイントに、最前線がある。お前たちはその臭いづけによって、イヌ版・軍用地図を描いた。いまだ「新しい世界」の地底の第四層にあって、しばしば糞軸と尿軸が座標を設定した。わずかずつだが（慎重に、慎重に……）この視力を無効にする世界の輪郭を、認識させた。そして臭いが雄弁に、たとえば宣戦を布告した。あるいは牽制した。そのうえで、だ。あるポイントでは待ち伏せ《アンブッシュ》が行なわれる。それからイヌ版・索敵撃滅作戦《サーチ・アンド・デストロイ》が実行される。死闘はつづいた。どれほどの打ち身が（探索の、組み討ちの、さらには地上からの衝撃《それ》——何度かの崩落の）お前の全身に生じたことか。しかし、適応は進む。たしかにお前の右の前肢は曲がった。骨が折れて、しかし、副木《そえぎ》がなかったからだ。ソレガドウシタ？　お前には力があった。相手の恐怖がそれをお前に与えて、以来、お前は強者でありつづける。当然、お前は群れのリーダーだ。討匪《トウヒ》ダ！　とお前は叫ぶ。反あめりかノいぬタチヲ、滅ボセ！

攻める。守る。陣を固める。返り討ちにする。それから、攻め奪《と》る。

イヌたちのベトナム戦争。

ひたすら、引き算。

お前には新しい感覚が具わる。その「新しい世界」のための、感覚だ。命名はできない。いずれにしても、お前は適応した。できない仲間もいた。できない敵もいた。あるイヌはガリガリに痩せた。あるイヌは七週間と七日と七時間めに発狂した。吠え猛《たけ》り、襲われて、両目と片耳と尻尾を咬まれて、しかし十七週間、そこから生きのびた。お前は悲鳴を聞きながら（狂犬の濁声《だみごえ》を、はるかに遠い座標に）、お前は水を舐めた。滲《し》みだす水があった。地面に、壁に。複数の枝洞の、深みに。地下水脈の轟きはお前の耳にとうに届いている。それに南シナ海の匂いも幻のように嗅ぎつけている。命名できない感覚で。汐《しお》。そして水があり、病《やま》いがある。あるイヌは疥癬にやられている。痒《カユ》イ！　痒イ！　痒イ！　下痢。風邪。ビタミン欠乏症。さまざまな蟲《むし》がいたが（これらが疥癬の原因になった）、涌きだす地虫はときには珍味だ。保存食よりも新鮮な、餌だ。DEDよ、お前はもちろん、率先して食む。生キロ、と自分に言う。生キロ、と仲間に言う。死ネ、と敵に言う。モグラと鼠が顔をだすのを、じっと待つことすらできた。

数回の天変地異に「新しい世界」が襲われた。人間たちのベトナム戦争の、つまり地上の抗争（それ）の余波だが、たとえばトンネル網の第二層に準備されていた北ベトナム軍／ベトコンの弾薬庫が、引火し、爆発する事件があった。これで「新しい世界」の地形は変わった。ひじょうに複雑に、それこそ枝洞の迷宮に。この類いが一度ならず、二度、三度。

しかしDEDよ、お前は生きている。

引き算はつづいて、一年後に、ついには1対1となる。

地下居住者のお前に時間が把握できるわけもないが、それは夏だ。一九六八年の、夏だ。

ここで、いきなりの足し算。

どこかの瞬間で、お前は仲間がもう一頭もいないこと、同時にまた、敵も一頭しか残っていないことに、気づいた。足し算のための心構えは、この瞬間に、ととのう。いいか？　お前はわかる。つまり「新しい世界」に、この第四層に、すなわちベトナムを南北に分断した北緯十七度線とその周辺の、地底の地底に、イヌは二頭しかいないことが、わかる。一頭は自分、そして、もう一頭……。その相手の臭いは？　体臭は？

雌だ。

初めに闇があった。ついで敵がいた。三番めにお前は腹を空かせていた。お前は敵を殺し、喰らい、そのドッグ・イート・ドッグ dog-eat-dog なる名前を体現する存在（もの）と化した。四番めに……四番めにお前は、発情した。

お前は欲情した。その「新しい世界」には、一頭の雄犬がいて、一頭の雌犬がいる。そしてお前は、オレハ生キナケレバナラナイ、と悟っている。生きる、それはどういうことだ？　それはお前の血統の存続に関わるのではないか？　お前の……系統樹に。お前の生存本能は、お前に命じる。ＤＥＤよ、勃起せよ。

地底戦争は終わった。お前はただ一頭の雌犬を、凌辱しろ。

殺すな。

食糧はある。二頭だけならば、たぶん、数ヵ月は生きのびられる。お前は合図をする。お前はたとえば糞尿のシグナルで、それから吠え声、囁き声で、合図をする。来イ、と。来イ、戦争ハ終ワッタ。

手打ちだ、とお前は告げる。

相手がなにかを感じる。相手がなにかを感じたのを、お前は命名できない感覚で、察知した。合流した。お前の側の食糧庫で。お前の（アメリカの）縄張りの内側で。雄ハ、オレダケダ、お前は吠えた。餌ハ、充分ニアル、満チ足リテイル、お前は吠えた。ダカラ、発情ノ時ダ。オレタチハコノ世界ノ、起源（ハジマリ）ノ二頭トナル。

お前の言葉は、通じたか？

三日後に、赤いイヌが濡れた。お前の言う「反アメリカ」の同類の生き残りの雌が、初めて股を濡らした。満腹するまで、お前の（アメリカの）縄張りにあった食糧庫を漁り、眠り、目覚めて再度かき込み、食い漁り、また眠り、起きては食い散らし、ついにその態勢を整えた。

お前はもちろん、勃起している。お前はまたがる。ハアハア言いながら、またがり、腰をふる。

一度ではない。

二度だ。

三度だ。

雌犬は従順だ。

股座（またぐら）からお前の精液を垂らしている。お前の胤（たね）。

お前は安心する。

そして、合流から五日後の深夜に——それは地上時間の、それもベトナム時間の深夜だ——寝首を掻かれる。睾丸を咬みちぎられてから喉笛を裂かれた。

お前は死んだ。

あっさり。

DEDよ、お前は死んだ。

あとは雌犬の物語だ。雌犬は、殺した同類（イヌ）を無駄にしない。腹を牙で裂いた。温かい。肝臓と脾臓（ひぞう）をむさぼる。肉を、むさぼる。いまだ凝固していない鮮血を、啜る。必要なのだ。栄養が必要なのだ。たっぷり、要るのだ。ありとあらゆる滋養（それ）が。なぜなら、胎（はら）に子供がいた。

雌犬は命名できない感覚で、察知している。自分は孕んでいる、と。

その準備を怠らない。出産に備えた。

およそ九週間が経つ。封じられているはずの第四層の上層（うえ）が、どたばたしている。雌犬は無視する。北ベトナム軍／ベトコンによって、トンネル網の再開発がはじまった。雌犬はしかし、かつての主人に見つからないように、息をひそめる。雌犬はもはや赤いイヌではない、ただの母親だ。初産に備える母犬なのだ。本能がいっさいを命じる、静かな環境（ところ）にひそめ。食糧がかたわらにあればいい、人間など、構わずにいろ。人間など見捨てろ。見限れ。

母犬はその命令（コマンド）を受容する。

だから地底の地底にただ一頭、ひそむ。

陣痛を迎える。いよいよ分娩だ。ヌルヌルした半透明な袋が、一つ、二つ、三つ、四つ、五つ、六つ、押し出される。順番に、時間をかけて。うち三頭が死んでいる。雌犬は胎盤を喰らい（それはどんな母犬も行なう）、死産のわが子も、喰らう。

生命（いのち）を持って産まれたのは三頭の仔犬。

子育てがはじまる。しかし、授乳に問題が起きる。乳の出が悪いのだ。たちまち二頭が弱る。また本能の命令（コマンド）がある。母親は躊躇（ためら）わない。弱った仔犬たちを咬み殺す。その死骸も喰らった。

仔犬は一頭。

強い力で、乳房に吸いついた。

生きのびた。健（すこ）やかに、健やかに。ＤＥＤよ、お前の、二世だ。その子供は、雄で、名なしだ。お前の名前を継がず、だから骨肉を食まない。母親が死んだときも、そうだった。それは一九六九年の二月。すでに授乳期は終わっている。死骸に喰らいつかず、名なしの仔犬は、生前の母親の行動に倣う。産み落とされた洞（いわば巣穴）に貯められていた食糧（もの）を食む。

母親の死骸が腐り、臭った。

不快だ、と名なしは思う。日ごと募る悪臭に、ついに名なしは追い払われる。名なしは動きだす。見えるか、DED？　お前の息子は、頭がいい。第四層をひそかに、ひそかに、徘徊している。ひそむ必要があるんだと、母親の行動に倣って、勝手に学習した。DEDよ、死んでいるお前なら了知できるだろうが、枝洞の迷宮はもろもろ改変された。通路は増設されて、あるいは閉ざされた。「人間には通りかねる」と、あまたの細い狭い隧道が見限られた。しかし、仔犬の大きさならば、どうだ？　そして第四層はいまや、第三層に、第二層に、第一層に通じている。

お前は感心するだろう、息子はあらゆる座標を見通していると。しっかり見抜いていると。再開発された「新・新しい世界」にあって、神出鬼没で、すっかり人間をだしぬいていると。

その通りだ。

だから、安心しろ。

成仏しろ。

春になり、依然として名なしの仔犬は健やかに、成長をつづけている。孤児で、しかし空腹に苛まれたことはない。どこで（そのトンネル網のどこで）、なにを奪えばいいか（食糧庫のどの類いを漁るならば問題がないか）、すでに承知した。すでに全知だ、これに関するかぎりは。だが、名なしの仔犬はこれに……単に生き残れるだけの日課には、満足しない。全知であることに幼い生命は価値を置かない。むしろ、未知だ。惹かれるのはあらゆる未知の事柄だ。だから、人間たちをだしぬきながら、名なしは覗いた。新たに弾薬庫が掘られれば、そこを。地下厨房の隣りの洞で、生きた鶏たちが飼われはじめ、連日卵を産みはじめれば、その洞を。地下病棟に手術室が併設されて（四月下旬にハノイから医療団が派遣されてきたためだった）、外科手術用の電球（ライト）を灯す自転車発電装置が備えつけられれば、できるかぎり電球（ライト）の驚異にちかづこうと試みた。そうした、あれや、これや、それや。

初夏。

名なしは困難に直面しだす。名なしは健やかに育ち……成長し切る。つまり、名なしはもはや仔犬ではない。仔犬の大きさではないのだ。その肢体（からだ）はしっかり発達している。名なしは当惑する、どうして世界が縮んだのか？　と。たとえば、第四層にあった細い狭い隧道（みち）の数々が、いまでは通りかねた。

ドウシテダ？

名なしは苛々して、自問した。

どうして世界が縮むのか、と自問した。

叫んだ、窮屈ダ！　と。

こんな小さな世界では、足りない。足りないのだ。満ち足りることがないのだ。おまけに座標はしばしば見失われて、ひそむのにも、不都合ばかりだ。寸法（サイズ）が違う、違う！　名なしは知る、ここにはすでに全知がない、と。ならば……ならば？

結論がちかい。

初めに第四層があった。それから第三層があった。第二層を発見して、第一層にもたどり着いた。そのトンネル網の内部（なか）で、名なしは未知をつねに求めた。そして……そして？

夏。名なしが這うのは地底の第一層だ。嗅いだ。嗅いだ。這った。ひたすら這った。把握していた座標は全部、棄てた。カマワナイ、と思った。カマウモンカ！　鋭敏さにつらぬかれていた。命名できない感覚が、名なしの内側でゴウゴウ吠えていた。いまでは食い破りつつある。どこを通過したのか、どの枝洞を選んだのか。いずれの岐れ道に入ったのか。しかし、名なしは導かれている。声にだ。名なしよ、名前のない一頭のイヌの、お前よ。名前のない感覚が名前のないお前に命じている。声が語りかけている。聞こえるな？

生きろ、生きろ、飢えつづけて生きろ。貪欲に！

ウン、とお前は応じる。ウン、ウン、ウン。

うぉん。

名前のないお前よ、お前もとうとう、うぉんと吠えた。

満ち足りず、臭いによって認識されている世界の、外へ。嗅いで、嗅いで、お前は違う臭気だけを希求した。ついに地上に這いでた。未知だけを追跡して、それは為された。異界だ、巨きな、異界だ。緑の芳香をお前はほとんど知らなかった。草の葉のそれ、茂みのそれ、岩に生えた苔のそれ、垂れ下がった蔓のそれ。暑かった。地上だったのだ。熱帯の、インドシナ半島の、北緯十七度線の北側の、地上だったのだ。ＤＭＺに隣接する北ベトナム領にお前はぬけていた。ちなみにトンネル網の出口は、擬装された木製のトラップ・ドアで、その仕組みは地中の階層を主要なポイントで隔てているドアと同じものだから、お前には熟知されていた。カリカリして、お前は突破した。歩哨はいない。人間のいない場所を――気配のまるで感じられない土地を、お前は選んで、ぬけたのだ。お前は呆然と、そこに佇つ。

ナンダロウ、土ノ臭イマデ、違ウ！

違ウ！

感動する。それは日中、陽光にさらされている地面の臭いだ。が、いまは昼間ではない。お前が「窮屈な世界」から這いだした時刻、それは真夜中だ。

一九六九年の、七月だった。

月夜。お前は見上げた。まぶしい。わずかな月影（ムーンライト）だが、地中で生まれて、育ったお前には、太陽も同然だ。お前はベトナム人の地下照明を知っていて、だから目は、明かりそのものには触れている。手術室の電球（ライト）に啓蒙されていて、だから目は、強烈な丸い光源を畏怖している。しかし、宙（そら）にかかる月は……月は、まるで違う。驚異の度合いが、違いすぎる。魅入られた。他に、蒼穹（おおぞら）には無数の星辰（ほしぼし）が輝いていたが、惹かれたのは月だ。赤外線カメラを搭載したアメリカの偵察機が通過したが、惹かれたのは月だ。

その夏、人間たちも同じ天体に憑かれている。その夏、アメリカ航空宇宙局が人類初の月面到達を果たすアポロ十一号を打ちあげ、だから世界が月に注視しつづける。しかし、それは人間の世界だ。イヌの世界ではない。そもそもイヌ史が〝宇宙飛行〟の扉を開いたのだが、いまでは人工衛星スプートニク二号ははるか十二年前の出来事として、忘れ去られている。

人間たちの二十世紀は、この夏、イヌ紀元ゼロ年を無視した。

そしてお前が泣いた。

名前のないお前が、月光を直視しつづけて、すこし、傷めた。眼（め）を。お前は視力の要らない地底の地底の土地で生を享（う）けて、だから、月明かりといえども刺激が強すぎたのだ。そのために、涙は両目からあふれた。あふれて、こぼれた。しかし、視線はそらさない。

お前は感動して月を見上げつづける。

背後に気配。

お前はふり返る。涙を流しながら。

人間がいる。片手に夜間照準器、片手に軍用地図を下げている。お前が生まれてから見てきた……窃視しつづけてきた人間とは、違う。それは人種の違いだが（だから体軀が異なり、体臭が異なった）、もちろん、イヌのお前にはわからない。お前がいるのはＤＭＺの北側の射撃陣地の外れ、最前線だが北ベトナム軍の兵士たちは出払っている。

お前は戸惑う。

逃げる必要がない、と直感されて。

ナニカ……ナンダ？

名前のないお前は、わからない。その人間が、どうしてお前と対峙できているのかを。

ふいに人間が訊いた。「お前は泣いているのか？」

その声は、イヌの囁きのように響いた。その声は、名前のない感覚の命令（コマンド）と同じ温度で、響いた。そして、イヌのお前にはわかるはずがないが、それはベトナム語ではなかった。中国語でもなかった。英語でも。

ナンダ、人間？

「おれはお前を、これで」と夜間照準器を指して、言った。「見た。お前が地下から這いだすのを。お前が地中から生まれるのを。そしてお前は、月を見ている」

アア、コノ異界ノ、案内人カ？

お前は涙にかき曇る視界で、考える。

「つまりお前は」と人間は囁きつづける。「宇宙（そら）から降りてきたイヌの、対極で、しかし無縁ではない。そしてお前の、その体型……お前は純血だな？　お前は純血の、シェパードだな？　年老いてもいない。むしろ若い。仔犬の時期を卒業したばかりだ」

ナア人間ヨ、とお前は言う。ココハ巨（オオ）キナ、不思議ナ世界ダ。

「不思議な……お前はアメリカのイヌか？」

オレガココニ来タ。

「米軍（あいつら）が密偵としてトンネル網に放ち、迷ったのか？　違うな。お前の態度はあきらかに、違う。ならば中国（あいつら）のイヌか？　四年前に人民解放軍が支援したという、例の部隊のイヌか？　いや……どちらでもいい」

オ前ガココニイタ。

「おれがここにいて、お前がここに現われたのだ」と人間は言う。名前のないイヌよ、お前よ、同じことをその人間が語ったのだ。ベトナム語でも中国語でも、英語でもない、ロシア語で。

「来い。お前を拾う。お前の子はベルカかストレルカに、なれるか？」

KGB将校は手をさしのべて、お前は、うぉん、と吠える。

一九六九年三月、中ソ対立はついに武力衝突に発展した。中国／ソ連の国境であるウスリー江の珍宝島／ダマンスキー島で、両国の軍隊が本格的に銃火を交えたのである。そして六月には新疆（しんきょう）で、この七月には黒竜江のゴルジンスキー島／八岔島で、同様の国境紛争が生じた。ぶつかるのは、つねに国境警備隊だった。さかのぼれば一九六七年、文化大革命を推し進める中国で、紅衛兵が北京のソビエト大使館を襲撃している。ソ連首脳部の人形を火炙りにしている。

それは最悪のデモンストレーションだった。この中ソ関係は、ベトナム戦争に反映したか？

もちろん、した。それもベトナム戦争の渾沌に、だ。じつはソ連は一九六五年七月に「ベトナムの経済発展および防御能力強化に関する援助協定」に調印している。人民解放軍が友誼関を渡り、ホーチミンのベトナムに対する秘密支援に入った翌月にはもう、新しいソ越関係を構築しはじめている。そしてホーチミンは、この年以降病気がちで、実権を党書記長に奪われている。ソ連はこれを好機と、中越関係の崩壊を目論んだ工作をあまた行なう。アメリカの泥沼であったベトナム戦争の前半において、共産圏の二大国がインドシナ半島の〝小共産国家〟・北ベトナムをひっぱりあったのである。結果、ベトナムは親ソに傾いた。

歴史は予言的に動いた。一九六九年九月三日にホーチミンは死ぬ。つまり、毛沢東とホーチミンの個人的な関係は切れるのだ。だから、それ以前に、ベトナムは判断したのだ。中国離れ・ソ連接近を。一九六八年には、北ベトナムに対する共産主義諸国の援助総額の五〇パーセントが、ソ連の援助で占められた。武器支援だけではない。人的支援においても同様である。インドシナ半島の最前線には、軍事顧問が送りこまれた。一九六九年、三月と六月の連続する「中ソ衝突」の現状を受けて、派遣される専門家には国境警備隊の所属将校がずらり揃えられ出す。つまり、戦闘の専門家であると同時に、対中戦（と謀略）の専門家が。

そのようにして一人の、KGB将校であるロシア人が、その夏、そこにいた。

あるいはイヌの……お前たちの歴史が招いたか。

そうなのか？

イヌよ、イヌよ、つぎはどこで吠える？

うぉん、うぉん

一九七五年、ハワイに一頭がいて、メキシコに一頭がいる。具体的には北緯二十一度のオアフ島に一頭の雌犬がいて、北緯二十度のメキシコ・シティに一頭の雄犬がいる。名前はグッドナイトとカブロン。そしてグッドナイトは純血のジャーマン・シェパード種で、カブロンは父親、つまり胤が純血のボクサー種の、しかし雑種犬だ。すでにグッドナイトの素性については解説した。その同腹の兄はDED、一九六八年にインドシナ半島の北緯十七度線の地底で、死んだ。ジュビリーの血統から生まれた人民解放軍の部隊のイヌに、寝首を掻かれて。そのジュビリーは、グッドナイトとDEDから五代遡った曾々々祖父の、伯母だった。では、メキシコ・シティにいる雑種犬、カブロンの素性は？

複雑だ。

カブロンはバッドニュースの血統には列ならない。しかし、母子関係を追えば、ある意味で直系となる。カブロンから四代遡り、曾々祖母の立場に立つ時、そこには母方に六頭の伯父母がいるのだ。そして曾々祖母の母親も含めた合計七頭のこのイヌたちは、二頭の母親を持つのだ。一頭は、この七頭――外見はまるで異なる七頭の兄弟姉妹の――産みの親。ただし、生後半月ほどのあいだは、乳を吸わせた。もう一頭は、この七頭の育ての親。しかし、離乳期を迎えるまでは、やはり何週間か乳を吸わせた。産みの親にとって、それは四度めの出産だった。産みの親の名前はアイスで、その父親は北海道犬、母親はシベリアン・ハスキー種、祖母の一頭はサモエド種だった。もちろん、北海道犬とは、あの北だ。そして育ての親は、七頭を養子として迎えてから、二度と子供は産まなかった。美しい純血種のシェパードで、名前はシュメールだった。バッドニュースの子供だった。

そしてシュメールは、ジュビリーの姉妹（きょうだい）だった。

アイスの産んだ七頭と、シュメールが母子（おやこ）になったのは一九五七年。あのイヌ紀元ゼロ年。その年の十月に、母子（おやこ）は米墨国境地帯に入った。メキシコ系アメリカ人の名家が果樹園を営んでいる土地に、番犬として迎え入れられた。この一族の当主（ドン）は裏の顔を持つ。密輸に手を染めている犯罪組織の、首領（ドン）。もっぱら取り引き相手は国境の南側に……メキシコにいる。ただし、それらは一九五〇年代当時の話だ。時は流れた。当主（ドン）はすでに先代であり、シュメールはとうに天寿をまっとうしている。では、名家の秘められた事業はどうなり、イヌはどうなったか？

まずは裏だ。一九七〇年代、全米各地で、古い任侠体質のマフィアが失墜をはじめている。のしあがるのは新興勢力、それも麻薬などの汚い（ダーティ）ビジネスに手を出す、まさに「裏社会の新世代」に率いられた組織だった。代替わりした名家は、この波に、乗った。新しい当主（ドン）は彼自身、新世代だった。資金源を麻薬と定めて、しっかりと事業内容を見直したのである。一九七五年、すでに組織は取り引き総額を二十年前の約八倍に膨らませていた。国境の南側から流れこむ麻薬の、ほぼ流通の半分は握った。そもそも、メキシコ国内の麻薬組織（カルテル）――その供給ルートと密売人たち――を育てたのは、この名家が一九六〇年代に投資した巨費（かね）、まさにそれである。

いまでは名家は、裏社会では「テキサス州の一族（ラ・ファミリア）」、あるいは単純にファミリアと呼ばれた。

そしてイヌだ。イヌはこのファミリアの、結束を固めるために用いられた。最初の八頭、すなわちシュメールと七頭の仔犬からなる母子(おやこ)は、ファミリアの先代にプレゼントされた時点から、自分たちの役割を知っていた。立派な番犬であること、当主(ドン)に忠誠を誓うこと。これは母子(おやこ)をファミリアの果樹園に送りこんだ元の飼い主（にして、シュメールたちの「巣」であった操車場の貨車(ワゴン)の持ち主）から命じられた務めだが、それを厳守した。その働きぶり……忠誠心の発揮ぶりは、当主(ドン)を満足させた。これこそがファミリアのためのイヌだ、と。以来、大切にされる。無駄にそこいらの駄犬と交尾(つが)わせたりはしない。番犬にふさわしい性格や、外観や、能力がお墨付きの、ドーベルマンや、コリーや、エアデール・テリアの純血種とばかり結婚させた。もともと外見(みため)がばらばらだった七頭の兄弟姉妹から、さまざまな〈怪物的エリート〉が誕生した。犬種ごとに容姿が異なりすぎるイヌは、時に変身動物(シェイプシフター)とも形容されるが、まさにその本領を——この血統は——爆発させた。しかし、頭数が無駄に爆発は、しなかった。与えられる夫／妻が選びぬかれた純血種（ドーベルマンや、コリーや、エアデール・テリアの、「これは最高のイヌですぜ、当主(ドン)」の言葉にふさわしい個体）であったように、頭数もまた厳密にコントロールされていた。一種の産児制限だった。

なぜか。

このイヌたちは、すでに述べたように、ファミリアの結束を固めるために用いられていたからだ。イヌたちは、ふだん、果樹園という縄張りの内側にいる。ただし、そのファミリアに（つまり犯罪組織としての「テキサス州の一族(ラ・ファミリア)」に）新たなメンバーが迎えられた場合は、一人につき一頭のイヌが贈られる。習慣(ならわし)なのだ。一九五〇年代の当主(ドン)から、現在の当主(ドン)にも引き継がれている、生きたプレゼントの習慣(ならわし)。その血筋のイヌを飼うことを許された人間こそが、当主(ドン)がたしかに家族として認めたファミリアの幹部である。

その、証明。

血縁同然のきずなを有することを、イヌの血筋で証した。

そして、カブロンだ。カブロンという名前の雄犬だ。シュメールが養子とした七頭のうちの一頭の、玄孫(やしゃご)のさらに一代さきに、この雄犬はいる。それも米墨国境地帯のファミリアの果樹園――縄張りから遥かに離れて、しかも南下して、メキシコ・シティにいる。

これが北緯二十度の一頭だ。

メキシコに登場した。

そしてもう一頭が、北緯二十一度のイヌ。

グッドナイト。お前はなにをしている?

お前は北緯十七度のインドシナ半島には行かなかった。兄のDEDは対「ベトコン」戦のプロフェッショナル犬として、沖縄での六週間の特別訓練を消化(こな)したのちに東南アジアの紛争地帯に派遣されたが、同じ六週間を過ごしながら妹のお前は選に漏れた。ベトナム戦争の最前線には不適、との烙印を捺されて、一九六七年六月、沖縄からハワイ州に発った。ちなみに沖縄は当時、アメリカが施政権を行使していた。ハワイ諸島は一八九八年にアメリカに併合されて、一九五九年に州に昇格した。グッドナイトよ、お前にはそれらの歴史的経緯は無意味(ちんぷんかんぷん)だが、要するにお前は、アメリカの本土(メインランド)のカリフォルニア州で誕生して、育ち、ずっとアメリカ籍の軍用犬として巨大な〝アメリカ〟の内側(なか)を移動していたのだ。お前は〝アメリカ〟から出ていなかった。まだ出ていなかった。オアフ島に配属されて、お前はホイラー陸軍基地に勤める。そこで歩哨犬となる。ほぼ八年にわたって勤続した。その間（かん）、強度のストレスにさらされたのはただ一度だけ、これは正体不明の工作員との衝突で、そのときはお前は、撃たれた。しかし弾丸は貫通して、ほんの三週間で全治した。しかもイヌの名誉負傷章（パープル・ハート）と銀星武功章（シルバー・スター）という、二つの勲章も授かった。引退後の年金も保証された（つまり、生涯にわたる餌代が）。おまけにお前は、人間の生命（いのち）も救った。いっしょに巡回警備をしていた少尉を、結局、かばうようにしてお前自身が撃たれたのだ。

以来、お前は基地内で尊敬を集めて（人間からはむろん、他のイヌからもだ。なにしろお前は勲章を二つ持つ）、むしろ悠々と「歩哨犬」暮らしを送る。

それが一九六七年六月からの、ほぼ八年間だった。

それから、この年だ。一九七五年だ。まず、二月がある。お前はついに軍用犬という肩書きを外す。つまり軍務（つとめ）を終えたのだ。リタイアするお前を、受け入れる一般家庭がある。ホノルル郊外の住宅地に。主人は退役将校で、以前、お前に生命（いのち）を助けられている。つまり、あの少尉だ。元少尉だ。四十路（よそじ）を迎えると同時に陸軍勤務から退いて（これはほんの半年前のことだった）、いまでは観光業に就いている。もともと本土（メインランド）の出の白人（ハオレ）だったのだが、ホイラー陸軍基地に勤務している間にすっかりハワイに惚れこんで、ついにオアフ島に居を構えた。この地で、第二の人生を踏みだすことにしたのだ。オハイオ州から老いた両親も招（よ）び寄せた。その両親は、若い雌犬を飼っていた。もちろんイヌもオハイオ州から移住させた。そして仕上げが、お前だった。

「さあ」と元少尉が言った。「家族だよ」

アタシノ？　とお前は思う。人間と、人間と、人間と、イヌ。迎えたのは四つの顔。

すでに飼われていたのはビーグル種だった。コンパクトな体格で、性格はきわめて温厚。主人がお前に恩義を感じているのを察して、最初からお前に逆らわない。

そう、お前は元少尉の、恩人ならぬ恩犬だった。お前に待ち受ける老後――リタイア後の暮らしは、その時点では、悠々自適の極みが予想されていた。極限のストレス・フリーが。お前はもう、肩書きを持たない、ただのシェパードの老犬だったのだ。しかし、犬齢が九歳に達しているとはいえ、まだ身体強健だ。お前はたっぷり、遊んでもらう。たとえば観光。報恩の念に駆られて、元少尉はオアフじゅうをお前に案内する。お前はアロハ・シャツを着た主人にともなわれて、ワイキキを散歩した。海辺から街なかまで。裏通りから運河まで。チャイナタウンを散歩して、匂いに惑わされた。アジア料理用の、さまざまな香辛料、それから市場で山積みにされている漢方薬。火山の噴火でできたクレーター、ダイヤモンド・ヘッドの標高二三二メートルの頂きにも登った。パールハーバーに行った。そこで見た。お前が望んだのは、白堊(はくあ)の記念館だ。湾内にあって、水深十二メートルの汚泥の内側(なか)に沈む戦艦をまたいでいる。戦艦は一九四一年十二月七日に、日本軍機によって撃沈された。つまり、それが太平洋戦争をはじめた。日本軍の奇襲が。いまでも海底の戦艦の内側には、九四八人の遺体が瞑(ねむ)っている。それは墓所だ。そしてグッドナイト、お前はその墓所の海を眺めて、しかし、なにも感じない。お前たちの歴史のはじまりを感じることは、ない。

戦艦が沈み、だからこそ日米の軍用犬が太平洋の北端の線(ライン)、アリューシャン列島で邂逅したのだとは、察しない。

ここは太平洋のほぼ真ん中だ。

お前はただ、この北緯二十一度の島にいて、トッテモ海ハキレイダ、と思う。

パールハーバーで、そう思った。

お前は海が好きだ。

お前はビーチが好きだ。

いつも水ぎわで戯れる。

四月、家族に変化がある。若いビーグルの雌犬の妊娠が発覚する。どこかで姦(や)られてしまったのだった。たぶん、イヌたちのフリーセックスの聖地である、ドッグランで。五月、ビーグルは元気な四頭の仔犬を産む。お前は、グッドナイトよ、感動する。お前には出産経験がないが、お前はすっかり仔犬たちに夢中だ。まるでビーグルの姉か従姉妹(いとこ)のように、育児を手伝う。もちろん、母犬を無闇に刺激しないように、遠慮しつつ。しかし、可愛い。お前の内側で母性本能がわめいた。カワイイ！　カワイイ！

ビーグルの母犬の乳房に群がる、ビーグルの仔犬たち。

お前は母乳(ちち)が出ないから乳母にはなれないが、その光景に、とり憑かれる。

ビーグルの仔犬たちを構っていないときは、お前は、ビーチで遊んだ。七月、いつものビーチに不思議なものが現われる。それは船だ。双胴のカヌーだ。二本のマストが立っている、帆船だ。長さは二十メートル弱。通常のカヌーとはまるで趣きを異にした。

人間たちが集まり（そこには白人(ハオレ)もピュア・ハワイアンもいた）、その双胴のカヌーを操る訓練をはじめた。すでにビーチはお前の縄張りも同然だったから、お前は毎日、それを観察した。人間たちのあいだに雑じった。うろうろした。頭を撫でられた。相手の手のひらを舐め返した。いいイヌだな、と言われた。しばしば、言われた。人間たちもお前を憶えた。

「こいつ、軍用犬してたって」と白人が英語で仲間に語った。「飼い主に聞いて驚いたのなんの。あのな、勲章を二つ授かってる。本物の勲章だぞ。なにしろスパイと対決して、撃たれても平然としてたって！」

それは、凄いな、と人間たちは感嘆する。お前の経歴を認めて、碇泊している帆船に乗せる。そこからの眺めに、お前は感動する。舳先に立つ。

お前が帆船を気に入ったことを、人間たちは悟る。

九月のある日だ。お前は調子に乗ったクルーの一人に、「来い！」と呼ばれた。ほんの四、五十分ほどの近距離帆走の訓練だが、同乗しないかと誘われたのだ。そのときだ。お前は、うぉん、と吠えた。そしてお前は、飛び乗った。

お前は物怖じしなかった。

海の新しい顔に、むしろ高ぶった。

お前は船酔いすらしなかった。

不思議な双胴カヌーは、一つの夢を孕んでいる。ハワイアン・ルネッサンス（古代ハワイ文化の復興）の冒険を。西欧文明がハワイ諸島を発見したのは一七七八年、探検家ジェイムズ・クックの航海によるが、その時点で大いなる疑問が出されていた。「なぜ、ここに人間が住んでいるのか？」と。なにしろ、ハワイ諸島は太平洋の中央に孤立している。つまり大洋島であって、あらゆる大陸から隔絶している。しかもクック来航当時、ハワイの人々は遠洋航海の技術を持っていなかった。が、伝説はあった。古謡（チャント）が「われわれの祖先はタヒチから来た」と歌っていた。

タヒチは赤道の南に位置する。

はるか南太平洋の島である。

本当なのか？

それを確かめよう、と計画する人間がいた。西欧文明に汚染されて貶（おと）しめられる以前のハワイが、その黎明期、高度な文化を持っていたことを証そう、と。一九七三年、ハワイに「ポリネシア航海協会」が誕生した。一種の実験考古学として、先史時代のポリネシア人の遠洋航海用カヌーを復元し、それでタヒチまで逆渡航することを目的とした。冒険（ロマン）。星座の位置、そして風、そして潮流、それらだけを頼りにして、古代の技術をもって南太平洋をめざすのだ。

この「ポリネシア航海協会」の計画は、ハワイ州の、アメリカ建国二〇〇周年記念事業にも指定された。

そして、グッドナイトよ、お前が訓練帆走につきあう帆船（それ）は、しかし、「ポリネシア航海協会」が再現したものではない。

そのコピーだ。

カリフォルニア州でひそかに製作されて、七月にオアフ島に持ちこまれた。人間たちは、もめていた。すでにハワイ諸島からは遠洋航海術がうしなわれていたから、航海士にはミクロネシア人が起用されたが（中央カロリン諸島のサタワル島出身者だった）、それを善（よ）しとしない一派がいた。企画にはカリフォルニア生まれのサーファーでもある人類学の教授が関わっていたが、彼に嫉妬する金持ちのボンボンの研究者がいた。名声だけを求めて、おれを起用しろと名乗りをあげるポリネシア人の航海士がいた（クック諸島のラロトンガ島出身者だった）。こうして、「ポリネシア航海協会」の主流に反発し、決裂して、本来の冒険（ロマン）をだしぬこうとする人間たちが揃った。

ボンボン研究者は、さらにもう一歩、やっかんでいる教授の計画に差をつけよう、と狙った。それも絶対的な差を。はるか昔、南太平洋からの航海者たちはハワイに大挙して移住すると同時に、二、三十種類の植物を持ちこんだ。農業を営むためである。それから豚を持ちこんだ（意図的に）。鼠を持ちこんだ（意図せずに）。鶏も帆船（それ）に乗せてきた。それからイヌも。

ハワイ諸島では、当時、出土している最古のイヌの化石は、一六〇〇年前のものだった。古代ポリネシア人がここに移住してきたと推定される年代と、同じだ。

ならば、そこまで実験して——実験考古学——証明してしまえばいいのではないか？

それだ、とボンボン研究者は自らの発想の鮮やかさに唸った。つまりイヌだ。

イヌ！

お前は呼びかけられて、今度は鳴かずに、首を傾げる。

功名心がエンジンとなって、ボンボン研究者を衝（つ）き動かしている。カヌーでの航海を怖がらないイヌは、いる。しかも頑健な肉体（からだ）をした純血のシェパードが、いる。おまけに計画に挑むクルーたち全員に馴れ親しんでいる。そして……そして……。

飼い主は簡単にお前を手放す。交渉があったのは十月だ。「抜擢ですか？」と元少尉は言う。

「このイヌが、壮大なハワイアン・ルネッサンスの事業の、重要なプレイヤーになる、と?」ボンボン研究者はこれを受けて、ひと言、「栄誉を担うんです」と説く。それで元少尉は、コロリといってしまう。「すすす、すばらしい!」と叫ぶ。「栄誉! 名誉! いいですか? わたしは軍人だったが、こいつも軍人だった。いや軍用犬だった。だからなにしろ名誉がいちばん! なあ、そうだろう?」とお前は問いかけられる。「そもそも海を積極的に楽しんでいるわけだし、いいでしょう、行かせましょう。冒険に! そして、勝ち取ってこい!」とお前は語りかけられる。「つまり第三の勲章だ、わかるな?」

お前の主人は語らないが、お前の家族はいま、増えすぎている。数が増えすぎている。ビーグルの妊娠・出産は予想外で、しかも四頭の仔犬はこの半年でほぼ成犬のサイズに達した。しかも引き取り手は見つからなかった。結局、そういうことだ。お前は厄介払いされる。お前の主人は罪の意識を感じずに、しかも見返りに五〇〇ドルもらう。

「タヒチでは」とお前の主人は最後に言う。「一六〇〇年ぶりに帰還する英雄犬として、生涯にわたるイヌの王族待遇が約束されているらしいぞ」

十月十一日。オアフ島からの出発。その双胴カヌーの、クルーの総数は十六名と、一頭。お前はついに大海原(おおうなばら)に乗りだす。お前は、グッドナイトよ、そこで北緯二十一度のイヌであることをやめる。いまや赤道の南をめざしている。そしてお前たちが頼りにするポリネシア人の航海士は、名を売るためにだけ手を挙げた、とんだ食わせ者である。「いざとなったら、近代的な装置で救助されるだろ?」と考えている。ポリネシアに継承されてきた、いまや秘術の伝統航海術を完璧にはマスターしていない。はったりだけの人物で、ボンボン研究者の同類。しかし、とりあえず、夜になれば十六名のクルーは宙を見上げる。星を読む。昼、海鳥の飛ぶ方向を探る。お前は蒼穹をふり仰がずに、ひたすら水平線のさきを見つめる。十月十二日には、お前はすでに、ホームシックにかかっている。あのビーグルたちを懐かしんでいる。かつての四頭の仔犬、お前が母性本能を発揮して、ずっと構ってきたイヌたち。お前の乳房はずきずき痛む。母乳など出したことのない、五対十個の乳房が。

一九七五年、ではもう一頭のイヌ、北緯二十度の雄犬だ。メキシコ・シティのカブロンだ。このイヌは一人の分身を持つ。それは人間であると同時に、イヌでもある。いや、素顔を覆ったときにだけ、その人物はイヌ＝人間と化す。すなわち一人／一頭の分身に。混血で、年齢は三十歳、名前は怪犬仮面。それはリング・ネームだ。怪犬仮面はルチャドールだ。

一九三三年にメキシコで生まれた興行用レスリング、ルチャ・リブレ（自由な戦い）で活躍する、覆面レスラーが怪犬仮面だ。

当然イヌをデザインした覆面を着けて、リング上でイヌ＝人間と化す。必殺技はイヌ固めに、脳天イヌ咬み。そして雷撃のセント・バーナード蹴り。

怪犬仮面にとり、重要な数字は、2、である。たとえば表の顔と裏の顔があること、これ自体が2だ。メキシコには一九七〇年代、およそ二〇〇〇人のルチャドールがいたが、その七割は覆面を着用した。一部は絶対秘密主義をつらぬいて、本名と出身地を明かさずに生活していた。怪犬仮面もまたデビュー当時から、マスク製造業者に多額の口止め料を渡して、素顔にまつわる事柄を全部、厳秘に付すると契らせていた。2。表の顔と裏の顔。しかし、その八割が兼業レスラーであるルチャドールにとって、たいていは素顔が表である。怪犬仮面は違った。

イヌ＝人間であるマスク姿が表だった。

理由は明解。素顔では裏稼業に関わっていたからだ。メキシコでも一、二を争う麻薬組織（カルテル）に関わっていたからだ。それも頭目級として。そして、このポストの〝証明書〟となる存在（もの）が、北緯二十度のイヌだった。他ならない雑種犬のカブロンだった。怪犬仮面はカブロンの分身なのだ。カブロンを飼っている――カブロンを所有し、カブロンに所有されている――からこそ、北米大陸から中米にかけての裏社会で、「この人物はたしかにファミリアの正統の一員である」と認識された。あのテキサス州の一族（ラ・ファミリア）の、家族だと。

また2だ。分身があること、分身でいること。

もう一つ。怪犬仮面はこのビジネスにおいては二代めである。父親の、跡目を継いだ。だから2。さて、その父親が怪犬仮面の人生を左右した。ファミリアとの関係（つきあい）は父親の代にスタートして、だから、父親もまたイヌを飼っていた。あちらの当主（ドン）から、一頭をプレゼントされていた。父親すなわち胤（たね）がセント・バーナードの（しかも人命救助七件の逸話を持つ、勇敢にして地元の「有名犬」の）、だからでかい雑種犬。怪犬仮面が生まれたのは一九四五年で、このイヌが家庭に迎えられたのは一九四九年だった。ほとんど、物心ついたときには、邸内（うち）にいた。しばしば撫でたり、乗ったり――乗馬ならぬ乗犬だ――、フカフカでボヨンボヨンの腹部を枕にして眠ったり、耳をひっぱって遊んだり、やっぱり撫でたりした。幼児期の思い出は、ほとんどこのイヌとともにある。もうすこし成長すると、取っ組みあいの喧嘩もどきをした。疑似レスリングで、半分は疑似闘犬だ。ちなみにメキシコでは闘犬も盛んだ。少年期にこの半分セント・バーナードの雑種犬にたちうちできた例（ため）しはない。まるで横綱に胸を借りる類いの、疑似レスリングにして疑似闘犬だった。七歳の誕生パーティの夜、邸宅の中庭（パティオ）で少年は現実を悟り、ぼぼぼぼ僕は、お前に敵わない！　と認めた。悔し涙を流しながらも、イヌを尊敬して叫んだ。師匠！

つまり少年時代から、怪犬仮面は熱い性分だった。イヌに劣るならばイヌが師。こうして父親がファミリアから授けられた雑種犬と、家族としての、師弟としての、そして親友としてのきずなを結んだ。ちなみにセント・バーナード蹴りをマスターしたのはこのころだ。生まれついて身体能力に優れていたので、学校に通いだすと同時に、怒り心頭に発すれば級友たちを（あるいは年嵩の悪ガキでも）ほぼ空中殺法的に蹴り倒した。しかし、通学をはじめたことで、じつは懊悩の種が蒔かれた。それまでは家業に対して〝合法〟の感覚しか抱いていなかったが、どうやら罪に関わる商売であると、気づきはじめたのだ。他の生徒たちの親は、マフィアではなかったのだ。え？　うちの商売、違法（ヤバもの）なの？　麻薬って、人間殺したり、すんの？　それって……それって……悪いよね？　少年は、だから、倫理（モラル）の問題に悩みだす。そして一九五七年が来た。この年、イヌが息を引き取る。少年の家族にして、師、かつ親友であった雑種犬が往生を遂げる。十二歳になっていた少年はガクッと落ち込んだ。心にぽっかり穴があいた。イヌの冥福を祈るために、地元の、カトリックの教会に通いつめた。イヌの死から三カ月めの日曜日、それは起きた。神父の説教の途中に、起きた。この教区司祭は、前夜ちょっとばかりテキーラを飲（や）りすぎていた（郷里から出てきた従兄弟と四年半ぶりに再会したという事情はあった）。で、調子がでない。説教壇からの語りは単調で、会衆はほとんどが船を漕ぎはじめていた。少年もまた催眠術にかけられた。しかし、襲ったのは睡魔ではない、幻覚である。神秘的なメッセージである。まず声が聞こえたのだ。「もしもし、もしもーし」という男の声。大人の男の声。え、誰ですか？　と少年はあたりを見まわしてギョッとする。説教壇の奥、神父のやや右手に位置する磔刑のキリスト像が唇を動かしている。そして、視線が合った。ビリッと霊的な稲妻が走った。

「こら！」とイエス・キリストの声が脳裡に轟いた。「天の国でのイヌの幸福を願う前に、やることあるだろう。まずは反道徳の代償、払いなさい！」

その瞬間、イヌの死でぽっかり心にあいた穴に、ただちに啓示が入りこむ。

ずぼっと。

忘れてはならないが、なにしろ少年は根が熱い。だから幻聴・幻視にも感応しやすい。天啓を受けやすい体質だった。

十四歳。少年はルチャドールとして競技場に登場した。それまで二年間、一日四時間のトレーニングをつづけて、ばりばりの空中戦を演じられる技巧派（テクニコ）の期待の新人となっていた。メキシコでは、十四歳はとりたてて早すぎるデビュー年齢ではない。かつ、メキシコでは、庶民のためのエンターテインメントの筆頭に挙げられるのがルチャ・リブレである。善と悪の対決がリング上で展開して、人々は酔う。善玉を応援し（あるいは罵倒し）、悪玉を罵倒し（あるいは応援し）、そのことで日常生活のストレスを発散する。ここにあるのは、ファンタジーの世界なのだ。だから、少年はリングにあがった。僕の闘いを観て、と少年は思ったのだ、みなさん憂さを晴らしてください！

つまり、これが結論だった。倫理（モラル）の問題をどう解決するか、の。

家業が悪なら、ルチャドールとして観客を愉しませることで、僕は民衆に奉仕する!

こうして良心の呵責をうっちゃったのである。

リング・ネームは怪犬仮面。もちろん、亡き家族/師/親友のイヌに対する思い入れから、イヌ=人間の覆面キャラクターが選択された。いろいろとそのイヌとじゃれあって幼少期に身につけた技も、いまでは洗練された大技(もの)に変じて、活躍した。こうして怪犬仮面は、十四歳で怪犬仮面になった。自ら選んで、一人から一人/一頭に変身できる人間と化したのである。

しかし、専業レスラーではなかった。十六歳までは学校に通いつづけて、それから父親の手伝いをはじめた。怪犬仮面はすでに倫理(モラル)の難問を解いていた。ルチャドール業で、善、を為しているのだから、悪のマフィア業になんら問題はない。両方をこなして、ちょうどバランスがとれている。

つまり2。

表の顔と裏の顔。

父親が対立組織に暗殺されたのは二十二歳の冬。怪犬仮面は、もちろんリングから引退はせずに「表の顔」は怪犬仮面でありつづけながら、跡目を継いだ。2だ。二代めになった。そして表側と裏側で、二年間、奮闘する。いまではルチャドール業の関係者(マネージャーと付き人、車の運転手、その他)は全員、組織の人間。競技場の入り口での観客の身体検査(ボディ・チェック)はきわめて厳重にして、万が一にも素顔の情報が漏れて消されるのを避けた。試合は、引き継いだばかりの裏のビジネスが忙しいのでメキシコ・シティと周辺の地方都市に限定した。が、年間一五〇マッチはこなすことをノルマとした。裏の顔では、父親の代のビジネスの規模を縮小させないように、まず頑張った。それから地道に州警察の腐敗につけ込み、税関職員を買収し、北米・中米の麻薬密売界における「期待の新人」との風評を高めた。

ファミリアに認められるために、だ。

父親同様に、ファミリアの当主(ドン)からイヌを授けられるために、だ。

それこそが、夢、だった。待望していた未来の図(え)だった。パパ、そうなったら僕だって、生き写しだよね？　天国からの返事はなかったが、怪犬仮面はそのときこそ、自分が本当の2になると了解していた。二代めにして、分身のイヌを所有し、そのイヌに地位を保証された、裏社会の大物。

二十四歳。ついにイヌは贈られた。当主(ドン)から怪犬仮面に、一頭の雄犬が。生後三カ月。父親すなわち胤(たね)はボクサー種で、顔だちはどこかブルドッグを連想させる。幼いながらも、闘争本能を働かせるや、後肢で立ちあがる。まるでボクシングをするかのように構えた。しかし、単純なボクサー二世ならぬ、雑種の〈怪物性〉も見るからにあきらかだった。つまり――母方の血統が。それが、お前だ、カブロン。

北緯二十度のイヌだ、お前だ。

いよいよお前は登場したのだ。アメリカのテキサス州から南下して、ここメキシコ・シティに現われた。ただし、お前は幼犬時代、カブロンという名前ではなかった。米墨国境地帯の血族本来の縄張りに生まれ落ちたときには、人間たちから、異なる名前で呼ばれていた。怪犬仮面もまた、お前が犬齢一歳三カ月になるまでは、その名前を用いた。しかし、名付けなおした。カブロン、と。

イヌのお前に、雄山羊cabronと命名しなおした。むろん、お前をヤギにしたかったわけではない。スペイン語のcabronにはスラングで、悪い意味が多数ある。つまりクソったれと罵倒するときにカブロン、このゴロツキ野郎とけちをつけるときにもカブロン、そして寝取られ男めと腐すときにもカブロン。それだ。お前の名前の由来は、その三つめの用法だ。お前は「寝取られ男」と改名されたのだ。しかし、妻を寝取られたのはお前ではない、お前の主人だった。

ファミリアはお前の主人を高く買う。先代、つまり怪犬仮面の父親よりも、いずれやり手になるだろうと予測する。お前の主人の可能性と将来性、つまるところ若さ。そこに投資した。イヌのお前をプレゼントすることは、その人物がファミリアの〝血縁同然〟の一員になった事実を証すが、お前の主人にプレゼントされたのはお前だけではなかった。二十四歳のお前の主人には、ファミリアの当主（ドン）の十八歳の次女が、同時に贈られたのだ。テキサス州から北緯二十度のメキシコ・シティにやってきたのは、イヌと、新妻だったのだ。もちろん怪犬仮面は狂喜した。これでファミリアとの関係（つながり）は実際、家族としてのそれだ。いまでは当主（ドン）はパパ、当主（ドン）の妻はママじゃないか！　おまけに新妻はなかなかの美人、好みの「ほっそり・乳でか型」とは少々異なるが、文句はない。

怪犬仮面は幸福だった。仕事と（つまり裏の仕事と）ルチャドール業に、これまで以上にうち込んだ。新妻はあきれた。甘い、蕩（とろ）けるような新婚生活を期待していたのに、どうしてマフィア業の空き時間に、あほなプロレスを真剣にやってるの？　あたしを放りだして？　生粋のメキシコ人ではない新妻には、ルチャ・リブレの持つ意味が理解できない。しょっちゅうダブル・ベッドは夫側が空っぽ、だから自然な流れで寝室に愛人をひき込みはじめて、一年後、ばれた。

新妻は屋敷を出ていった。「あのね、情夫(このひと)を消したら、うちの大叔父様に命じてファミリアの仕事から干すからね」と脅されて、寝取った戯(たわ)けを始末することもできなかった。怪犬仮面はいっきに不幸のどん底だった。ほぼ自虐的に、イヌにカブロンと命名しなおしたのは、この時期である。主人はお前を気に入っている。いつも周囲に侍らせている。そのお前に「なあ寝取られ男、どうだ寝取られ男? そうは思わないか寝取られ男」と語りかけることで、自嘲したわけだ。ただし、怪犬仮面は単純一辺倒の青年ではなかったから、この改名には深い計算も秘められている。かりに同業者が軽い調子で「よう、カブロン」と呼びかけたら、なにしろ図星なのだから、僕はカッとなって反射的にそいつを撃ち殺すかもしれない。そういうのは、まずい。

しかし、それがいつも連れているイヌの名前なら?

つまり、お前の名前なら? と主人は考えたわけだ。

「愛犬(こいつ)に呼びかけたのね」で済むだろうと。

だからお前はカブロンになった。このとき、一歳三カ月。お前の主人は二十五歳。まだまだ感情は硬直しきっていない。日がな一日、お前にカブロン! カブロン! と声をかけるうちに、しだいに痛手を忘れた。こんなの、イヌの名前じゃねえか、と。おまけに、妻には逃げられたがファミリアとの関係(つながり)は薄まらなかった。当主(ドン)は言う、いやいや、わしのことはパパと呼びつづけなさい。マフィア業界の有望株として「買われた」お前の主人の、ファミリア内での位置づけは変わらなかった。テキサス州の果樹園にも出入り自由だった。なにしろ、家族なのだ。おまけに、慰めもそこにはあった。「ごめんね、あんなアホな姉ちゃんで」と十三歳の少女が言った。当主（ドン）の三女。「落ち込まないでよ。義兄（おにい）ちゃんはリッパなんだから」

あ、僕って、そう？

半年後には立ち直っていた。

ここまではお前の主人のメロドラマだ。一九七一年までの、お前の分身のメロドラマだ。そしてカブロンよ、お前にはお前のメロドラマがある。犬齢八カ月で最初の発情期を体験してから、お前は、カブロンよ、ほとんど雌犬には不自由しなかった。誰がお前に逆らえる？　お前の分身が裏の顔をしているときには、恐怖から飼い犬たちの飼い主がそれを許可した。表の顔をしているときには、愛情やら、欲望から、それが許可（いい）された——「あの人気ルチャドールの飼い犬にならば、うちの雌犬（むすめ）を孕ませてやっても、いいか」と。それから野良犬たちがいて、これは単純に、お前の力にひれ伏した。お前は、あちらで性交（こま）し、そちらで強姦（こま）し、メキシコ・シティじゅうに無数の落とし子を作った。お前は……お前はまるっきり名前を裏切っている。寝取られ男どころか、女殺しだ。だが、一九七四年の暮れ、状況は一変した。なにしろお前が、恋に苦しむのだ。

恋。メロドラマ。

お前の主人にとってのヤマがある。話を持ちこんだのはボディガードである。このボディガードは、出身は米領サモア、地下ボクシングの王者で、身長は一九〇センチを超えていた。異様に太い首と、太い腕、太い腹を持っていた。リングの関係者のあいだではトンガ人とサモア人の強さは伝説的である。もちろんルチャ・リブレは真剣勝負(ガチンコ)ではないが、むしろ怪犬仮面は、だからこそ「本物の強さ」に敏感に反応する。本人曰(いわ)く、格闘家の端くれとして。僕より弱い野郎を用心棒に抱えたって、意味ないだろ? 両腕と胴体、太股にサモア伝統の入れ墨を彫ったこのボディガードを、最初、怪犬仮面はファミリアの当主(ドン)の妻の甥っ子に当たるプロモーターから紹介された。しかし、それだけの経緯(いきさつ)で身辺警護役に雇い入れたりはしない(なにしろ常時、行動をともにすることになるのだ。信用第一だ)。二つの点で共感した。このサモア訛りの英語訛りのスペイン語を話す巨漢は、双子だった。「え? 双子の弟がいるの?」「はい、一卵性双生児の兄弟なんスよ」「うわあ、まるで分身じゃねえか!」さらに、この双子の兄にあたる巨漢のサモア人は、敬虔なキリスト教徒だった。「え? サモアって、カトリックの島なの?」「なにしろ最初の宣教師が来たのは一八三〇年スから。おれ、賛美歌聞いてると、時どき泣いちゃうんですよねぇ」「リッパじゃねえか!」「でも、弟はイスラム教徒なんですけどね」「……はあ?」「あいつはアジア方面にいるんです。出稼ぎで。やってる商売は似たようなモンで、インドネシアだったかな? パキスタンだったかな? そこの組織とツテ作るために、コーランに誓い立てたらしいっスね」「それは裏社会の人間として、リッパじゃねえか!」こうして怪犬仮面はサモア人の巨漢——にして双子の兄にして、地下ボクシングの王者——をボディガードに雇い、修羅場の数々をいっしょに潜(くぐ)りぬけて、絶対の信頼に足ると確信し、ついに片腕と認めた。その片腕のボディガードが、一九七四年の暮れのヤマに直接かかわった。襲うことにしたのはメキシコ連邦警察の職員、「こいつが、悪いんですわ」とサモア人は囁いた。「悪いのかい?」と怪犬仮面は訊いた。「秘密の組織網を築いているんですわ、ボス。押収麻薬は自分で手をだせるようにして、コロンビアとの関係（つながり）作って、税関は部長級の人間、残らず買収してるらしいスね」「おいおい、悪いぞそれは。最近、どうも通関手続きの連中がツレナイと思ったら、そいつか？」「ですわ」「どうやって尻尾つかまえたんだ、口割ったのは、州警察の下っ端か？」「割ったっていうか、かち割ったっていうか、顎にフック叩きこんだら骨粉砕されてましたわ。がはははは。だから密告（タレコミ）させるの大変で」「そりゃ愉快だな。がはははは」「サン・ルカスの岬で、空から麻薬、密売用に投下させてますわね、おれら。あれを邪魔しに来た連中がいるってんで、こっちに縛って連れてこさせたんですよ。そうしたら情報、吐くわ吐くわ」「で、お前の提案っていうのは？」

　メキシコ湾に面する港に、その連邦警察の職員の自宅があり、倉庫がある。そこを急襲した。連邦警察の職員は、押収部門を担当して、しかも摘発の現場にしばしば自ら出向いていた。連邦警察でもいちばんと太鼓判を捺されている超エリート麻薬探知犬を、強引に「相棒犬（ミ・ペロ）」として、空港と国境線に赴いては上物の麻薬ばかりを選り分けつつ没収していた。まさに究極の職権濫用である。そして純度の高い押収品（それら）ばかりを、コロンビアと高値で取り引きしていたのである。「お前、悪すぎ」と言って、怪犬仮面は自ら、秘密の組織網の頂点である連邦警察の職員を殴り、蹴り（もちろん雷撃のセント・バーナード蹴りで）、イヌ固めで固めた。ほしいネタを全部ぺらぺらぺらと吐きださせると、ボディガードのサモア人に命じて、あっさり消させた。倉庫にプールされていた麻薬は残らず奪った。そのために四トン・トラックも用意していた。搬出を邪魔する人間はいなかったが、邪魔するかのようにキャンキャン吠えるイヌはいた。一頭の雌犬、ラブラドール・レトリーバー。拷問されて抹殺された連邦警察の職員の、パートナーだった麻薬探知犬である。「ほう、ほう、ほう」と怪犬仮面は言った。「どうしますか？　静かにさせますか？」とサモア人は訊いた。「いや、いや、いや。イヌ相手の無駄な殺生はいかんよ。それに、この雌犬が連邦警察のナンバーワンの麻薬探知犬なんだろ？　かの有名な。だったら重宝するかもしれんよ。うちの麻薬が上物なのか安物なのか、嗅がせよう」「お、それ、いいスね」「だろ？　さらえ」

こうしてラブラドール・レトリーバーは強奪された。

奪られて、どこへ？　北緯二十度だ。メキシコ・シティの邸宅だ。そこにはお前がいた。カブロン、それは一九七四年の十二月、お前の主人が「ほぉれ、メキシコ最高峰の警察犬、お目見えだぞ」とニタニタ笑いながら引きあわせた。お前はなにを感じた？　そのときは、なにも。発情の季節にはいなかったし、お前はそもそも雌犬に不自由しない身分だから、コイツハ新顔カ？　と認識しただけだ。ただし、その純血種のラブラドール・レトリーバーは、じつは美しい。まだ二歳と若い、そして漆黒の毛並みは艶やか、ばっちり筋肉質の尻をしている。いずれカブロンよ、お前はその尻に恋い焦がれてキュイィィン、キュイィィンと呻き、はいずり回るが、ここでは単に、コイツハ黒イ新顔カ？　と感じただけだ。お前は、その雌犬が主人に能力を試されてヘロイン、コカイン、クラック、大麻、覚醒剤、等の種類と質（純度）を嗅ぎ分けるさまを、ドウイウ芸ダ？　と眺めているだけだ。しかし、主人のニタニタ笑いの二日後に状況が変わる。いきなり、変わる。コロンビアの麻薬組織との抗争が勃発したのだ。サモア人のボディガードの囁きから描かれて物されたヤマが、結局、コロンビアに対する流通の窓口をひとつ潰す結果となって、ここからイザコザが生じたのだ。南米から凄腕の殺し屋たちが、大挙してメキシコ入りした。お前の主人は、情勢をつかむのは速かった。「まいったなあ」と言った。「まいりましたわ」とサモア人が応じた。

「戦争だな、こりゃ」

メキシコ・シティの邸宅は、即座に要塞と化した。コロンビアからの刺客を返り討ちにする、あらゆる手立てがとられた。そして、お前は主人とともに、要塞に籠もった。籠城だ。ちなみにお前の主人は、ルチャ・リブレの試合からも一時、離れた。お前は当然、地方都市の競技場から競技場へと移動する楽しみを喪失して、麻薬取り引きの最前線で「ううう……わん！」とにらみを利かす機会も喪失して、それどころか散歩にも連れだされない。お前を誘拐し、それで主人を脅迫する輩がいるかもしれないからだ。お前は主人の分身だったから、主人がある地点にとどまる数カ月間、やはり準ずる必要があった。しかし、主人は要塞にたとえば性欲処理用の女を外部から招けたが、お前には無理だ。ムラムラときても、不可能だ。そして、ムラムラは到来した。散歩にも出ない……出してもらえない暮らしが一週間つづいて、いきなり、発情した。あらゆる意味で欲求不満がたまり、欲情は爆発したのだ。雌犬は、いた。まわりに一頭だけ、いた。あの麻薬探知犬、むっちり臀部のラブラドール・レトリーバーが。ところが、肘鉄砲を喰らわされた。女殺しで知られたはずのカブロンよ、お前がそっぽをむかれた。あらゆるモーションが、効果なし。それどころか、警察仕込みの技で「来るな、雑種！　ガブ！」と撥ねつけた。お前の主人の必殺技（たとえば脳天イヌ咬み）に勝るとも劣らない、高度な攻撃だった。お前は、キャン、と鳴き、一瞬退いた。けれども欲情はやまない。オレハ、ドウシタライイノダ？　お前は懇願した、ヤラセロ。お前は何度も懇願した、姦リ逃ゲジャナイ、オ前ノ子供ガ欲シインダ、オ前ヲ正妻ニ迎エタイ！

「ううう……わぁぁぁん！」と悲しげに吠えた。

恋だった。メロドラマだった。お前の主人は、なんだよカブロン、性交(こま)せないのかよ、ジゴロ犬だったんじゃないのかよ、と笑うだけで手助けしない。そこで、お前はどうしたか？ 気に入られようと、雌犬のあとを従(つ)いてまわる。お前なりに解決策を模索した。お前は雌犬が興味を持っている対象に、がんばって興味を示した。意味不明だが、がんばった。オレモ芸ヲシヨウ！

閉ざされた要塞(そこ)で、お前はあらゆるエネルギーを、交尾達成の夢にむけて注いだ。

三カ月後、お前の主人は驚きに目をみはり、ボディガードのサモア人に叫ぶ。「おい、見ろ、見てみろ！」「なんですか……あれ？ れれれ？」「な。カブロンがちゃんと、大麻発見して仕込んだ鞄を前肢でひっかいてるだろ？」「まるっきり警察犬みたいっスね」「そうなんだよ」「コカインと……区別してますね」「してるな」「雑誌を加工した密輸の仕掛けですが……おお、容易に発見！」「こいつ、つまり――」「麻薬探知犬に、なっちゃってますね」

それが愛のなした業(わざ)だった。お前は数種類の麻薬の匂いを憶えた。勝手に学習して、しかも高度な識別の域に入っていた。純度もある程度、嗅ぎ分けられる。通常、警察等で使役される類いの麻薬探知犬になるためには、生後四カ月から七カ月の頃あいには専用の訓練をはじめなければならない。成犬になってからでは遅すぎる、とされている。だが、この通説をお前は覆した。お前は、カブロンよ、ふつうは可能ではない芸当をやってのけた。まさに芸だ。恋の力は偉大だった。そして、肘鉄喰らわせつづけたラブラドール・レトリーバーですら、ついに絆(ほだ)

される。

交尾（ツガ）ッテイイ？　とお前は訊いた。

さしだされた尻が、相手の回答だった。

一九七五年六月、まだ籠城はつづいていて要塞（そこ）の地下室でラブラドール・レトリーバーは出産する。お前は、正妻と認めたその雌犬の、お産を見守った。時間はたっぷりかかり、お前は忍耐を試される。半日超を要した。なぜなら、驚いてしまうほどに多産だったからだ。生まれ落ちたのは十一頭、外見（みため）はさまざまだった。父方の雑種の血がしっかり開花していた。お前の主人はその産子数に啞然として、「カブロンよ、お前の精液、濃すぎたんじゃないの？」と言った。「たまってた感じですからね、ボス。ありゃあ白い精液というより、真っ黄色の精液になってましたね」とサモア人が同意した。サモア人は一頭の仔犬の名親にもなった。全体の毛色はブラウンだが、左側の胴体に細い黒い筋が六本走り、太股のあたりに黒色の斑（マーキング）のある奴がいて、模様は漠然と弦楽器を想わせた。この目立つ仔犬に、ギター、とサモア人は命名した。

オレノ子供タチ、とお前は思った。

オレノ血統ノ、子供タチ。

しかし、最初から試練はお前の二世に与えられている。産子数は十一頭で、イヌの乳房の数は十個。おまけにいちばん上の一対は——構造として——もともと母乳（ちち）が出ない。本来、養えるのは七、八頭だから、乳房奪いの競争が演じられるのは必然だった。お前の主人は「そりゃあな、カブロンよ、子福者（こだくさん）はリッパなんだけどな」とぶつくさ言いながら、使用人たちに哺乳瓶を用意させた。籠城を強いられて暇な時間に、ボディガードのサモア人といっしょになって、それであぶれた仔犬に牛乳を飲ませた。「いやあ、可愛いっスね」と身長一九〇センチ超の巨漢が仔犬を抱いて、言った。主人はいちおう獣医に尋ねて、粉ミルクをその牛乳に混ぜて濃度をイヌ用に調整することまで、した。が、四六時中、そうしたあぶれ仔犬を構いつけていたはずもない。七月前半までに、二頭が脱落した。つまり、生き存(ながら)えられなかった。

七月の最終週、離乳期に入ったが、また一頭が脱落した。生まれた直後の母乳不足がやはり祟った。

八月、第一週の安息日、つまり三日。カトリックの世界の静寂を破って、軽機関銃と榴弾砲で武装した人間たちがお前とお前の主人が籠もる要塞(そこ)に押しこんできた。もちろん、現われたのはコロンビアの麻薬組織(カルテル)に金で買われた連中だ。もちろん、お前の主人はいよいよ情勢(なりゆき)は山場を迎えると予期し、邸内に屯(たむろ)させる警備員の人数を（その全員が自動小銃を手にしていた）ほぼ前年末の三倍に増やしていた。銃撃戦が展開した。のちに、お前の主人が再婚相手に語る「血の日曜日」だ。ただし、血を流したのは、人間だけではない。なにしろお前とお前の妻、お前の二世が、その時点で総勢十頭だったイヌが（仔犬の数は三頭減の、すなわち八頭である）、メキシコ・シティのその邸宅にはいたのだ。そして、血を流したのは、お前の妻だ。カブロンよ、お前の妻は、警察犬(ペラ・ポリシア)だった。銃声に反応して、正義感を燃やすように、訓練されていた。いうまでもないが自殺行為だった。地階から「悪者はどこだ！」とばかりに飛びだして、銃撃戦に巻きこまれて、撃たれた。

他に二頭の仔犬が踏みつぶされた。

銃撃戦がやむと、イヌの総勢は七頭。父親のお前がいて、子供たちがいる。

ギターは残っている。ギターは、第一の試練も、第二の試練も、切りぬけている。第一の試練には乳房争いの競争が、つまり母乳不足の危機があった。しかし、ギターの名親となったサモア人がそこそこ〝名付け子〟に目をかけて、母親犬（おかあちゃん）、こいつに吸わせろよ、だの、あぶれてるから哺乳瓶な、だのと面倒を見たので、生き残る側の八頭に含まれた。第二の試練はまさにこの「血の日曜日」で、ギターは修羅の巷と化した邸内を右往左往せず、だから生き残る側の六頭に含まれた。突然出来（しゅったい）した出来事に肝を潰さず、いや、肝はたしかに潰したのだが、何頭かの兄弟姉妹のように恐慌をきたしてキャンキャン駆けまわる愚を避けて、厨房の戸棚にひそむことを選び、銃撃戦が収まったことを感じとってから母親を探しに出た。そして一等最初に、それを発見した。頭蓋のてっぺんと頸部の二カ所に弾（たま）の貫通した痕跡が残る、居間に通じている廊下に斃（たお）れ伏している、母親の遺骸。血溜まりができている。その赤いものは凝（こご）りはじめている。ギターは血の臭いになにかを了察したかもしれないし、しなかったかもしれない。クンと鳴いて、母親の腹にちいさな頭を押しつけた。

冷たい、と感じた。

硬い、と感じた。

うしなわれちゃう、と感じた。

ギターは離乳していたが、にもかかわらず母親の乳房を探した。一つ、二つ、三つ、四つ、五つ、六つ、七つ、八つ、九つ、十。お終いの二つには意味がない。けれども、他の乳房に吸いついても、流れこむ母乳（ちち）はない。温かさはいっさい、ない。

出ない母乳（ちち）を必死に吸った。

二十分後に、カブロンよ、お前がその情景に遇う。混乱をきわめる邸内の、廊下の片隅で、あれほど熱烈に尻を追い求めて求愛した妻は厳然と死んでおり、ギター模様の仔犬がそこに──亡骸の腹に、懸命にすがりついている。お前は悄然とうな垂れる。やがて一頭、また一頭と、お前の子供たちがどこからか集まりだす。生き残った、他の五頭が、惨劇の跡に染まる邸内のあちこちから姿を現わす。ギター模様の仔犬に倣って、それらの五頭もつぎつぎと、軟らかさを喪失してしまった母親の乳房に群がり、吸う。

それから八月の残りの週から九月にかけて、第三の試練が訪れる。お前の子供たちは、ばたばた死ぬ。単純に、母親の不在が原因だ。あの唐突すぎる死の衝撃に、耐え切れなかった。生後ほんの二カ月や三カ月だったのだ。まだまだ弱かった。九月の最終週までに、四頭が脱落した。お前は手をこまぬいていたわけではない。それどころか、お前はお前なりに労している。お前の意識は変わった。「血の日曜日」の直後からそうだったが、お前は仔犬たちにつききりになり出す。異常に構いつける。目を離さない。お前は四六時中、見守っている。お前は、つまり、雄親であるにもかかわらず仔犬を育てはじめたのだ。

オレノ子供タチ、とお前は思った。

オレノ正統ノ、嫡子タチ。

滅ルナ。ドンドン滅ルノ、ヤメロ。

もちろん、育てかたには問題があった。父親のお前には覚醒しうる母性など、なかった。半分はじゃれるだけ。だが、真剣だ。そして、残りの半分は教育だった。あれをしていい、これはしてダメだ、これを憶えろ。お前は懸命だ。いちばんエネルギーを注いだのは、なんだ？

お前自身がかつて、いちばんエネルギーを注いだ事柄(もの)に他ならなかった。それも、仔犬たちの母親のために。お前は当然、それを教えこむ。お前は当然、エリート教育を施す。わずか生後二カ月、三カ月の子供たちに。

この麻薬の種類を嗅ぎ分けろ、と仕込む。

この麻薬の純度を判断しろ、と仕込む。

麻薬探知犬としてのあらゆる芸当を、仕込む。あたかも母親の記憶を仔犬たちに刷りこませるかのように。

十一月、二頭は依然として生き残っている。そこにはギターが含まれている。ある日、サモア人が驚きに目をみはり、「ボス、ボス！」とお前の主人を呼ぶ。お前の主人の怪犬仮面は、「大騒ぎしてナニを……あれ？　れれれ？」と素っ頓狂な声をあげる。「ね。ギターがまるで親父のカブロンみたいに、大麻発見して仕込んだ長靴、前肢でひっかいてます」「まるっきり警察犬じゃねえか！」「そうなんですよ。ほら、兄弟の仔犬(こいつ)も」「コカインと……区別してるな」「だからこいつら、リッパな麻薬探知犬になってますよ」

お前の主人がお前をふり返る。お前の主人は、感動している。「男手ひとつで、ここまで……ここまで育ててあげたのか？」

お前は褒められていることがわかる。だから、お前は自信を持って、吠える。

うぉん。

八月の第一週の安息日から人間たちの世界でも同じだけの月日が流れた。三カ月が経った。二頭の仔犬が麻薬探知犬としての能力を身につけたのと同様に、大きな変化は人間側(そちら)にもあった。まず、この間にコロンビアとの抗争が終結した。「血の日曜日」事件であまりにも血が流れたので、パナマの大物が見かねて仲介に乗りだしたのだ。条件は、悪いものではない。それで手打ちだった。怪犬仮面のメキシコ・シティの邸宅は、ひさびさに要塞ではない〝よくある犯罪組織の親玉の豪邸〟に戻った。警戒レベルは、警備担当が数名――ただし自動小銃と弾帯はつねに携行――程度に下げられた。籠城する必要が失せて、怪犬仮面はすかさずテキサス州に飛んだ。ファミリアの当主に挨拶にむかった。「いや、もう、お騒がせしましてパパ」と。すると当主は「馬鹿、馬鹿、馬鹿！」と演技過剰ぎみに叱った。「本当にお騒がせしたんだよ、お前は。頼むからスマートにやれ。いいか、肝に銘じろ――第二次世界大戦は遠くなりにけり、だ。いまは一九七五年、どこにもギャングなんていやしねえ。な？　お前だって、おれに将来を買われた新世代の……この裏のビジネス界の、新世代の一員だろ？　だったら裏のビジネスマンとしての洗練を身につけるんだ。今後は、できるかぎり合法のふりをしろ、ふり！」この当主との対面の一幕に、怪犬仮面はちょっと凹んだ。面罵の裏側にはしっかり教訓が秘められているとはいえ、怒鳴られることを全然想像していなかったのである。僕はダメなんかなあ、とファミリアの屋敷の中庭で、池に群れる十数羽のアヒルに餌を投げながら思い悩んだ。そんな怪犬仮面の背中に、「義兄ちゃん、ひさしぶり！」と陽気な声が投げかけられた。それは別れた妻の妹、すなわち当主の三女だった。十八歳になっていた。十五歳のときからウィーンで教育を受けさせられていたために、じっさい、会うのは三年ぶりだった。怪犬仮面は息を呑んだ。三女はすっかり成長していた――いわゆる「ほっそり・乳でか型」の美人に。

「あ……いや……ひさしぶり」

「どうしたの？　また落ち込んでるの？」

「そうじゃなくて、アヒルにね」

「アヒルに？」

「餌をね」

「餌を？」

二人はそこからアヒルの餌にはなにがふさわしいかを熱烈に談義し、中庭から果樹園の散策に移って、二時間後には熱い接吻を交わしていた。怪犬仮面は（再会でありながらも）ひと目惚れの状態だったが、三女の側は、思春期から怪犬仮面に恋心を抱いていたのだ。それから、デートを重ねた。国境の北側と、国境の南側で。怪犬仮面はルチャドール業も再開していたが、三女はその競技場にまで足を運んだ。以前の妻にはまるでなかったことである。喜びから怪犬仮面は新必殺業まで編みだした。その名も、愛のイヌ落とし。二人の気もちは固まっていたので、十一月の最終週に怪犬仮面が当主（ドン）に切りだした。「お嬢さんと結婚させてください」と。

「まあ、前の次女（やつ）はロクでもなかったからなあ」

「いいえいいえ、そんなことを言いたいわけではありませんが、僕は真剣にお嬢さんと――」

「いいよ」

「え！」

「そのかわり、二人めまで血族（うち）から贈るんだから、持参金がわりに事業拡大しろよな」

否はない。そして、ここからふたたび2が動きだす。二人めの妻のために新規の大口取り引きを求めて東奔西走する怪犬仮面に、いちばんデカい話を持ちこんだのは間近にいたボディガードだった。「いいルートがありますよ、ボス」「なんだ、南米に関係（つながり）のあるやつは、もうコリゴリだぞ」「関係してるのはうちの弟ですわ」「え?　双子の弟のことか?」「同じ商売してるって、前、話したじゃないスか」「おう、したな」「つまり、アジア方面で。むこうで麻薬をあつかってる組織の、首領の秘書なんですわ」「秘書ってボディガードだろ?」「ですわ。がははは。で、その組織は、パキスタンの辺境に、畑を持ってるらしいっス」「畑……罌粟（けし）のか?」「そうっス」「そういえば弟さん、イスラム教徒だったな」「毎日『アッラー、アッラー』みたいですね。で、その組織が……」「なるほど」

提携が画策された。サモア人の双子、つまり2は、兄も弟もそれぞれの関与する組織にしっかり根をはり、トップから篤（あつ）い信頼を寄せられている。この2を通してならば、たとえ新大陸（アメリカ）とアジア、カトリックとムスリムの親方、と対照的な二つの組織もきずなを構築可能ではないか?　可能だ、と双子は結論を下した。ちなみにサモアの文化は家族を大切にして、極端な大家族制度を維持している。親族のコネクションが、もっとも強い。双子は、巨頭会議を行なう必要がありますが、やるなら中間地点がいいんじゃないですかね、と提案した。新大陸（アメリカ）とアジアの中間地点、つまり太平洋である。おれたちの故郷は、どうですかね?

決まりだった。

十二月の中旬に、それぞれ観光を装って、米領サモアのホテルで合流する運びとなった。怪犬仮面はこの巨頭会議に分身をともなうことにした。2を、つまり一頭の雄犬を、カブロンを。「ひとつ、度肝をぬいてやろうじゃねえか」と言った。「このイヌがいれば、混物（まぜもの）の麻薬なんぞ、一発で見抜かれ……嗅ぎ抜かれちまうってな。ビシッと示しておこう」「お。いいっスね」とサモア人が言った。「しかし、ボス、カブロンって仔犬から離れますかね?」「む……つききりで可愛がってるからなあ。だったら、あれじゃねえか? チビどもも生後半年になったろ? いっそ、同行させれば?」仔犬は二頭いる。2。怪犬仮面には、いちばん適当な判断だ、と思われた。それに、一見したらコロコロしてるだけの二頭が、競ってヘロイン、大麻、覚醒剤と隠してるの捜しあてられたら、さすが新世界（ヌエボ・ムンド）! てアジア人ものけぞるわな。

「豚の丸焼きが食べられますよ、ボス」とサモア人の、双子の兄が言った。弟の一行は、メルボルンからフィジーを経由して、まず西サモアに入り、そこから現地入りする。兄の一行――怪犬仮面と三頭のイヌが含まれる、その一行の場合は、まずハワイに飛ぶ。ホノルルで乗り継いで、南太平洋をめざす。

一九七五年十二月九日、カブロンはメキシコ・シティを出発した。分身とともに。北緯二十度の雄犬であることを、やめた。そこから北緯二十一度の、オアフ島を経由した。そこにはもう、グッドナイトはいない。北緯二十一度の雌犬は、その島には暮らしていない。

イヌよ、北緯二十一度の雌犬であることをやめたイヌよ、お前はどこにいる?

双胴カヌーに乗っていた。古代の遠洋航海術を用いてタヒチをめざす冒険（ロマン）に臨んでいた。この壮大なハワイアン・ルネッサンスの事業が達成されれば、軍用犬時代に獲得した名誉負傷章（パープル・ハート）、銀星武功章（シルバー・スター）に続く、第三の勲章が与えられるのだ、と諭されていた。主人にだ。陸軍勤めからリタイアしたお前を家族として迎えた元少尉、しかしビーグル犬の子供の数が増えたためにお前を手放した、だから正確には元主人にだ。その第三の勲章は、手に入らない。出発からひと月、一九七五年十一月十一日に、お前は飢えている。お前の乗るカヌーは漂流している。大海原を流されている。お前はいちど〝食糧〟として殺されかけた。イヌ肉料理にされようとした。が、そこに主人がいないことがさいわいした。新しい主人は、現われていなかった。お前が見るところ、そこにいたのは愚か者ばかりだ。アタシヲ殉ジサセル根拠ガ、ドコニアルノ？　それがお前の回答であり、だから、お前は反撃した。一人を咬み（上腕二頭筋に牙をたてた）、二人の手首を咬みちぎり、そして撃退した。軍用犬の経歴(キャリア)を爆発させた。ちぎり取った人体の部分は、餌にした。骨までしゃぶった。すでに航海の二週めから、お前は飢えていた。ポリネシア人の航海士は、単なるいかさま師に堕した。知らない海域の星を読めない。同じポリネシア文化圏に位置づけられはしているが、ハワイ諸島とクック諸島は離れすぎていた。クック諸島のラロトンガ島の出身である航海士には、違う海でありすぎた。北の海でありすぎた。のみならず、航海士はうねりも観察できなかった。その身体感覚は、研ぎすまされているとは言いかねた。じっさい、航海の三日めからコースは外(ずれ)はじめた。お前は人間たちの、言い争いの声を聞いた。「どこに秘術が！」とボンボン研究者が叫んだ。「古代ポリネシアの大いなる叡智は、どこなんだ！　このはったり野郎！」じっさい、じつに的を射た罵倒で、航海士は多年はったりだけで世渡りしてきていた。だから、この期におよんでも「いやいや、伝統の伎倆(わざ)でタヒチに到達してみせるよ。もうちょっと礼儀をわきまえて発言できないの？　だから学者って人種は……」とぶちぶち言った。これにカッとなったボンボン学者は、最悪の事態に備えて持ちこまれていた精密時計と六分儀、通信機をまとめて海に投げ捨てた。「つまりこうゆうの、要らないんだよな？　はっはっは」と笑った。以来、航海は冒険(ロマン)をうしない、絶望だけを積載した。赤道無風帯で、はっきり問題が現前した。とりあえず赤道までは到達したわけだが、だからといって東にも進まず、西にも進まず、北にも南にも進まなかった。人間たちは魚を必死になって釣り、海鳥を捕ろうと試みた。ある朝、二人が死んでいるのが発見された。餓死だ。お前が襲われたのは、この日の午（ひる）だ。いちばん陽射しが苛烈な時間帯に、「魚肉が口にできないなら、鳥肉が口にできないなら、やはり犬肉を口にするべきだ」と十四名のクルーの合議で決められて――お前も一頭のクルーのはずだったが、その合議には参加させてもらえなかった――、カヌーの舳側（みよし）に追いこまれた。そこで、逆襲した。なにしろ、お前には自分が忠誠を誓う必要のある人間など、いなかったのだ。そうだろう、グッドナイト？　お前は……お前は当然の権利を行使したのだ。お前にも生存の権利が、人間たちと対等にあったのだ。そしてお前は主張した、「魚肉が口にできないなら、鳥肉が口にできないなら、やはり人肉を口にするべきだ」と。自ら撃退した二名のクルーの手首をむさぼることで、はっきり示した。しかもお前は、美味そうにむさぼった。また、お前は同時に「合議は無駄だ」とも示した。その日の夕方から夜にかけて、一名、二名、三名と死んだ。お前に手首を咬みちぎられたクルーと、上腕二頭筋を咬まれたクルーだ。失血に耐えられなかったし、それ以前に、あまりにも体力が落ちていたのだ。遺体は海には投げこまれなかった。もちろん〝食糧〟となった。お前はカヌーの舳側にいて、それを観察した。お前のぎらぎらした双眸の輝きに、白人（ハオレ）のクルーの一人が恐れをなして、仲間の肝臓を投げてよこした。それから、どうにも食欲をそそらない陰茎と睾丸も。三人ぶん。お前はそれを、むさぼった。美味だった。

　朝が来た。お前は依然としてカヌーの舳側にいた。人間たちは、だから、自ずとカヌーの反対側に陣取ることになった。生き残りのクルーは十一名だったが、それが三派に分かれた。合議は無駄で、白人（ハオレ）とピュア・ハワイアンとラロトンガ島の出身者は当然、相容れないのだ。イヌのお前は、もはや襲われない。お前が軍用犬時代に身につけた襲撃の秘術が、お前を護っている。この朝から、儀式は進行した。衰弱した仲間が死ぬと、人間たちは死者の属していたグループの内部（なか）でだけこの〝食糧〟を分けた。剖（わ）けて、分けた。が、死者の生の肝臓、それから陰茎と睾丸は必ずカヌーの舳側に放った。お前に放った。いわばお前に捧げた。習慣（しきたり）として。そうすれば、この恐ろしいイヌに寝込みを襲われずにすむ、と信じて。

お前を飢えさせることがいちばん危険だ、と判断したのだ。

人間たちはお前を凶暴きわまりない猛獣視したのだ。

それから三派が二派になった。ポリネシア人の航海士が死んで、遺体の奪いあいが起きた。二派が〝食糧〟を争った。お前は白人（ハオレ）の陣営から陰茎と睾丸を捧げられて、ピュア・ハワイアンの陣営から肝臓を捧げられた。その一人一派の――ラロトンガ島の出身者の死は、すなわち（いかに過剰に自己宣伝されていようとも）外洋での経験をそれなりに積んだ航海士がゼロになった現実を意味したが、生き残りの二派はなにも気にかけていなかった。翌日、今度は競いあうようにボンボン研究者が逝って、お前はその白人（ハオレ）の肝臓と陰茎と睾丸をゆっくり咀嚼した。カヌーには指揮官を名乗るにふさわしい人材は、ゼロになった。

依然として、舳側にはお前がいて、艫（とも）側に人間たちがいた。

それから二派が一派になった。残っている人間たちの総数は、三名。全員がピュア・ハワイアンだった。

赤道無風帯を通過した。だが、ここはどこなのか？　誰も舵取りをしない。コースから東に外れているのか、西に外れているのか、北か、南か？

誰にわかる？

十一月十一日。お前は飢えている。

双胴カヌーは漂流している。

大海原を流されている。

お前はカヌーの舳にいて、宙を見上げずに、水平線を眺めた。

ピュア・ハワイアンたちは、日に数尾、魚を釣りあげた。その内臓はお前に捧げられた。舳側に。

お前は人間を襲わない。そもそも凶暴きわまりない猛獣などではないのだから、襲うはずがない。相手が「食用」に殺そうなどと目論まねば、反撃しない。だから舳側にいて、飢えている。

飢えている。

十一月十二日に飢えていて、十三日に飢えていて、十四日にも飢えている。からだが軽い。自分の体重が感じられない。まるで透明だ、とお前は思う。

アタシハ透明ダ。

アタシハ透明ナ雌犬ダ。

十五日。極度の飢餓状態。脱水症状。意識が朦朧としている。それでも目を開いた。水平線、水平線、水平線。やがて譫妄におちいった。オアフ島の家族を思い出した。北緯二十一度の島にいて、そこにはビーグル犬たちがいた。仔犬たちが四頭いた。カワイイ！　カワイイ！　それはお前が産んだ子供ではない。しかし、混濁する意識の内側で、お前は母となる幻想に溺れる。お前は授乳している。四頭の赤ん坊に、お前は母乳(ちち)を吸わせている。アタシガオ腹(ナカ)ヲ痛メタ子供タチ！　お前は叫ぶ。お前は「ううう……」と唸って、錯誤(あやまり)の記憶を脳に焼きつかせる。

十六日。

十七日。

海を感じる。お前は海を感じる。漂流している海。カヌーまるごとの揺籃(ゆりかご)。太平洋は地球表面積の三分の一を占める。その大きさを、お前は感じる。双胴カヌーはこのとき、実際にはコースから西に大幅に外れていた。赤道の南に入っていたが、タヒチにむかう航路にはなりえない。この航路は……この航路は（ソシエテ諸島のタヒチではない）別の群島にむかう。そして、ほぼ同じコースで定期的に就航する船舶(ふね)がある。貨物船。お前は、その影を水平線に認めて、アタシハ透明ナノ？　と自問した。お前は、影がしだいに巨大化するのを認めて、アタシハ透明ナ雌犬ナノ？　と自問した。

アタシハ違ウ、と自答した。

アタシハ母親ダ、と誤って回答した。

しかし、その焼きつけられた錯誤(あやまり)の記憶が、お前を乳房ある存在(もの)としてふるいたたせた。お前を起(た)たせた。

お前は、だから、ＳＯＳを発した。「うぉん、うぉん、うぉん！」

一九七五年十一月十七日、日付変更線の東側の、現地時間で午後三時、お前は貨物船に救助される。お前が舳側で吠えて、その吠え声にまず艫側のピュア・ハワイアンたちが心づき（人間もイヌ同様、極度の飢餓状態から譫妄におちいっていた）、目の前の海に希望が航海しているさまに、唖然となる。必死で口笛を鳴らし、手をふる。お前は手をふれないが、尻尾まで、ふる。船舶の乗組員が気づいて、お前の三十八日間におよんだ航海は、終わる。

　終わって、グッドナイトよ、お前はどこにいる？

　貨物船はアメリカの本土からの航路に就いていて、めざすのは南緯十四度にある、アメリカの海外領土だった。米領サモアだった。主島のトゥトゥイラ島で、マグロの缶詰を大量に積みこむ予定だった。トゥトゥイラ島では米領サモアの全労働人口のおよそ三割が缶詰工場に勤務しており、せっせと南太平洋産のマグロの缶詰を本土に送りだしている。十一月十七日の日付が変わらないうちに、記録された三名の遭難者がパゴパゴ港からトゥトゥイラ島入りした。一頭のイヌ（遭難犬）も記録された。ジャーマン・シェパード。お前だ。お前は窶れきっている。心身ともに衰弱しきっている。お前は南緯十四度のイヌになったが、この現実を数週間、認識できない。お前は依然として北緯二十一度のオアフ島を放逐されて、カヌーで大海原を遭難している気分だ。しかし、現実にはトゥトゥイラ島のイヌとなった。お前は南緯十四度のイヌになった。アメリカのハワイ州の主島から、米領サモアの主島へ。二つの島は四二〇〇キロの隔たりを有したが、結局、お前は巨大な〝アメリカ〟の内側を移動しただけだ。

　三十八日間の漂流を経て。

　その遭難劇の詳細を、救出された人間たちは語らない。三名のピュア・ハワイアンの口から、三十八日間の内幕は語られない。禁忌をもろもろ、犯した。幻覚をあまた、見た。語るべきなにがある？　だから……ひどい航海だった、と短いコメントを残して、あとは口をつぐむ。一人はもうひと言、二度とカヌーはごめんだ、と言い添える。そしてパゴパゴ国際空港から飛行機でハワイに戻る。

お前は戻らない。

お前は意図的に置き去りにされる。お前に対して畏れの感情を抱いて、ピュア・ハワイアンたちは、イヌは連れ帰る必要がないと主張した。お前そのものが禁忌だ、という目で見て、お前を捨てる。お前は人間たちを追わない。艫側にいて、最後まで生き残った三名は、お前の主人ではない。むしろ、儀式のためにお前に仕えていただけだ。あの肝臓と陰茎と睾丸の習慣のために。それから釣果の内臓を捧げ物とするために。お前に主人はいない、新しい主人は現われていない、お前が得たものといえば錯誤の記憶だけだ。アタシガオ腹ヲ痛メタ子供タチ……仔犬！　だから、一九七五年の十一月から十二月、お前はここにいる。

南緯十四度、トゥトゥイラ島。

誰もお前を飼わずに、しかし餌はてきとうに与えられて、日々は過ぎる。お前は最初、政庁の敷地にいる。痩せこけている。お前は自治政府の機関に勤めるサモア人たちから「肥えろ、遭難犬」と声をかけられて、タロ芋の食べかすを放られたり、魚のそれを放られたりする。また捧げ物……習慣、とお前は思う。お前は太りはじめるが、まだ朦朧としている。純血のシェパードのお前は、雑種犬ばかりのトゥトゥイラ島では目立つ。お前はどこか風格を感じさせている。だから土地のイヌたちはお前を避ける。お前はビーチに出る。海に臨む。水平線を眺める。水平線、水平線、水平線。アタシハ遭難シテイルノ、ココハ島ノ形ヲシタかぬーナノ、とお前は感じる。海辺にはヤシガニがいる。ココナッツの果肉が腐る臭気がしだいに鼻になじむ。

島、とお前は感じる。十二月の二週めから、しかし島は島だ、という認識が生まれはじめる。アタシハ島ニ……イル？　南緯十四度の島であることは理解できない。ここには一九五一年までアメリカの海軍基地が置かれていて、その感触が——浅い地層に埋もれているような基地臭が——ほんの十カ月前まで現役の歩哨犬でありつづけたお前に、錯乱の種を蒔く。そして北緯二十一度のあの島にしては、雨が降りすぎる。

雨を避けてお前はベンガル菩提樹の木蔭にいる。

道路に面している。

お前は道路を見る。

水平線を眺めつづけていたように、お前は眺める。まなざしは虚ろだ。一つの対象に目を凝らしているわけではない。

道路にはこちら側があり、あちら側がある。お前の虚無の視線は、あちら側に三頭のイヌを認める。イヌの、父子だ。お前はこの島で新顔のイヌだが、その三頭も新顔だ。

三頭はこちら側に渡ろうとしている。斜めに横切って。道路は狭い。ハイウェイではない。しかし、道路にはこちら側があり、あちら側があり、そこを渡る行為は渡河にも似る。

お前の虚ろな視線が車体を捉える数秒前に、お前の耳がブゥゥンという排気音を捉えた。お前の視界の隅に、それから、高級車のジャガーが登場した。それは米領サモアに初めて上陸したスポーツ・カーだった。運転手（にして持ち主）はアラブ首長国連邦での出稼ぎで成功した三十七歳の男だった。わずか一日前、USドルで購入したこのスポーツ・カーを島に持ちこみ、周囲に自慢するために派手に乗りまわしていた。この瞬間、時速一一〇キロを出していた。

まるっきり暴走だった。お前は、そして予感する。父子（おやこ）が轢かれる、と。その同類の三頭が。

お前は走りだしている。

予感を裏づける音響（サウンド）がする。排気音の変化。急ブレーキ。

お前は衝（つ）き動かされている。コ……と思っている。コ……子供（コドモ）。

父親のイヌが轢かれる。同時にもう一頭、轢かれる。この二頭は揃って高度二メートルまで撥ね飛ばされる。残る一頭の首筋は、お前に咥えられている。お前は道路のあちら側に、走りぬけている。お前は……お前は救出している。お前は戦場でも生き残れるだけの訓練を受けたイヌだった。一度は東南アジアの対「ベトコン」最前線に投入が検討されたイヌだった。そして名誉負傷章（パープル・ハート）と銀星武功章（シルバー・スター）という二つの勲章を授与された元軍用犬だった。お前がとっさに救いだした一頭は、父親に比すれば小柄とはいえ、犬齢は生後六カ月で体重もそれなりにあった。が、救助しきった。交通事故から間一髪で。

お前はブルッと震える。グッドナイトよ、お前の内側で、なにかの矜持が吠える。

道路の対岸の、地面に、救いだした一頭を放す。

それは仔犬というよりは若犬だ。毛色はブラウンで、細い黒い六本の筋と黒色の斑（マーキング）からなる不思議な模様を具えている。その若犬はギター模様をしている。突然の事態に凍りついている。歩きだす。そっと、よろっと。アスファルトの路面に、父親の遺骸があり、兄弟の遺骸がある。もちろんジャガーは現場から走り去っている。轢き殺したイヌを弔いには、来ない。残された父子（おやこ）の一頭に謝罪にも、来ない。いずれ問題のジャガーの運転手は、父子（おやこ）の飼い主とそのボディガードに居所をつきとめられて、半殺しの目に遭う。しかし、それは数時間後のことだ。この瞬間ではない。

この瞬間は、ギター模様の若犬が、ただ二頭の遺骸に対面しているだけだ。惨劇。流れだす鮮血。あまりにも唐突すぎる……死。その衝撃。それはギター模様の若犬にとって、一種の反復だった。しかも、死は倍増した。斃（たお）れ伏しているのは一頭だけではない、一頭と一頭。つまり二頭。

後退（あとじさ）る。

うしなわれちゃう、と感じて。恐怖して。恐怖して。いちばん古い記憶の恐怖（それ）におし戻されて。

ふたたび道路の外側に。地面に。

そこにお前がいる。グッドナイトよ、お前がいる。お前の温かい身体（からだ）に、一歩ずつ後退るギター模様の若犬がスローモーションで衝突する。お前の短い体毛があり、肌がある。それは温かい。軟らかい。ギター模様の若犬は、冷たいのはいやだ、硬いのはいやだ、と怯えている。

そこにお前がいる。

お前のふところに、倒れこんだ。ぱたん、と。必死にお前に接した。安心を求めて……本物の安心を求めて。乳房を探した。母親の亡骸（なきがら）を前にしたときと同様の反応で、しかし、乳児返りの度合いはもっと強かった。そしてお前には、乳房はある。お前にも五対十個の乳房がある。そこから母乳（ちち）が出たことはない。しかし、吸いついたお前の腹の、一つ、二つ、三つ、四つ……どの乳房も温もりを有した。生命（いのち）の。

だから必死で抱きついて、吸いつづけた。

お前は知る。

アタシハ母親ニナッテイル。

お前は知る。

アタシハ授乳シテイル。コレガ、アタシノ子供ダ。

宿命（さだめ）があり、お前は錯乱して、お前は記憶を塗り替える。そのギター模様の子供は、たしかにお前が産んだ。新しい記憶の内側（なか）では、そうだ。だからお前は、吸イナサイ、と言う。純血のジャーマン・シェパード種のお前とは似ても似つかない雑種犬に、アタシノ乳ヲ、吸イナサイ、と言う。同じ状況で、同じ台詞が、一九五七年のアメリカの本土（メインランド）でも吐かれた。ウィスコンシンの州道の道端で、一頭のジャーマン・シェパードの口から〈怪物性〉を体現する雑種の仔犬たちにむかって吐かれた。その事実と、その因縁を、お前は知らない。

そしてお前は知る。アタシノ子供ハ、来タノ。

一九七五年の十二月にその情景はあった。一九七五年には一九七六年がつづき、一九七六年には一九七七年がつづき、一九七七年には一九七八年がつづき、一九七八年には一九七九年がつづく。それから一九七九年の十二月に、あれがある。二十世紀の後半に行なわれた相似形の戦争の、二つめがある。一九七五年四月には、サイゴンが陥落していた。東南アジアでの話だ。南ベトナムの首都が陥（お）ちた。アメリカは南ベトナムへの支援をやめた。ベトナム戦争という名の一つめの局地戦争が、この年、終わった。四年後に二つめの局地戦争がはじまった。今度は中央アジアで。一九七九年十二月、ソ連がアフガニスタンに地上軍を送りこむ。内戦状態のアフガニスタンに〝直接介入〟する。この瞬間から、十年間にわたるソ連の泥沼がはじまる。

アフガン戦争だ。

一九七九年十二月二十五日に火蓋を切られた、あれだ。

もちろん、冷戦構造の産物としての局地戦争。

二つめの、戦争。

では、その四年後に、イヌよ、円環の時間をわれ知らず具現して母子と化したイヌたちよ、
お前らはどこにいる?

うぉん、うぉん、うぉん

パキスタンの北西辺境州、古都ペシャワールから西にのびるハイウェイを、派手に飾り立てた真っ赤なトラックが走っている。ペシャワールから一キロ、二キロ、三キロ、四キロ、五キロと走る。門が現われる。検問所である。国境ではない。そこからさきは連邦政府直轄部族地域(FATA)となる。パシュトゥン人の自治区であり、総勢二五〇万人に及ぶ複数の部族集団がそれぞれ、戦闘の掟、郷土愛と自衛、血の復讐、客人歓待、女性の隔離、等を規定する慣習法を守って暮らしている。顎髭を生やした男たちがいて、ベールの女たちがいる。険しい山岳地帯であり、主産業は武器製造、密輸、麻薬栽培だ。トラックは村に入る。停まる。荷台からイヌが飛び降りる。まず一頭、それからもう一頭。

一頭めは靭やかな筋肉を有して、体高は六十五センチ、強い眼光をしている。密生した短毛はブラウン、そこに印象的なギター模様が描かれている。毛質は、純血種のラブラドール・レ

トリーバーだった母親から受け継いだ。父親の父親は純血種のボクサーだった。しかし、そのイヌは何種にも属さない。その血はあまりに頻に雑じり、ひと言、雑種としか形容できない。にもかかわらず、凛とした力を感じさせる。統一感……怪物の統合。しかも母親は産みの親だけではなかった。育ての親もいた。いま、いっしょに、降りた。

二頭めは純血種のジャーマン・シェパード。体高は五十七センチ、犬齢はすでに十三歳に達している。しかし、衰えはほとんど見られない。毛艶があまりない程度だ。四肢はしっかりしている。眼光は落ちついている。威厳がある。なにより愛がある。

一頭めはギターだ。

二頭めはグッドナイトだ。

トラック前部の座席から、数人が降りる。一人は怪犬仮面。一人はサモア人。しかし、そのサモア人は怪犬仮面のボディガードにして片腕の、あのサモア人ではない。身長一九〇センチを超える巨漢だが、あの巨漢ではない。同じ顔の作りをしていたが、両腕と胴体と太股の入れ墨のデザインが、すこし違う。敬虔なイスラム教徒で、日に五度の祈りを欠かさず、サモア訛りの英語と、サモア訛りの英語訛りのウルドゥー語とパシュトー語を話す。ボクシングの試合に出たことはないが、米領サモアのレスリング代表だった。日本の相撲部屋からの誘いを受けたこともある。そのサモア人は、あのサモア人の、2だった。分身だった。双子の弟。ここ中央アジアでは兄同様に、怪犬仮面のボディガード役を務める。兄はメキシコに残り、不在にしているボスに代わって、組織のビジネスを動かしていた。結局、いまでは怪犬仮面はアジアにまで勢力をひろげていた。サモアでの巨頭会議は成功して、四年前にこちらの組織と手を結んだ怪犬仮面だったが、その提携したアジア側の首領が急逝し（これは二年前のことだった。マレーシアの華僑系の組織との対立が表面化して、ある日、カッとなったあまりに心不全を起こした。そのまま他界した）、ほぼ地盤を引き継ぐ形になった（怪犬仮面はマレーシアの華僑たちに、彼らの裏のビジネスに大いに利する新世界コネクション（ヌエボ・ムンド）を紹介して、懐柔した）。現地の代理人にはごく自然にサモア人――もちろん弟のほう――が収まった。太平洋の東側と西側に、ほぼ同じ外見（みため）をした二人の片腕。2と2。この四年間に、その他にも2の増える変化があった。約束の「事業拡大」が実現したから、ファミリアの当主（ドン）からは美しい二人めの妻が贈られた。ほっそりしていて、乳がでかい。

そしてもうひとつ。

分身のイヌは二代めになった。

取り引き所は村の集会所である。そこにパキスタン国籍ではないパシュトゥン人たちがいて、怪犬仮面の一行を待っている。あるいはイヌを待っている。彼らは自動小銃を手にして、商品のサンプルも手にしている。むき出しではない。鞄に詰められている。しかし、金属製のケースに収納されていたとしても、イヌは商品の質を判定する。実際にそのイヌの業（わざ）を目にするまで、パシュトゥン人たちは噂を信じなかった。ずっと山岳地帯に暮らしてきて、イヌといったら野良犬か、野良犬も同然のあつかいを受けている半飼い犬しか知らなかった。単純に不浄な生物（いきもの）とみなしていた。それが、だ。いまでは彼らの生業（なりわい）を左右している。そのイヌが唸れば、質（シツ）ガ劣ル、コンナモノハ買エナイ、と犬語で言われたも同然なのだ。外れた例（ため）しがなかった。わずかに純度が落ちても（それが意図的な誤魔化しであろうが、なかろうが）指摘された。

犬語でだ。

だから教訓は叩きこまれている。そのイヌの嗅覚(はな)は騙せない、と。

怪犬仮面が挨拶する。サモア人が挨拶する。通訳する。集会所で車座になり、パシュトゥン人たちに、ボスの言葉を伝える。顎髭に白いものが混じったパシュトゥン人の老人が、うなずいた。

ギターが歩みでて、商品のサンプルが詰まった鞄を、確認しはじめる。

四年前、怪犬仮面はトゥトゥイラ島で分身だったイヌをうしなった。一頭の雑種犬、ファミリアの当主(ドン)から地位の〝証明書〟として授けられたカブロンを。だが、その雄犬の胤(たね)まで喪失したわけではない。生後半年の子供が生き残った。父親と兄弟は交通事故で即死したが、無傷で生き残った。怪犬仮面はその現場に直接たち会ったわけではない。巨頭会議が順調に進んで、「おぅし、成功の立て役者のイヌのお前ら、ちょっと羽でものばしてこい」と送りだしていた。父子(おやこ)で、ビーチで戯れるのもいいだろう、南国のイヌ一家は絵になるぜと考えてのことだったが、結果、悲劇を招いた。さいわい目撃者がいたので、詳細を把握することができた。現場に駆けつけて、怪犬仮面はオイオイ泣いた。しかし、一頭だけでも助かったことに感動した。なにしろ、証言によれば、ほぼ捨て身の行為でさ迷えるシェパードがカブロンの子供を救いだしたという。そのシェパードは、遭難犬だという。北太平洋のオアフ島から来たという。海を漂流して……。現場に（現場のわきの道端に）救われたイヌと救い手のイヌは、いまもいた。死んだカブロンの子供は、救い手の腹部にすがりついて、救い手のシェパードは、乳房を含むことを許していた。「おお、おお……」と怪犬仮面は呻いた。その光景にびりびり打たれた。奇跡だ、本物の奇跡だ、と確信した。ハワイから大海原を漂流してきたイヌが、ここサモアで、僕の分身の子供を救助したのか？　思わず地面に膝をついて、シェパードにむかって十字を切りつつ言った。「この恩義は、一生忘れない！」誓いは立てられて、守られた。

一九七五年十二月二十一日、シェパードがメキシコ入りを果たす。メキシコ・シティに到着して、北緯二十度のイヌとなる。グッドナイトだ。

ついに巨大な〝アメリカ〟の外側（そと）に出た。

北緯二十一度のイヌであることをやめてから、二カ月と十日めのことだった。

生きのびて再度メキシコ・シティに戻ることができたカブロンの子供、それはギターだ。

認識していた、二番めの母親がグッドナイトなのだと。

そして怪犬仮面も認識した、この二頭を母子（おやこ）として飼うのがまっとうだと。

ギターは雄犬、じつの母親を喪失して、じつの父親を喪失して、しかし第二の母親を得た。

トゥトゥイラ島の道端で乳児返りを起こして、それ以前の半年間の記憶を、もろもろ消した。母乳（ちち）を与えたのをこの二番めの母親だと信じて、母親の側も、この子供を自分が腹を痛めて産んだのだと信じた。ギターは、生まれてから半年間で二つの突発的な死の衝撃にさらされて、癒しがたい精神（こころ）の傷を負ったはずだが、癒した。二つの凶事を、二代めの母親の愛情が――純粋な、あふれんばかりの愛（それ）が――忘れさせた。2と2、その引き算でゼロ。と同時に、忘れずにいた後天的能力がある。骨の髄まで叩きこまれていた力がある。それを仕込んだのは、この地上から消されてギターの記憶からも消された父親のカブロンであり、一頭の雌犬に対する執着がカブロンにその芸当を習得させていた。一頭の雌犬、メキシコ連邦警察に籍を置いたラブラドール・レトリーバーで、稀代の麻薬探知犬。いわずもがな、一九七五年の八月の第一週の安息日に、この地上から消されて、ギターの記憶からも消された母親。しかし、結局、力は引き継がれた。

じつの母親が具えていた能力を、かつ、じつの父親が具えていた能力を、ギターは喪失することがなかった。のみならず磨きをかけた。自然な行為だった。メキシコ・シティの怪犬仮面の邸宅には、大麻やらヘロインやらコカインや、覚醒剤やら、麻薬業界の新製品が続々、持ちこまれては運びだされる。反射的にギターは嗅いだ。嗅ぎ分けた。邸内にいるときの慣例も同然だったからだ。反射的に純度を判断して、成功すると主人に褒められた。

主人は怪犬仮面だ。

つまり、こうして、ギターは2になる。怪犬仮面の分身の、二代めになる。カブロンの息子にして、カブロン同様の麻薬探知犬。その能力は、たしかに2の証しだ。しかも2は1を凌駕して、ほどを経ずに父親以上の逸材(もの)となる。父親のカブロンに投影されていた、じつの母親の才能も超えた。一九七六年。ギターは怪犬仮面の分身で、怪犬仮面はギターの分身だ。怪犬仮面の事業はその規模をひろげた。まず提携さきに動きがある。サモア人の双子の弟が当時、首領の秘書役を務めていたアジアの組織は、インドネシア、マレーシア、パキスタンにまたがっていた。すなわち「イスラム圏」を拠点にしていた。が、イスラム国家はみな兄弟かといえば、そんなことは全然ない。たとえばパキスタンだ。パキスタンはその西側の国境をアフガニスタンと接しているが、この線(ライン)は一八九三年にイギリスが画定したもので、パシュトゥン人の伝統的居住地を二つに裂いていた。まるっきり民族の歴史と分布を無視していた。そのために、アフガニスタンは「そこはアフガン領である」と主張して、さまざまな諍いが起きた。パキスタンが——イギリスから独立して——建国されたのは一九四七年だが、その二年後には両国は一時国交を断絶してもいる。互いにイスラム国家である事実は、なんら解決をもたらさなかった。しかし、別な要因が雪解けをもたらす。一九七三年にアフガニスタンは王制を廃止して、「アフガニスタン共和国」を成立させた。当初、その外交姿勢は親ソだった。わずか二年でソ連離れをはじめた。この時期の国際情勢は複雑だ。冷戦構造はもちろんソ連とアメリカを二極とした。そしてソ連と中国が対立していた。一九六九年には武力衝突を起こした。中国とインドは敵対していた。一九六二年にヒマラヤで衝突した。インドはパキスタンといがみあいつづけていた。一九七一年に三度めの印パ戦争が勃発して、パキスタンが——これで三度つづけて——敗北した。インドを共通の敵とみなして、中国とパキスタンは接近した。従来親ソ路線だったアフガニスタンと反目するパキスタンに、アメリカが戦略的必要性から接近した。親中派にして親米派となったパキスタンは、必然、ソ連を敵視した。そして一九七六年、ソ連離れを加速させた「アフガニスタン共和国」の大統領が、隣国パキスタンの首相に関係改善を打診した。国境問題（パシュトゥン人の居住地を裂いている線(ライン)の問題）には、終止符を打った。ここからアフガニスタン・パキスタン間の、あらゆる交流が生まれだす。いちばん陽のあたる部分に大統領・首相レベルの交際(それ)があり、いちばん陽のあたらない部分に、たとえば麻薬がらみの往来(それ)がある。アフガニスタン各地の罌粟(けし)の畑や精製工場が、いわば開放される。国境の東側に、いっきに。良質のハシシもわんさか流れでる。アジアにおける最大の麻薬生産地といえば、それまでは黄金の三角地帯(ゴールデン・トライアングル)ことビルマ、タイ、ラオスの国境地帯だった。が、状況が変わった。いわば東南アジアから中央アジアへ、犯罪界のトレンドが移ったのだ。しかも、その地にとうに足場を築いているのが、怪犬仮面の提携さきだった。一九七六年、取り引き量は倍増どころか、いきなり四倍増した。この年、ギターは怪犬仮面の分身で、怪犬仮面はギターの分身だった。

ギターは二倍の麻薬を識別して、四倍の麻薬を識別して、いわば2の経験と2の2の経験をつみ重ねて、稀有の麻薬探知犬に成長する。

一九七七年、提携さきの組織の首領が急死して、怪犬仮面が地盤を引き継いだ。サモア人の双子の弟の側が、現地の代理人に（ほぼ昇格して——ある面、新たなムスリムの首領として）収まった。こうして、太平洋の東側と西側に、二人のサモア人の片腕だ。2と2だ。怪犬仮面はどちらの地域にも同様に目配りする。怪犬仮面はメキシコ・シティとカラチ、そしてイスラマバードを、年に十数度、往き来しはじめる。

分身も、また。

ギターも、また同様に、主人にともなわれて。

お前だ、ギター。

オレカ？

そうだ、お前は一歳になり、二歳になり、一九七八年には三歳に、一九七九年には四歳になる。違うか？

ソウダ。

お前の太平洋の——あちら側とこちら側の——往来には、お前の母親も同行する。お前の分身の怪犬仮面は、さすがはイヌ＝人間だ。お前の母親の気もちを理解して（イヌの気もちだ、イヌの母親の気もちだ）、お前たち母子をひき離さない。お前の分身にして主人の怪犬仮面は、お前の母親のグッドナイトをなかば崇めている。聖母視している。だからだ。だから、お前の母親も太平洋の——あちら側とこちら側の——往来をつづける。お前の母親は、お前に語ったのではないか？　アタシハコノ海ノ大キサヲ知ッテイルヨ、と。コノ海ノ本当ノ大キサヲ感ジタコトガアルンダヨ、と。その言葉は、真実だ。そして、凄絶をきわめる漂流によって真の太平洋を感得することができたイヌは、二十世紀でただ一頭、お前の母親だけだ。

お前は謙虚になれ、耳を傾けろ。

モチロン。

約束できるのか？

うぉん、とお前は吠える。

そしてお前たち母子は、太平洋の両側のイヌとなる。ギターよ、麻薬探知犬としてのお前の嗅覚は、取り引きの（あるいは生産の）最前線で日を追い年を追うごとに磨かれる。一九七八年には、アフガニスタンでクーデターが勃発して、反ソ路線の「アフガニスタン共和国」が倒れ、代わって共産政権の「アフガニスタン民主共和国」が樹った。この政変はお前の分身のビジネスには意外にもマイナスの影響を及ぼさない。なぜならば、「アフガニスタン民主共和国」はやりすぎた。たとえば以前の国旗はイスラムの象徴的な色彩・緑だったのに、それを共産主義の色彩・赤のデザインに突如変更した。やりすぎた。反政府的な人物をどんどん弾圧した。すなわち反共産主義的な、前政権関係者や知識人、宗教指導者たちをどんどん投獄して、どんどん処刑した。やりすぎた。アフガニスタンの各地で武装蜂起がはじまった。彼らはこれをイスラムの聖戦(ジハード)だと宣言した。そして自らをムジャヒディン（イスラムの戦士）と呼んだ。反政府組織はしばしば拠点をアフガニスタンの周辺国に……たとえばパキスタンに置いた。それらの組織の資金源は、しばしば麻薬生産と密輸だった。結局、一九七八年から一九七九年にかけて、お前の主人は取り引き量をまたもや倍増させる。ムジャヒディンの組織が接触してきて、アフガニスタン全土の麻薬をせっせと吐きだしにかかったから。

お前は前年までの二倍の経験を積む。みたび、2。

お前の最前線は、日ごと月ごとパキスタンとアフガニスタンの国境地帯にむかって西漸する。そしてギターよ、四年めとなる。ちょうど四年めだ。一九七九年の、十二月。それはお前とグッドナイトが母子(おやこ)となって、四年めなのだ。お前も、お前の母親も、もちろんお前の分身の怪犬仮面も、また怪犬仮面のメキシコでの片腕のサモア人の分身も、パキスタンの北西辺境州からさらに西、FATAに来た。パシュトゥン人の自治区に入った。お前はその土地を永久(とわ)に忘れない。FATAの山岳地帯を忘れることはない。

なぜならば、そここそはお前の母親の死に場所になるからだ。

グッドナイトの。

聞け、思えばお前の母親は、数奇な運命をたどった。お前の母親は、一九六七年、同腹の兄であったDEDに同道してインドシナ半島の戦場に立つことはできなかった。ベトナム戦争には触れなかった。東南アジアとは無縁だった。いま、一九七九年、ここは中央アジアだ。お前も、お前の母親も、パシュトゥン人の伝統的な居住地にいる。ベトナムをかつて南北に分断したのと同様の線(ライン)が、そこでパシュトゥン人たちを引き裂いている。その最前線に、お前も、お前の母親もいる。そしてお前の母親は、アフガン戦争に触れる。触れて、そのために命を落とす。

もういちどアフガニスタンの政治史だ。一九七九年十二月にいたる、数ヵ月間だ。全土が内戦状態に突入している。ムジャヒディンがもたらした混乱に、共産政権内部の権力抗争が輪をかける。最高指導者はソ連を信奉しているが、二番手の指導者——副首相兼外相——はむしろ民族主義的な人物である。民族主義的な、共産主義者である。急進的すぎる改革がもたらした負の側面を見据えて、宗教の（つまりアフガニスタンの伝統である、なかば土着化したイスラム教の）自由の緩和も必要だ、と判断する。ソ連からの自立を図り、秘密裡にカブールのアメリカ大使館と接触する。すると最高指導者はソ連の情報機関と連繋して、この二番手の指導者の暗殺を計画する。実行に移されたのは九月十四日で、しかし、二番手の指導者がアフガン軍部の情報機関と手を握って反撃する。最高指導者は拘束される。九月十六日、最高指導者の辞任が発表されて、二番手の指導者が一番手となる。元・最高指導者は数日後に処分される。それから政権内部の、親ソ的な勢力の排除がはじまる。

粛清。

またもや粛清。

そして、またもやソ連離れ。

内戦は収まるどころか、むしろ加速した。一九七九年十二月。ギターよ、お前は、パシュトゥン人の居住地のパキスタン側にいる。お前の母親やお前の分身やお前の分身のボディガードの分身らといっしょに、そこに来ている。一度めの取り引きがあり、二度めの取り引きがある。

十二月二十五日、ソ連とアフガニスタンのあいだに横たわっている二〇〇〇キロの国境の、複数の箇所からソ連の地上軍が南下する。アフガニスタン領内に侵攻する。ここにアフガン戦争ははじまったが、情報はさほど速やかには国内に滲透しない。同じ日に、お前は三度めの取り引きにたち会う。この日までに、複数のムジャヒディン組織からお前の主人は歓待を受けている。十二月二十七日、ソ連軍特殊部隊がカブールの大統領宮殿を襲撃する。アフガニスタンの現・最高指導者が殺害される。ソ連は即座に傀儡政権を樹（た）てる。代用となる最高指導者は用意されている。十二月二十九日午後、カブールは陥落する。この〝直接介入〟に先立ち、反政府勢力の壊滅作戦は練られていたから、ソ連軍の進駐のはじまりは同時にそちらに対するゴーサインとなる。同じころ、お前は主人がギルザイ族出身の有力なムジャヒディン組織の司令官（これもまたパシュトゥン人である）と交渉を持つのを眺める。この一日は、あわただしい。司令官には無線連絡がつぎつぎ入る。結局、FATAのより西域、ほぼアフガニスタンとの国境に接する僻村で、話し合いを持ちなおすことになる。そこには煉瓦造りの民家に擬装した罌粟の精製工場が四軒、その司令官の所有（もちもの）として、ある。翌日の夕方、お前はそこにいる。お前の母親もいる。お前の主人にして、分身もいる。が、サモア人は所用があって来ていない。ペシャワール近郊の密輸基地に一日前に戻り、一日後に合流しなおす予定だった。

お前の主人にして、分身の怪犬仮面は、だからボディガードを配していない。

そして、それが起きる。

ここからはお前が語れ。

オレガ？

そうだ。

オレハ見タ。

見たのか？

オレハ見タ。オレノ母親ガ死ヌノヲ。ソノ国境ノ村ガ母親ノ死ニ場所ニナルノヲ。オレハ見タ。

まず、なにを見た？

ク……車（クルマ）ダ。

そうだ。幌付きのトラックだったな。その日の夕方にそのＦＡＴＡのほぼ西端の村に到着した。その日というのは、一九七九年の十二月三十日だ。車体の後ろにはトヨタと書いてあった。お前はイヌだから、製造会社の名前は読み取れなかった。

オレハ読メナカッタ。デモ、オレハ憎イ。

そのトヨタがか？

ソウダ。

当然だ。ギターよ、そこからお前の母親を射殺する者が、現われたのだ。最初、そのトヨタは物資運搬のトラックだと目された。味方の車輛（それ）だと思われた。じっさい、お前の主人が交渉しているムジャヒディン組織の、それは司令官の足だったのだ。荷台には収穫したばかりの罌粟の果実やら大麻の樹脂やらが積まれているはずだったのだ。司令官が、お前の主人に——怪犬仮面に示そうとしていたのだ。その場面にはお前もたち会うはずだった。原材料を嗅ぎ、それから工場に行って加工品を嗅ぎ……。

オレノ出番ハナカッタ。

ああ、なかったな。

人間タチガ降リテキタ。銃ヲ、持ッテイタ。

ソ連製の銃だ。カラシニコフだ。全員がカラシニコフを構えた十数人が、幌付きの荷台から飛びだしてきたのだ。パシュトゥン人だが、その土地のパシュトゥン人ではなかった。その村に司令官の拠点が置かれたムジャヒディン組織に関係するパシュトゥン人でもなかった。アフガン政府軍に属するパシュトゥン人であり、新政権の極秘指令を受けていて、その政権はむろんソ連の傀儡だった。ソ連が急務としていたのは制圧後のアフガニスタンの治安維持で、すなわち反政府勢力の動きを徹底して封じることだった。ムジャヒディン潰しだった。聖戦（ジハード）潰しだった。リストは準備されていた。四つのムジャヒディン組織の幹部、二十三人の名前が挙げられていた。リストの上から三番めに、お前がいた村を基地のひとつとする、そのムジャヒディン組織の、その司令官の名（本名と七つの通り名）が記載されていた。

ダカラカ？

だからだ。

ダカラ、来タノカ？

だから、来た。速やかに到来した。一九八〇年を迎える前に、処刑しろ、と命じられていた。新政権によって、あるいは新政権の背後にいるものによって、だ。アフガン政府軍に所属するパシュトゥン人たちが暗殺部隊を編み、アフガニスタン・パキスタン国境でお前が憎むトヨタを乗っ取る。そして村に到着する。

オレハ見タ。銃ヲ持ッテ、来タ。

そうだ。銃口の前には誰がいた？　虚を衝かれて啞然とする司令官……そのムジャヒディン組織のその司令官がいて、いっしょに、お前の主人がいた。

オレモイタ。

お前の母親もいた。

イタ、イタ、イタ！

その刹那に、ボディガード不在の怪犬仮面を誰がガードしたのか？　お前の母親だ。時間を一秒の百分の一の単位にまで細分化するならば、いちばん初めにカラシニコフを手にした一派のいきなりの出現に反応したのは、誰か？　お前の母親だ、グッドナイトだ。軍用犬として八年余のキャリアを積み、しかも、実戦も経験した。被弾しながらも任務を遂行して、武勲を立てた。お前の母親の、そのジャーマン・シェパードは、だから目敏さが違い、臨戦態勢に移る速度が違った。お前があらゆる麻薬を瞬時に識別するように、お前の母親は「戦争」の臭いを瞬時に識別した。嗅ぎ分けて、条件反射で行動する。お前の母親は、自分の犬齢(とし)など考えない。対人襲撃を敢行したのだ。カラシニコフの一派を撃退するために、片っ端から躍りかかっていったのだ。それも、臨機応変のスタイルで。

ヒトリヲ倒シタ！

お前は見た。

フタリヲ倒シタ！

お前は見た。

ダケド……ダケド、ダケド！

お前が吠える。それから、お前の分身が吠える。怪犬仮面が叫ぶ。怪犬仮面は出来事をスローモーションで認識する。誰が、自分の護衛役に就いたのか。わかる。誰が、果敢にも複数の銃口の前に飛びだしていったのか、わかる。目撃している。アフガン政府軍の暗殺班に、立ちむかい、立ちむかい、立ちむかい、撃たれる。肩口を撃たれて、鮮血をブシュッと飛ばして、数十センチ弾かれて、地面に伏す。立ちあがる。再度、躍りかかる。また撃たれる。しかし動きを停めない。暗殺班のあいだで同士討ちがある。それから——それから。

その瞬間に怪犬仮面は叫んだのだ。

その瞬間にお前は叫んだのだ。

ああ、と叫んだのだ。

お前の母親は死に、そしてムジャヒディン組織の司令官は死なず、怪犬仮面は死なない。カラシニコフの一派は奇襲に失敗している。イヌがいて、イヌに戸惑い、イヌにやられて、暗殺のための最大の好機（チャンス）を逃している。司令官の部下たちが、ついに反応する。七分後、カラシニコフの一派は鏖殺（おうさつ）されている。しかし……しかし、お前の母親は生き返らない。

死んだのだ。

死んでしまったのだ。

亡骸（なきがら）にも威厳があった。

ギターよ、これがお前の運命の、最後から二番めの変転だ。ギターよ、お前よりも先に、お前の分身が——お前の2が——運命のその路線をカチリと切り替えている。転轍（スイッチ）している。怪犬仮面はグッドナイトの亡骸の前に、ひざまずいている。ほとんどひれ伏すように、膝をついて、十字を切っている。その行為には既視感がある。またもや繰り返されたという、2の感覚がある。怪犬仮面は「おお、おお……」と呻いている。この恩義……この恩義は忘れない……この二度めの恩義には、僕は、生命（いのち）をかけて報いる！

怪犬仮面の全身（なか）をつらぬいて、ビリビリビリッと霊的な稲妻が走る。

一九八〇年だ。怪犬仮面は復讐に立ちあがる。それはグッドナイトを死に追いやったアフガン政府軍、その背後の現アフガン政権、さらに背後のソ連に対する宣戦布告である。怪犬仮面はいまや、ムジャヒディンの一員である。カトリックの信仰を捨てて、証人たちの前で信仰告白（シャハーダ）を行ない、正真正銘のムスリムとなった。当然の選択だった。啓示は与えられていたのだ。イヌが身を挺して自分を衛（まも）った、それに応えるために僕は、僕は、僕は！　だから、カチリ、と転轍（スイッチ）した。ルチャドール業は、廃した。もともと年だった。現役でリングに立つのはしんどい年輩に入っていた。しかし民衆に奉仕するもう一つの顔を持たなければ、倫理（モラル）の問題に決着がつかない。まさにタイミングは絶妙で、怪犬仮面は滑らかに転身した。回心した。ムジャヒディンの一員となって聖戦（ジハード）に身を投じることが、善、だった。アフガニスタンの民衆のために「ソ連を叩きだせ！」と（スペイン語訛りのパシュトー語で）高唱することが、すなわち反道徳のマイナスぶんに対する足し算だった。悪のマフィア業との、バランスはとれた。表の顔と裏の顔。麻薬組織（カルテル）を維持しながら、アフガニスタン産の麻薬を「地球規模」で商いながら、ムジャヒディン組織を経済的に支えて、しばしば自ら戦場に立った。

お前もだ、ギター。

分身の運命が変転して、お前の運命もまた同様にカチリと転轍していた。お前は当然、戦場にともなわれた。それはお前自身の意思でもある。お前は見た、母親であったグッドナイトの、軍用犬としての本領を発揮した戦闘を。決死のそれを。焼きつけられた、襲撃者に対してひるまず、反撃して、咬み、殺す、その勇姿を。脳裡に焼きつけられた。オレニ手本ハ示サレタ！ とお前は思う。オレノ母親ハ死ヲモッテ範ヲ示シタ！ とお前は思う。

オレハ、戦ウ！

お前は、一九八〇年、ムジャヒディンの軍用犬として、新たな役割を生きる。アフガニスタンの戦場に立つ。お前もまた分身同様に二つの顔を持ったのだ。表の顔と裏の顔。麻薬探知犬にして、軍用犬。

この大いなる変転。

しかし、まだ最後から二番目のそれに過ぎない。

イヌよ、この二十世紀／戦争の世紀／軍用犬の世紀が生み出した血統にして、地上のいたるところに散らばり、増殖をつづけるイヌたちよ、お前たちの岐れた系統樹は最後にどこで接がれる？

お前たちの宿命は？

あらためて繰り返すがアフガン戦争は泥沼である。ソ連の、だ。当初から誤算ばかりが際立った。カブールの制圧はいっきになし遂げられたのに、傀儡政権は誰からも認められなかった。叛乱と暴動はつづいた。深刻な事態がつづいた。ムジャヒディン組織は力を殺がれるどころか、日ごと月ごと、年ごとに戦力を増した。ソ連の対抗措置は増派に次ぐ増派で、一九八一年の春にはアフガニスタン国内に駐留させる兵員数が十万人の大台を突破してしまった。むろん誤算だ。そして、それでも叛乱分子を掃討できなかった。誤算だ。

一九八一年、聖戦（ジハード）潰しはまるっきり叶わない。

一九八二年、やはり叶わない。

アフガニスタンの治安は維持されない。むしろ国土は荒廃する。誤算だ。

戦争の（ソ連側の言いぶんを採れば、紛争の）長期化はあきらかだった。泥沼化はあきらかだった。

アフガン戦争が長引いている間に、ソ連そのものが変容に見舞われる。いちばん顕著なのは、指導者の交代劇だ。これは政変ではない。一九八二年十一月十日に、レオニード・ブレジネフ（党書記長、元帥、最高会議幹部会議長）が死ぬ。七十六歳で病死した。書記長の任を継いだのはユーリー・アンドロポフで、この人物は十五年間にわたってKGB長官を務めていた。齢（よわい）、六十八歳だった。権力を完璧に掌握するために古巣を利用した。まず、KGB中将だった腹心を内相に任命した。第一副首相にはアゼルバイジャンのKGB代表を配した。政権内部からブレジネフ派を一掃しようと図ったのである。この類いの人事のみならず、あらゆる難局の収拾に古巣の潜在能力（ポテンシャル）を用いた。アンドロポフ書記長が、こうしろ、と言えば、KGBのあらゆる部門が即応した。たとえばアフガニスタン侵攻以来高まる国際的な非難は、時に兵器削減や核廃絶の情報によって和らげられたが、そうした情報（または偽情報）を滲透させるのに活躍（むしろ暗躍）したのは、対外情報活動を担うKGB第一管理本部に他ならない。第一管理本部には工作機関が十局あり、第三局はイギリスとオーストラリアとニュージーランドと北欧諸国を担当、第六局は中国とベトナムと北朝鮮を担当、等と地域ごとにわかれていたが、その十局全部が潜在能力（ポテンシャル）をフルに発現させた。ブレジネフ書記長の時代には許されるはずもなかった巨大な権限をもって、である。と同時に、アフガニスタンの置かれている状況の改善――ソ連にとっての改善――にも、当然、古巣の潜在能力（ポテンシャル）を活かすという決断をした。こうしてそれは投入された。KGB国境警備隊本部において、最高機密とされている機関が、一九八三年の夏にアフガニスタンの地を踏んだ。暗号名で単に〈S〉（エース）と呼ばれる機関である。時にはS局とも呼ばれる機関である。ちなみにアンドロポフは同年の六月十六日に最高会議幹部会議長に選ばれて、党もKGBも国防軍もまるごと支配していた。真実、ソ連の最高指導者（にして最高権力者）の座にのぼりつめていた。だから〈S〉は、国防軍の指揮下に入らずに独立して作戦を遂行できる許可を――異例の権限を得た。軍事情報部すなわちGRU（ゲーアルウー）となんら連繋をとる必要がない。GRUがソ連全軍の特殊部隊を統括しているにもかかわらず、だ。

〈S〉はKGBにおいて特殊戦を担当する。そもそもKGBの国境警備隊は、ソ連の他の軍事組織のどれよりも多い戦闘経験を、大祖国戦争（第二次世界大戦）以降、積んでいる。その国境警備隊の、遊撃部隊が〈S〉である。

対ムジャヒディンの戦闘に、〈S〉は速やかに適応した。

山岳地帯の複雑な地形を利用する、アフガニスタンの聖戦（ジハード）に特有の戦法に、対応した。

しかし、〈S〉は潜在能力（ポテンシャル）を十全に発揮しきらない。ソ連そのものの変容がつづいている。指導者の交代劇が、まだつづいている。一九八四年二月九日に、アンドロポフ書記長が在任十五カ月で急死する。後継者となったのはコンスタンチン・チェルネンコで、この人物の生年は、あろうことか一九一一年。老齢すぎた。にもかかわらずアンドロポフの跡を襲えたのは、チェルネンコは以前、ブレジネフの忠実な部下にして右腕だったためである。アンドロポフが一掃しようとした旧い派閥の力がよみがえったのだ。が、新書記長のチェルネンコは一九八五年三月十日に病死する。

年寄りすぎた。

〈S〉は翻弄された。ずっとアンドロポフ書記長の時代であれば、アフガン戦争を泥沼から澄んだ湖といった程度に落ちつかせるのに貢献できたはずだ。もろもろ、鎮めることが可能だったはずだ。が、実際には不可能だった。その季節、ソ連のトップがあまりに頻々と交代しすぎたせいだ。ブレジネフ書記長からアンドロポフ書記長、アンドロポフ書記長からチェルネンコ書記長。病死、急死、病死。しかし〈S〉はこの三人にだけ翻弄されたのではない。ブレジネフ書記長の前の一人から、その機関の……KGB国境警備隊本部において最高機密とされる〈S〉の胎動ははじまっていた。ブレジネフの前任の書記長は……いや、書記長はいない。一九六六年四月まで「書記長」なる党職名は封印されていて、ブレジネフはこれ以前の一年半のあいだ「第一書記」だった。共産党の中央委員会第一書記だった。どうして「書記長」の名は封印されたか？　それが、スターリン時代に用いられていたからだ。いかなる勢力が封印したのか？　いわずもがなスターリンを批判した勢力だ。では、ブレジネフが第一書記だとして、その前任者にあたる第一書記は誰か？　スターリンが行なっていたのは暗黒の専制政治に他ならないと告発した人物である。一九五六年に共産党第二十回大会で「スターリン批判」を展開したフルシチョフである。

そのために共産中国(レッド・チャイナ)の毛沢東から憎まれた男。

かつてフルシチョフは夢見た。冷戦はいつか／どこかで熱い戦争に変わる、と。たとえば第三世界での代理戦争のような形で、マグマは噴きだす、と。その地域紛争の最前線に、ならば共産主義のプロパガンダとして無類のものとなる驚異の部隊を投入しようと、夢見た。かつてフルシチョフは戯(ざ)れ言の命令を発した。しかし、受け取ったのは硬直した機構(システム)で、厳格に実行した。ロマンが死んで、リアリズムだけが生き残った。そのリアリズムの素材として、かつて共産主義者の宇宙犬が二頭、いた。祖国(ソビエト)の英雄たちが。雄犬のベルカと雌犬のストレルカが。いた。

まだ、いる。

同じ名前を継いだ雄犬と雌犬が、一九八二年、いる。

一九八三年にも。

一九八四年にも。

一九八五年にも。

その血統が、絶たれずに、いる。

リアリズムの極北の、対「資本主義」戦のための処刑部隊として。

つまり〈S〉はフルシチョフの夢に由来した。その後に、夢の殻をカッカッ、ガリガリと喰いやぶり、ついには殻の破片(かけら)をひとつ残らず払い落として、独自に生命(いのち)を獲得した化け物の「機関」となって生き存(なが)らえた。しかし、ブレジネフはなにかを憶えていた。フルシチョフを失脚させた勢力にブレジネフは属していた。一九六四年十月に、フルシチョフを第一書記の座から追い落として、自分が後釜に座っていた。ブレジネフの政権はフルシチョフ臭を一掃しようと図る。そのためにスターリンの再評価を行なって、結果、「第一書記」が「書記長」に改称される。こうして一九六六年四月、ブレジネフ書記長は誕生したのだ。それから長い歳月がすぎて、アフガニスタンで収拾不可能な事態が生じたとき、その難局打開に〈S〉を用いない。ブレジネフは、KGBの提案に応じない。なにか……フルシチョフ臭がしたからだ。

それからアンドロポフが書記長になって、用いる。

しかし、アンドロポフは急死する。

それからチェルネンコが書記長になって、この「亡きブレジネフの元右腕の老人」は、やはり……フルシチョフ臭を感じる。しっかり嗅ぎ分けられたわけではない。その嗅覚(はな)は老齢すぎて、まともには機能しない。だが、直感する。往時のボスであったブレジネフに叩きこまれていたのだ、フルシチョフには功績を与えるな、猫の餌ほども与えるな、と。

チェルネンコは〈S〉を遠ざける。

実質、ほぼ七カ月間しか〈S〉は本来の潜在能力(ポテンシャル)を活かせない。アフガン戦争の前半において、重要な役割をまともに担えない。

七カ月あまりの、短期間しか。

だが、それでも、なにかは起きた。

イヌのための事件(エポック)が起きたのだ。

一九八三年十二月の二週め、時に局長(これはS局長の意である)と称される将軍に率いられた〈S〉は、アフガニスタンの北東部、山岳地帯の谷間にいた。そこでは首都にいたる幹線ルートがしばしば、ソ連からの支援物資を強奪しようとするムジャヒディン組織に狙い撃ちにされていた。ゲリラ戦術に長けたそのムジャヒディン組織を〈S〉は狙い撃ちにした。〈S〉もまた同様のゲリラ戦術を用いた。ただし、聖戦(ジハード)を標榜している側が実際にゲリラ——不正規組織という意味での、ゲリラ——であるのに対して、〈S〉は正規の軍隊である。命令を伝達する仕組みや、規律、地上戦のための戦術の練度等において、二つの組織は圧倒的な差を有する。〈S〉はいわば正規のゲリラだった。プロフェッショナルでありながら、不意打ちと騙し討ちしか手段として採らない。ムジャヒディン側はそうした「ソ連軍」を知らず、やすやす、隙を衝かれた。なにしろ〈S〉はミグ戦闘機に応援を頼まず、T64戦車に乗りこまず、攻撃へリコプターすら投入しない。威圧のための機関砲は装備したが、しかし、主戦力としたのは重火器ではない。

軍用犬だ。

その特殊な編制に、ムジャヒディンは隙を衝かれる。

やすやす、背後(うしろ)をとられた。

それから、それは起きた。

情景は生みだされていた。九十一名が地面に倒れていた。いまや無残な骸(むくろ)だから、九十一体だ。このうちの八十八体がムジャヒディンだった。生前は聖戦(ジハード)の闘士だった。彼らの武装は、さほど近代的ではない。ロケット砲があったが、それだけが重火器で、他には自動小銃と護身用の拳銃、何人かは火縄銃さえ持ちだしていた。ムジャヒディンの大半はパシュトゥン人だった。より北部にはタジク人を中心に構成された武装勢力があったが、この急峻な山脈(やまなみ)に戦闘拠点を構えているのは、イスラミスト（原理主義者）として知られるパシュトゥン人の組織だった。しかし、非パシュトゥン人が、たしかにムジャヒディン側の犠牲者に含まれていた。八十八体のうちの、一体。メキシコ人だった。顎髭を生やして、やや金髪がかった混血（メスティソ）の髪を漆黒に染めて、以前は屈強だった肉体から生命（いのち）をすっかり流出させていた。

荒涼とした谷間で、虚しさだけを風音（かざおと）が鳴らした。

他は、静まり返っていた。

だが、お前は唸った。

お前だ、ギター。お前の足下に倒れているメキシコ人、二本の弾薬帯を胸で交叉させる形に巻いて、この土地のムスリムたちと同じ容姿をとった、お前の主人は死んでいる。お前の主人にして、お前の分身、お前の2の怪犬仮面は死んでいる。

お前は生きている。

ムジャヒディン側で、ただ一つの例外として。

お前は取り巻かれている。

数えきれない頭数（かず）の、イヌに。〈S〉に組みこまれている軍用犬に。この日の、この箇所で、〈S〉の作戦班は四個、合同で展開していた。一つの班に配属されるのは、人間の隊員が四名、そしてイヌが十二頭。だからお前を囲んだイヌは、四十八頭いた。お前には数えられないが、それが正確な頭数（かず）だ。人間は、その計算によれば十六名いるはずだった。実際には十三名しかいない。残る三名は、三体となっていた。つまり、死骸にだ。お前が殺した。

お前が主人を衛（まも）るために、葬った。

母親のグッドナイトに倣い、自力で……独学で軍用犬に成長した雑種の、お前が。全力でガードした。

しかし主人は死んだ。

2は死んだ。

お前は取り巻かれている。唯一の〝生存者〟として。人間たちがいちばん遠巻きにしていて、視界に入る範囲にいるのは、イヌばかりだ。

そして、吠えない。

お前は唸る。

イヌたちがお前を見ている。

ふいに一頭が、うぉん、と吠えた。

別の一頭が、うぉん、と吠えた。

さらに別の一頭が、うぉん、と。

うぉん。

うぉん。

うぉん。

お前は唸るのをやめたが、やめた自覚はなかった。単に、呑まれていた。その場にふいに生じた現象(もの)に。一瞬、歌を聞いている気がした。お前は包囲されていて、包囲網は歌った。声高にではない、むしろ静謐そのものの旋律のような気がした。お前は、ただ一人／一頭の敵に視線を合わせることができず、なぜならば三六〇度に敵がいたからだが、足下に視線を落とした。

そうしなければならない気がした。怪犬仮面は、死んでいた。おれは死んだよ、とお前に語っていた。シ……死ンダノカ？　オレノ分身ナノニ死ンダノカ？　そしてお前は、歌を聞いた。お前のまわりで、三六〇度が歌っていた。

うぉん。

うぉん。

うぉん。

うぉん。

お前はふたたび視線をあげた。

唸らなかった。お前は吠えた。うぉん、と。

四十八頭は沈黙した。それから一頭が、お前にむかって、歩を進めた。雄犬だった。やや大柄で、歩みは悠然としていた。

　お前と対峙した。

　ギターよ、ここだ。この瞬間だ。この場面で、お前の運命のいちばん最後（おしまい）の変転が起きる。お前の分身はいまや往生して、お前の運命の路線をカチリと転轍（スイッチ）するのは、その権利を有しているのは、ただ一頭、お前自身だ。2は1になったのだ。ビリビリビリッと体内に走る霊的な稲妻を、お前は感じる。お前は啓示を感じる。しかし、それはお前を敬虔なキリスト教徒にはしない。イスラム教徒にもしない。お前は……お前はイヌとなる。イヌとなるだけだ。対峙したその雄犬は、最初、まなざしでお前に語って、それから、語ることで語った。

オ前ハ雑ジルいぬカ？　と問われた。

オレハ、オレダ、とお前は答えた。イマデハ1ダ。

生キルノカ？

生キル……生キル！　死ヌモノカ！

ナラバ来イ。

捕虜カ？

違ウ。

違ウノカ？

オ前ガ来タノダ。

オレガ？

オ前ガ、オレタチノ前ニ来タノダ。ダカラオレタチハ、オ前ヲ迎エニ来タ。

その言葉を聞いてお前は慄え、大いなる変転のためのスイッチを、入れた。

イヌの世界に犬語があれば、人間の世界にはロシア語があった。肩章のない迷彩服に身を包んだ隊員が、無線機にむかって報告をしていた。その報告は六輪駆動のトラックを現場に招いた。四十八頭と一頭、そして死んでいる九十一体と生きている十三名で構成されている情景に、重機関銃と迫撃砲を搭載した〈S〉の緊急展開車輌である六輪駆動のトラックが加わった。運転席から軽武装の指揮官が一名、降りてきた。風音はそのアフガニスタンの谷間で、依然として荒び鳴いていた。無線機がロシア語で伝えたのはイヌの意思であり、現われた指揮官は、中隊長級でも大隊長級でもなかった。将官だった。時に局長と呼ばれる、将軍だった。

生きている十三名が、ザッ、と敬礼した。

その歩みにつれて、イヌの包囲網、イヌの輪が、割れた。

「認めたのか？」と将軍が訊いた。

将軍の前には二頭のイヌ、〈S〉のイヌたちの包囲網の内側にいる二頭で、すなわちムジャヒディン側の〃生存者〃と、それに対峙する雄犬だった。その雄犬に、将軍は問いかけていた。視線は〃生存者〃にむけながら、訊いていた。

うぉん、と雄犬が吠えた。

「そうか、ベルカ」と将軍は言った。「粗削りな雰囲気だが、殺すには惜しい同類（イヌ）だったか。天性の……資質だな。あるいはこの一頭にも、驚異の来歴があるのだ。だろう？　アフガニスタンの貴様よ、ムジャヒディンに仕えていたイヌよ」と将軍は、今度は視線のさきのイヌに語りかけた。「おれはそれを信じる。貴様はベルカに認められた。抜擢された。その血は、接（つ）がれるのにふさわしい。だからおれは、貴様を認める。来い」

それが一九八三年の十二月の、第二週にアフガニスタンの戦場で起こった出来事だ。

イヌのための事件（エポック）だ。

　　うぉん、うぉん、うぉん、うぉん

アフガン戦争はつづいて、しかし〈S〉は退場した。いったん、退場した。チェルネンコ書記長によって権限を大幅に奪われて、遠ざけられたためだ。そして、そのチェルネンコ書記長は一九八五年の三月に退場する。ソ連の政治史から、この世から。代わって書記長に選出されたのはミハイル・ゴルバチョフ、五十四歳だった。前任者のチェルネンコ、その前任者のアンドロポフ、そのまた前任者のブレジネフの三人に比べて、圧倒的に若かった。その他の党人事も世代交代を進めた。

ゴルバチョフ書記長は改革を主張した。

ゴルバチョフ書記長の指導部は、斬新な政策をつぎつぎ発表した。

ペレストロイカ（立て直し）をスローガンにした。

アフガン戦争はつづいていた。まだ終わらない。なぜならば十年間の泥沼だからだ。

一九八六年七月、ゴルバチョフは演説で「ペレストロイカは革命だ」と宣言する。ソ連そのものの根本的な改革を意図しているのだと明言する。しかし、一九一七年二月のブルジョア革命と、同年十月の社会主義革命だけを祖国（ソビエト）は絶対視してきたのではないか？　ある者たちは疑問を出す。ある者たちは出さずに、ただ当惑する。ある者たちはシンプルに一九一七年の革命だけが、大義を有した祖国（ソビエト）の革命である、と（ほほ笑みながら）断言する。

たとえば〈S〉において隊員たちが。人間の、隊員たちが。

それを叩きこんだのは〈S〉の長（おさ）の将軍である。

手ずから隊員たちに徒手格闘術、無音殺人術、生存術を叩きこんだ「局長」が、揺るぎなき思想を滲透させた。われわれは反革命を許さない、われわれは社会主義の成果を国内外で防衛する、われわれのマルクス・レーニン主義は堅固にして、正統だ。それを確信できないのならば、坊主にでもなれ。実際は〈S〉入隊にあたっては忠誠宣誓書に署名することが要求され、ここには〈S〉に対する裏切りは死に値する、と記載されているから、隊員たちが中途でイデオロギーに不信をおぼえて――革命への信仰を捨てて――ロシア正教に帰依するのは不可能である。転向は、所属する機関に処刑されることと同義だった。それに、いちど〈S〉に入隊した人間で、正統性を疑う者は――将校のみならず、末端にも――一人もいなかった。だから堅信した。たとえば部隊章が、正統を証した。

〈S〉の部隊章は髑髏である。

ただし、それは人頭をデザインしたものではない。それは動物の頭骨をデザインしている。それはイヌの頭骨をデザインしている。

ライカ犬の頭骨の背後に、地球。

それが〈S〉の徽章である。

地球はユーラシア大陸の北部をこちらに見せている。こちら側に、正面に。

モデルとなる頭骨を、全員、一度は見た。一度か二度、場合によっては三度、〈S〉入隊後に謁見を叶えられた。〈S〉の局長室と呼ばれる場所で、感動にうち震えながら。実物のそれは、地球の形をした棺に安置されている。特別製の地球儀に収められている。それは焼け焦げていて、ただれた皮膚をすこしばかり、貼りつかせている。大気圏再突入の際に「燃えた」痕跡だった。搭乗していた人工衛星が燃えて、消滅しかけた痕跡だった。その頭骨は、地上の生命体として初めて宙からこの惑星を見下ろした、すなわち宇宙にまで祖国の領土をひろげた宇宙犬／ライカ犬の、遺物だった。

「われわれは英雄の力によって、反革命運動に対して闘争を挑む。われわれは正統の〝機関〟

である」局長室には声が響いた。

国家的英雄——にして人民の偶像——だったそのイヌの頭骨が、どのように〈S〉の掌中に収まったのか、あきらかにされたことはない。宇宙犬に関しては、些細な事柄までが機密情報として扱われていたからだ。しかし、のちに〈S〉を創設する人物は、それらの機密群にもっとも近い立場にいた。なにしろ宇宙犬の血筋そのものを握っていた。かつ、南シベリアの繁殖場で着実に理想形にむかいつつある「イヌの部隊」を、たかがフルシチョフの失脚で消滅させてはならない、と臍を固めていた。消滅させては……その血統を絶滅させては。そのイヌたちを。ここから、図抜けた工作員が図抜けた工作員としての真価を発揮する。二十六歳と七カ月でKGBの少佐に昇進した期待の人物が、期待されていない期待に応えて、機関のあらゆる部門にあれやこれや、謀る。イヌのために……そのイヌたちを残すために。

ひとつの扉が開いて、その内部から、宇宙犬第一号の頭骨が現われる。

ある者は言う、スプートニク二号は回収可能には設計されていなかったから、一九五八年五月十四日に大気圏に再突入して、壊れた、と。ある者は言う、その日付は間違いで、四月四日だ、と。しかも大気圏内で燃え尽きた、と。しかし「スプートニク二号の残骸は回収された」と記した書類もある。その機密書類は、KGBのある部署にある。宇宙博物館協会の機密庫にも、やはり、ある。最初からあったのかもしれないし、途中でまぎれ込んだのかもしれない。しかし、ある。

そして扉は開いた。その扉は一九六八年に、謎の墜死を遂げたユーリー・ガガーリン（一九六一年四月、ボストーク一号に搭乗。人類初の宇宙飛行士で、「地球は青かった」という名言を残す）が乗りこんでいた戦闘機の、コクピットの残骸を収めるが、いまは頭骨を吐きだす。

それは中型犬の、ライカ犬の、本物の頭骨である。

それがあのライカの頭骨であることは、書類によって証明されている。

一九六〇年代の後半には〈S〉は誕生している。KGB国境警備隊本部の「暗号名で呼ばれる機関」として、独立した権力を所有して存在している。〈S〉はフルシチョフの夢に由来したが、その愚かしさは排除されて、存在の道理にかなった根拠を持つ。祖国の偉大さを全世界に証明した、あのイヌが、〈S〉が異端ではないことの証明だ。

一九五七年十一月三日に、マルクス・レーニン主義の最高の達成として顕われたものに、われわれは産み落とされた。

「われわれはイヌの部隊であり、そのイヌたちを補佐する者たちであり、われわれ自身が〝ライカ〟という名前の雌犬に産み落とされたのだ」そのように〈S〉の創設者は、隊員たちに告げた。

だから正統性は揺るがない、と。

だから――〈S〉の徽章に忠誠を、誓え。

隊員たちは誓った。頭骨（が収められた、地球儀）に対しては、敬礼した。

一九八六年七月にゴルバチョフ書記長は「ペレストロイカは革命だ」と宣言したが、しかし／だから即座に〈S〉の隊員たちは、ほほ笑みながら反論し得た。革命はすでに一九一七年にあり、それはわれわれを生みだした、われわれ〈S〉を。ゆえにゴルバチョフのこれは戯れ言である、と。確信し得た。だが、寝言ですら時には歴史を動かす。正統か、異端か、は問われないのだ。

アフガン戦争がつづいている。戦況はひと言、膠着状態にあり、この中央アジアの泥沼がアメリカにとっての十年間……あの東南アジアの泥沼に酷似している実態が、しだいに明白となる。ゲリラ相手の果てしない消耗戦という大きな括りが、まず、ある。それから小さな類似が無数にある。徴兵されたソ連の若い兵士たちが、麻薬に溺れる。かつてベトナム戦争で、徴兵されたアメリカの若い兵士たちがLSDやヘロイン、マリファナに溺れたように、ハシシに溺れる。民間人とゲリラの区別がつかないために、無差別大量虐殺が行なわれる。かつてベトナム戦争で、ベトコンの根城とみなされた小村で悲劇が生じたように（老人と乳幼児を含む村人全員が殺戮されて、家畜まで撃ち殺された。もちろん女たちは凌辱された）、ムジャヒディンの根城とみなされた小村は掃討された（老人と乳幼児を含む村人全員が殺害されて、家畜まで撃ち殺された。もちろん女たちは強姦された。輪姦された）。限定的に化学兵器が使用される、ひそかに。かつてベトナム戦争で、米軍がひそかに同じことを行なったように。

ソ連はアフガン戦争が「われわれのベトナム戦争」化した事実に、ぶち当たる。

そしてゴルバチョフがいる。ゴルバチョフは唱える、ペレストロイカ、ペレストロイカ、と。革新的な対外政策を採る。それは西側諸国との対話型の外交であり、掲げられたスローガンは〝新思考外交〟である。ゴルバチョフが着手したのは、ソ米間の軍備拡張競争の方向転換である。ソ連経済は停滞していた。以前から緩やかに停滞していったが、ゴルバチョフは初めて、その現実を認めた。むしろ破綻に瀕している、と認めた。国庫に負担を強いているのは厖大な軍事支出である。ゴルバチョフは、だから〝新思考外交〟によって軍事予算を軽減させようと図ったのだ。核軍縮交渉を進めて、米英仏のみならず、ついには中国との関係改善にも乗りだした。あの冷戦構造の第三のプレイヤー、共産中国（レッド・チャイナ）との。こうした一連の動きは、デタント（緊張緩和）、と呼ばれた。

なにかが変わる。

なにかが加速する。

それからゴルバチョフが言う、「アフガニスタンからの撤退もまた、ペレストロイカである」

国連は一九八二年からアフガニスタン問題の和平交渉に取り組み、しかし成果をあげられずにいたが、一九八八年四月に——このゴルバチョフの発言で、いっきに——和平協定調印に漕ぎつけた。ソ連軍の、アフガニスタンからの撤退計画は決まった。

一九八八年五月から正式撤退ははじまり、一九八九年二月、撤退は完了した。

二月十五日だった。では、この日にアフガン戦争は終結を見たのか？　否だ。依然としてアフガニスタン政府は親ソの、共産政権で、ムジャヒディン勢力と対立していた。おまけにムジャヒディン側はそれぞれの組織が対立していた。パシュトゥン人を中心に構成しているのか非パシュトゥン人を中心にしているのか、イスラム教はスンニー派なのかシーア派なのか、等のもろもろの要因で。当然、この後に待ち受けているのは内戦だった。ソ連は……ソ連は第一に「カブールの親ソ・共産政権を倒させるのは、不利益である」と判断した。第二に「わが国とアフガニスタン間には二〇〇〇キロもの国境が横たわっており、すなわちアフガン領内の状況の激化は、この国境地域の安全を脅かす」と判断した。第三に「現政権が崩壊し、アフガニスタンにイスラム政権が誕生したら、その混乱はわれわれの中央アジア（タジキスタン、ウズベキスタン、その他のイスラム系の共和国）に飛び火しかねない」と判断した。

だからアフガニスタンの現政権――親ソの、共産主義の政権――に、巨額の援助をつづけた。資金提供のみならず、武器供与も。

それから、それも起きた。

アフガニスタンから駐留兵力の十万人が完全撤退する直前に、起きた。

一九八九年一月二十四日、ソ連の共産党政治局の会議で「極秘」報告書が承認された。そこには、アフガニスタンの北部地方でKGB国境警備隊が作戦行動を遂行することを、許す、と記されていた。

当然、和平協定には違反していた。

ソ連の泥沼――アフガン戦争はまだ終わらない。ソ連自らが終わらせなかった。この年の終わりまで、続行させた。しかし、秘密裡に。担当したのはKGBで、投入されたのは機密保持に長けた部隊ばかりだ。ふたたび〈S〉は登場した。戦果をあかさない、特殊戦のプロフェッショナルとして。国境警備隊の最強の遊撃部隊として。ゴルバチョフは……ゴルバチョフはアフガニスタンの〝問題〟が解決し、国内に渾沌が波及しないなら、それでよかった。チェルネンコやブレジネフのようにフルシチョフ臭を気にすることはなかった。それどころか、〈S〉は単純に利用価値のある組織で、フルシチョフに由来していることすら、嗅ぎ分けられなかった。ふたたび〈S〉は権限を得て、非公開／非合法の任務を遂行する。処刑対象を、処刑する。

ゴルバチョフは――陽のあたる場所で――依然として叫んでいる。ペレストロイカ！　ペレストロイカ！　ついに一九八九年十二月、ゴルバチョフは〝新思考外交〟を極限にまで推し進める。マルタ島の沖合いで、ソ米首脳会談を艦船――ソ連の最新型ミサイル巡洋艦、スラバ――内で行なう。そこでゴルバチョフは、アメリカ大統領のジョージ・ブッシュと笑顔でむきあう。そこでゴルバチョフは、ソ米は友好国になった、と宣言する。ここに冷戦は終止符を打たれる。ソ連とアメリカの最終的な和解が成立したのだ。全世界にむけての記者会見は、十二月三日。地球のあらゆる土地で、人々がテレビの画面に見入った。それは二十世紀の、人類史に刻まれる日付となった。そしてイヌ史は……イヌ史は。

同じ十二月三日、ひそかに指令は出される。

「証拠を湮滅せよ」とモスクワ経由のそれは言う。「アフガニスタンにおける極秘の作戦行動の、それを。もはや冷戦構造はない。イヌは全頭、始末せよ」

「いまは一九九一年ではない」

それから市街戦は起きる。

リハーサルではない。廃棄された都市（まち）を実物大の模型とした、シミュレーションではない。初日、死者は八十二名。うち二大犯罪組織の幹部級は七名。ロシア・マフィアが三名、チェチェン・マフィアが四名で、三対四である。しかし、いまや血のバランスは無視されている。その都市（まち）に流入をはじめていたロシア全土の、あるいはアジア各国の、雑多な犯罪組織からも犠牲者は続出しはじめる。

最初、イヌたちが戸別訪問をはじめる。マフィア構成員の顔写真付きのリストを持って、移動する集団がある。三つ、四つある。そのうちの一つは、ぶ厚い眼鏡をかけて樽のような体型をしたスラブ人の老婆と、まだ十代前半の日本人の少女と、七頭のイヌたちから成る。携えられたリストには、マフィアの事務所、関連施設と企業名、その所在地、幹部の名前、その自宅の住所、等が詳細に記載されている。七頭のイヌに引き紐（リード）をつけて、先導させているのは老婆である。少女は防寒用の帽子（シャープカ）を目深にかぶり、無表情に歩む。少女はどこか老婆の孫娘然として、そのシルエットは肥満している。しかし、戦闘的に太っている。その双眸には冷徹な輝きがある。少女は日本人だが、本当は日本人ではない。人（じん）ではない。犬（けん）だ。

なぜならばイヌの名前を持っているからだ。

正統として授けられた、ストレルカという名前を。

戸別訪問する。一軒ずつ、済ませる。銃を担当するのは老婆で、イヌを担当するのはイヌの少女だ。高級アパート暮らしの標的からはじめる。扉は開けさせるか、銃撃で開ける。命令（コマンド）はロシア語で、あるいは身ぶりのみの犬語で、イヌの少女が発する。イヌは飛びこむ。低い場所から、死角から。七頭のイヌが飛びこみ、一頭がしきっている。その一頭は雄犬である。かつては鑑札番号47として認識され、イヌの少女のストレルカから「ヨンジューナナ」と呼ばれていた。いまは違う。

いまは、ベルカだ。父親が死んで、だから番号を卒業して命名された。

ベルカは跳び、殺（と）る。他の六頭とフォーメーションを組み、いっきに、一瞬に、標的を。

同じ時刻、ある場所では豪邸の敷地内で、番犬が殺される。沈黙のうちに咬み殺される。イヌたちはまず同類（イヌ）を殺して、それから標的の護衛と、標的を殺す。ある場所では襲撃をとっさに察して、標的が逃げだす。が、周辺道路は封鎖されている。イヌで。防弾ガラス仕様の高級車を、イヌが囲み、襲い、車内にいる人間のハンドル操作を誤らせて、殺す。

自滅させる。

イヌが蜂起している。初日、まだマフィアたちの大量死は気づかれていない。当のマフィアたち以外には。あるいはマフィアの息のかかった当局関係者や、企業の重役たち以外には。

しかし、深夜に都市（まち）が燃えあがりはじめて、そこから、事態は気づかれた騒擾（そうじょう）と化す。同じ深夜、一人の老人がイヌたちに囲まれていて、軍用地図のグリッド数字を読みあげる。イヌたちに、それから無線機に。

一九九一年。夏のモスクワ。未明に非常事態宣言が発令された、その午後。市内にはすでに五〇〇輛以上もの戦車が配置されている。前年三月にソビエト連邦の初代大統領に就任した人物は、いきなり失脚した。保守派のクーデターだった。首謀者には国防相、KGB議長、副大統領らが名を連ねていた。戦車部隊は改革派の一斉逮捕のために、態勢を整えた。テレビは検閲されて、ラジオは国家非常事態委員会の声明だけを繰り返し流した。しかし、市民たちは街に出ていた。街に、改革派の拠点である、ロシア共和国最高会議ビル前に。人間の鎖を作り、戦車や装甲車の突入を阻止しようと試みていた。二重、三重のバリケードを築き出していた。繰りだした人数は、数千名に達しつつあった。

その群衆のなかに老人もいた。

老人は髭だらけだった。

老人は耳をすまして、群衆の歓呼を聞いた。ビルからその男が出てきたのだ。市民の側にいる人物、改革派の旗手、ほんの二カ月前にロシア共和国の初代大統領に就任した男……祖国（ソビエト）のではない、ロシアの大統領に。名前のイニシャルは、E（イエー）だった。

英語圏とスペイン語圏では、Y、で表記された。ドイツ語ではJ。オランダ語でもJ。しかし、フランス語ではE。

イニシャルですら変える男だった。

群衆に囲まれて立ち往生している一輛のT72戦車に、Eはよじ登った。老人はそれを見て、時計を見た。午後一時十五分だった。老人はそれから、Eが戦車に乗りこんでいた大尉と、短い会話を交わすのを見た。老人は唇を読んだ。おれを殺しに来たのか？　とEは訊いた。大尉は、いいえ、と答えた。

　Eは笑っていた。

　歓声は頂点に達した。万歳（ウラー）の合唱が空間を揺るがす。老人は一人だけ、違うことを言う。「……ひどい」と。Eが群衆に、わずかな身ぶりで静聴をうながす。その身体言語に人々は調教されたイヌの群れのようにしたがう。髭だらけの老人はつぶやく。「……ひどい」と。Eは反動右派を非難する。Eは市民たちに抵抗を呼びかける。戦車の上から、踏みつけられたそこから。老人は時計を見た。祖国（ソビエト）の時間は停まっていた。ロシアの時間だけが、午後一時二十一分、を指した。

　老人はつぶやきつづけた。「ひどい、ひどい、ひどい、全部」と。老人には見えた。四カ月後が見えていた。そこにはソ連がない。Eがソ連を消滅させている。手段を選ばずに、消滅させている。そしてEは同時に、もっと巨（おお）きななにかを終わらせている。

　イヌが放火する。それが罠になる。警察力は都市（まち）の複数の地域に分散される。二カ所めが燃えて、三カ所めが燃えて、四カ所めが燃える。警察力はそれらの数カ所に集中する。放火魔を捜して、放火魔を発見できない。放火魔は闇にまぎれて、あらかた痕跡を残さない。足跡（そくせき）を残したとしても、それは人間のものではない。イヌの前肢と後肢の肉趾（パッド）の跡だ。だから、発見されない。平然と現場にとどまり、飼い犬のふりをするものもいる。現場から立ち去り、路上でウロウロと野良犬のふりをするものもいる。馬鹿な動物を演じて、それだけで欺くには充分だ。付近に樹々があれば、その幹を登り、樹上の茂みにひそむ。放火されるのは組織犯罪の温床に限られていたから、戦闘員はしばしば飛びだす。誰が火をつけたのか、誰がしかけてきたのか。どの組織が。午すぎから情報が飛び交っていたから、ただちに追撃を試みる。そして、樹々の茂みに待機していたイヌに、頭上から躍りかかられて、死ぬ。四ヵ所めが鎮火するころには六ヵ所めが出火騒ぎを起こす。消防車は出払う。

カジノが同時多発的に襲撃される。

銀行が襲撃される。夜半、警報がエンドレスに鳴りわたる。屋外に漏れて、鳴り響きつづける。警察が到着するまで。あるいは、その金融機関をひそかに後援しているマフィアが到着するまで。あるいは、夜が明けるまで。

夜が明けると、都市は秩序の崩壊を告げる黒煙に包まれている。七十二ヵ所が放火されて、全市の気温が二度、あがった。

無人の幹線道路を単車が走る。速度計の針はずっと六十キロを指している。二人乗りの単車で、ハンドルを握る中年女と後部席に座った中年女は、とても似た顔つきをしている。スラブ人の姉妹で、ストレルカからは「イチコとニーコ」と呼ばれている。

無数のイヌたちがその単車の後にしたがっている。

幹線道路を疾駆している。

午前八時。人々は出勤前。単車にしたがうイヌたちは右手と左手にわかれる。それから四手にわかれる。

同じ時刻、ストレルカが目を覚ます。

ストレルカのまわりには七頭のイヌ、彼女の覚醒と同時に、七頭も顔をあげる。強襲したマフィア幹部の邸宅の、車庫に寝ていた。老婆はいない。老婆は屋敷の厨房に入っている。そこでストレルカと七頭のために、朝食の支度をしている。

寝たか？　とストレルカは七頭に訊く。

寝た、と七頭は答える。

夢を見たか？　とストレルカはベルカに訊く。

見ない、とベルカは答える。

あたしは見た気がする、あたしはエックス歳だった気がする、あたしは人間だった気がする、あたしはイヌなのに。

疲れたのか？　とベルカがストレルカの顔を舐める。柔らかい舌で。

あたしたちは人間の時間を消そう、とストレルカは言う。時間を消して、いまを、いまを……。

どうする？　とベルカが訊く。

何年にする？　と他の六頭が訊く。

「イヌのための、センキューヒャクキュージュー……エックス年にする」とストレルカは言う。

「だから、まず」

しよう、とベルカが吠える。

吠える。その瞬間に、ストレルカも、その他の六頭も、起(た)ちあがっている。気配を察している。が、その前に、消音装置をつけた銃の、ピュ、という音が響いている。車庫の外で——マフィアの戦闘員が倒れている。それは呻いている。ピュ、はさらに二度。それから、銃を手にした老婆が車庫の扉口(とぐち)に現われる。

「食事ができたよ」

ロシア語で言う。ストレルカは最初、無表情で、それからすこしずつ、すこしずつ、笑みを作りはじめる。

「飯(メシ)だろ、あたしたちの」と日本語で、言う。

一九九一年。秋のモスクワ。老人は狂っている。傍受している軍隊無線に耳をすます。現金をいじる。ひとを殺す。ロシア人も殺す。アルメニア人も殺す。グルジア人も殺す。チェチェン人も殺す。老人はルーブルの札束をいじる。老人はUSドルの札束をいじる。老人は廃墟のビルに暮らしている。ビルはモスクワ郊外にあり、ゴミ集積場がちかい。なぜか大量に肉や野菜が廃棄されている。ひそかに廃棄されて、市場(マーケット)にでる量がコントロールされている。統制経済と、自由市場経済の、はざまの墓場。

老人は、ガラスの嵌められていない窓から、そのゴミ集積場を眺める。時には一日じゅう眺める。物拾いたちがいる。主婦たちが掘り起こして、キャベツを回収する。腐肉は見捨てる。腐敗直前の肉には……執着する。老人と失業者とアルコール中毒者がいる。石鹸を拾う。空き瓶を拾い、交換所で二、三ルーブルの現金と換える。古着を拾い、闇市で売る。老人は眺める、

「いまは一九九一年ではない」

捨てられていた赤旗が掘り起こされて、また捨てられた。

物拾いたちの側からすれば、その秋、老人は廃墟のビルの窓ぎわにボウッと浮かびあがった亡霊以外の何者でもない。老人の髭はのび放題で、頬も、顎も、口と鼻のあいだも、真っ白に覆われた。そんな老人は、亡霊であって、自分たちの同類以下であって、無視された。

無視しない人間も、夏の終わりにいた。

廃墟の部屋に侵入して、老人の唯一の財産を奪おうとした。部屋を物色して、臭ぇ(くせ)、と吐き捨てたのちに、それを。地球儀を。老人は一秒後に、その強盗を殺した。相手はナイフを持っていたが、自分のナイフで心臓を刺されていた。

「骨まで奪うのか？」と老人は死体に訊いた。「この頭骨まで？　そこまで、するのか？」

する、と死体は言った。

だから老人は、現金払いの仕事をはじめた。

右腕にアメリカ礼讃の入れ墨をしたゴロツキを、殺した。左腕にロシア民族主義の標語を彫った売春婦を、殺した。依頼されて、殺した。官僚を殺した。警察官を殺した。値段は一〇〇ルーブルのこともあれば、一〇〇ドルのこともあった。部屋に戻ると、夜、地球儀に語りかけた。お前は守るよ、と。おれにはお前がふさわしいから、守るよ、と。初めから地上に生還できずに宙(そら)で死ぬことが運命づけられていたイヌの骨よ、殺されるために宇宙に飛ばされて、地球周回軌道をまわりつづけて、やはり殺された英雄の、頭骨よ。

おれ以外に、誰がお前を護衛する？

ある日、招いた客が現われる。部屋に、初めての客人(ゲスト)が。スラブ系の男で、頭がすでに禿げあがりはじめている。地球儀を撫でながら、なにかのメロディを鼻唄で歌っている。

隊歌か？　と老人が問う。

え？　と中年男が顔をあげる。ああ、これですか、そういえば。無意識に歌っていました。

母親は元気か？

元気です。いまだに局長に感謝しています。あれだけの……最後の日々を。

おれはもう局長ではないよ。

失礼しました。うちではその呼びかたに、慣れすぎていて。父が呼び、わたしが呼びましたから。

二人ともおれの、部下だった。

部隊（うち）では唯一でしたね。親子で同じ徽章をつけた経歴を持つのは。

妹たちは元気か？

元気です。年にふた言かみ言は、しゃべるようになりました。

家族は……死滅しなかったな。

なんです？

祖国（ソビエト）の家族法典は、いずれ家族は死滅すると予言していたよ。一九二六年に。

わたしたちにとって、いまやあなたが父ですが。

血がつながらず？

つながらずに。

いい家族だ。だが、おれは、いないよ。

いないのですか?

それから老人はうなずいて、もう一つだけ、質問を発する。「イヌは元気か?」と。

「元気ですよ」と客人(ゲスト)は答える。


午後、ついに都市(まち)で高まっていたマフィア間の緊張が爆発した、とラジオが報じる。テレビが、マフィアたちが戦争をはじめました、と報道する。当局が、市民らが自主的に外出を控えることを望む、と声明を発表する。新聞記者たちはあちらこちらに奔(はし)る。インタファクス通信とロシア通信の二つの通信社が、ユーラシア大陸の隅々に速報を流す。新大陸にも流す。イヌの大量発生はいっさいニュースにならない。異常な目撃譚は、オカルトじみた嘘(ガセ)として黙殺される。本来ならばタブロイド判の新聞あたりが飛びついているはずだが、この日は違い、以降も違う。マスコミの視線がどこに反射的にむけられて、なにが「まるっきり見えない」盲点になるかは、きっちり計算されている。その入念な準備は、数カ月前から三桁の死者を積み重ねて、この都市(まち)で進められてきた。

イヌは蜂起したが、イヌの蜂起は人間には見えない。

擾乱(じょうらん)は気づかれていたが、表社会では「それは裏社会のものだ」とだけ認識される。認識されたことが力となる。報道は、煽る。煽られて、弾(はじ)ける者たちがいる。ついにこれは、ロシア全土級の事件と化した。

都市機能は一部麻痺したが、交通機関はほぼ生きている。空港は機能している。鉄道は機能している。それらがロシア極東に応援部隊を運ぶ。当然、都市(まち)の玄関口で警察と揉める。イヌは揉めない。イヌたちは午後、すでにひそんでいる。

イヌたちはゲリラである。イヌたちは政府に属していない。しかし、イヌたちは規律を有している。イヌたちの戦術の練度は、正規軍のそれに達している。

にもかかわらず、イヌたちはゲリラである。不意打ちと騙し討ちしか手段に選ばない。

イヌたちは複数の地域を押さえている。ひそむ地域に、当局がまだ把握していない死の現場、マフィアの関連施設がある。たとえば贋ドル紙幣の印刷工場。たとえば贋ブランド品の巨大な地下工場。現物の麻薬が山と積まれた倉庫。密輸用の古美術品の倉庫。同様に密輸用の、濃縮ウランと、分解された核弾頭の、倉庫。イヌたちは待機している。必ず奪還しようとする人間たちが、現われるからだ。あるいは横から掠めて所有（もの）にしようとする人間たちが、現われるからだ。あるいは単純に、状況を探ろうとする人間たちが。

現われて、ほとんど殲滅された。

午後四時、一人の中年男がイヌたちを指揮している。頭頂部の禿げあがったスラブ人の男が、イヌたちに合図を送って、現われた人間たちを排除している。その特異な戦術は、一九八〇年代のどこかでアフガニスタンで採られた。欧州を二つに分けていた線（ライン）の西側で、NATO（北大西洋条約機構）の上級士官を暗殺するためにも、採られた。電撃戦の部隊を率いながら、中年男は歌った、たっぷりの声量（ボリューム）で、鼻唄を。短機関銃を手にして、イヌたちに精確な掩護を行なう中年は、ストレルカに「オペラ」と呼ばれている。

午後四時半には、歌いながら、イヌたちを投ずる必要も感じずにマフィアの戦闘員たち四名を、薙ぎ倒した。シンプルな連射で。

すでに陽はとっぷりと暮れている。

依然としてイヌたちは人間の目に見えていない。

しかし、同類（イヌ）には見えている。遠吠えがある。遠吠えと遠吠えの、会話がある。誰かが飼い犬たちの鎖を、断つ。郊外の森では猟犬が、逃げだす。野良犬たちが都市（まち）の街路を、狂ったように走りだす。すこしずつ、すこしずつ、なにかがはじまる。すこしずつ、すこしずつ、イヌの解放がはじまる。マフィアは陸続とそのロシア極東の地をめざす。抗争に身を投じるためであり、しかしそれは、マフィア同士の戦争、と考えられている。たとえば取り残されている麻薬を横奪（よこど）りするためであり、しかしそれは、組織間の争奪戦、と考えられている。

そしてなにより、その都市（まち）がロシア全土のマフィア界から、注視されているためである。

門（ゲート）はあちこちで開いてしまう。列車がまるごと買収されて、駅の二キロ手前で停まり、そこに何十人かを降ろす。空港では偽造書類がものを言う。幹線道路に検問所を設けていた警官隊は、以前から懇意だったマフィアの上部団体の車列に、「ようこそ極東へ」と挨拶する。

夜半、市街戦に新たな作戦が加わる。イヌたちは人質をとる。指示された標的を、咬み殺さずに、命令（コマンド）どおりに生かしたまま捕らえる。イヌたちは人質を、老人の前にさし出す。

一人。

また一人。

また一人。

夜を徹して。

都市（まち）には遠吠えが反響している。

「交渉のテーブルは用意できるよ」と老人は言う。

なんなんだ？　と相手は言う。なんなんだ、このイヌどもは？

「一八一二年を憶えているか？」と老人は問う。

なんなんだ、お前は？　と相手は問い返す。お前はイヌどもの族長か？

「ナポレオン戦争だ、憶えているか？　ロシア人なら、あるいは元ソビエト人なら、歴史を学んだろう？　あの愚かしいフランスの皇帝が、一八一二年にモスクワに入城した。十一万もの大軍を率いて、ロシア軍から戦略的にあけ渡された首都に入った。それから、なにが起きたか、憶えているか？」

なんなんだ？

「ロシアを滅ぼさないために、都市が滅ぼされたのだ。住民たちはモスクワを捨てた。ナポレオンの軍隊はほとんど無人の首都に入った。その夜にモスクワは炎上をはじめた。火が放たれたのだ、ロシア側が放ったのだ。一週間、モスクワは燃えつづけて、その三分の二が廃墟と化した。フランス人たちは……廃墟に駐兵して、やがて飢える。十一万人は飢える。だからカラスを食った。だから猫を食った。一カ月持たなかった。いまは？」――老人は自問し、それから自答する――「いまは一八一二年ではない。それに、いまは一九九一年ではない。だから、だ。わかるな？　だから、われわれイヌがロシアを糾弾する。これが回答だ」

人質は啞然として、蒼ざめている。

一九九一年。冬のモスクワ。気温は零下十五度をしたまわっている。まだ日没には間がある。

吹雪。老人が歩いている。老人はアメリカ大使館の前で、三〇〇人の行列を見る。ビザ申請者たちの長蛇の列を見る。語らない人々、白い息を吐いている人々。それぞれの頭髪に、帽子に、雪は降り積もる。列はほとんど前に進まない。

世界の陸地の六分の一を占めていた巨大国家の、消滅はすでに決まった。やがてクレムリンの旗竿(ポール)には白青赤のロシア国旗が揚がる。夏からの四カ月間に、ひと握りの人間と秘密主義が勝利して、ソビエト連邦は消滅する。死ぬ。

老人はパラソルにたどり着いている。街角の鎖(とざ)されたキオスク前の、大型のパラソル。その下に、一見してカフカス地方かその周辺の出身だとわかる顔だちをした、ブランド物のイタリア・スーツを着込んだ男がいる。若い。二十代の後半か、せいぜい三十一、二歳。「朝のあれは」と声をかける。老人に語りかける。「完全にプロの仕事だね」

老人は、にー、と笑う。

「誰に覗き見させたんだ?」と尋ねる。「それに、どうして呼んだんだ? おれが殺したのは、あんたの仕事仲間か、なにかか?」

「いや、その反対」と若い男は言う。「つまり敵だね。むしろ助かった。ただ、こういうプロは……」

「おれか?」と老人は言う。

「そう。あなたみたいなのが、野放しにされているのは……ちょっとね。危険だなあと思ってね」

「消すか?」

「いや、その反対」と若い男は言う。「つまり重宝したいなって。うちでね」

「組織で、雇うのか？」

「そう。流儀に反する？」

「いいや」と老人は言う。そんなものはない、と目で言う。目は、笑っている。

歴史そのものを蔑み、笑っている。

「じゃあ、交渉をはじめようか。契約期間に、もろもろの手当てに、報酬の……ところで、ねえ？　どう呼んだらいいのかな。つまり、あなたを」

「名前か？」

「名前」

「耳をすませ」

「え？」

沈黙。二秒後に、鐘が鳴る。一九八〇年代の後半から修復がはじまった、ペレストロイカ以前の時代には破壊されていた教会の、釣り鐘が。それが鳴る。白雪の乱れ飛んでいるモスクワに。

「おれは大主教だ」と老人は名乗る。

ストレルカはその朝、都市(まち)そのものにイヌの匂いを感じる。ストレルカはその朝、都市(まち)の気温がすっかりあがっているのを感じる。ストレルカは暑いなとイヌたちに言う。ストレルカはクソ寒いロシアの冬をあたしたちが殺してるのかとベルカに問う。ストレルカは冬冬冬冬、終わるぞ一億年のロシアの冬が、と歌うように繰り返す。ストレルカは穹を見上げて、そこにたち昇る黒煙を確かめる。ストレルカは数分前に温存されていたマフィアの武器庫を爆破している。ストレルカは老婆がTNT爆弾をしかけるのを見て、ばばあ上手いなと言った。ストレルカは老婆があんたは知らないだろうけれどあたしは特殊部隊の将校の夫がいて、息子がいて、そもそもあたしは機関の飼育所でイヌを世話していて、演習場には爆薬をしかけていたから、上手いものだろう？　とロシア語で語るのを聞いて、理解はできないがうなずいた。ストレルカは老婆がさらに、遺族は大事にされていたからね局長に、と言うのを聞いて、ばばあも半分イヌなんだろ？　あたしは全部イヌだけどさと日本語で答えた。ストレルカは昨晩、イチコとニーコが飼い犬たちを鎖から釈き放ちつづけたことを、野良犬たちを高揚させつづけたことを知っている。ストレルカはイチコとニーコの息が半分、イヌになっていることを知っている。ストレルカは、あたしがイヌだからわかる、あいつらも半分イヌだと思う。

イヌのあたしは殺されない。

市街戦で、あたしたちは透明だ。

ベルカはストレルカを衛る。ベルカはストレルカの命令を即座に実行する。ベルカは兄弟姉妹のいわば長兄として君臨して、のみならず、「ベルカ」の名を継いだことで他のイヌたちからお前だ、お前がいずれおれたち全頭を率いるのだと認められている。ベルカは眠る、起きる、走る。ベルカはストレルカとともに眠る、起きる、走る。ベルカはひそんで、早朝の街なかでマフィア同士が撃ちあうのを、あるいはロケット砲で黒塗りの車が吹き飛ばされるのを、眺める。ベルカにはわかっている、人間たちはこの戦争がイヌのゲリラに煽られている現実が、わかっていないと。ベルカにはわかっている、人間たちは人間の敵対勢力を求めているから、いきなりイヌに発砲しないし、ストレルカにも発砲しない、それはストレルカがイヌだからで、同時に人間たちにはストレルカが素手の人間の少女にしか見えないからだと。ベルカは言う、だからストレルカに殺される、だから殺されて、死ぬまでナニもわからない、しかもイヌは、イヌは、イヌは、この都市（まち）に増えつづけている。ベルカは感じる、思考として形にはならないが、あたかもユーラシア大陸じゅうの同類（イヌ）がここを……このロシア極東の地をめざして、移動しはじめているように、大移動しているように。

だから人間たちは勘違いする。

この都市（まち）にはイヌがあふれている、始終ウロウロしているようだ、と。

イヌを透明化する。市街戦のための訓練を徹底的に叩きこまれた、イヌをも。

午前、遠吠えは交錯しつづける。谺（こだま）しつづけている。イヌが来る。イヌが来る。イヌが来る。周辺の森林（タイガ）から、数十キロ離れた山里から、アムール河のむこうから、十九世紀のロシア貴族たちの流刑地から。すこしずつ、すこしずつ、その地につどいはじめている。しかし、現実に「大移動」を果たしたのは、三機だ。独立航空会社の飛行機が、続けざまに三便、モスクワからいっきに都市（まち）の空港に到着した。イヌにはイヌの本性があった。イヌは遠吠えには決まって遠吠えで応じた。同様に、人間の……マフィアには逃れられないマフィアの本性があった。他の組織を、その縄張（シマ）を、隙あらば食おうとする本性だ。三機が運んできたのはロシア最大の勢力で、旧東欧圏にまで手をひろげて国際化している広域組織の、構成員二二〇人。数で、いっきに、押さえこもうとしていた。そして制圧することで、いっきに威名を轟かせようとしていた。小物たちはチョロチョロするな、ロシアの裏を支配しているのはそもそもおれたちだ、と。ユーラシア大陸じゅうに威名を轟かせるためのマスコミの態勢は、すでに万全に整っている。前々日から。

登場するには恰好のタイミングだった。

昼、二時間の地獄がある。それはマフィア側の地獄である。それから一時間の休息がある。それはイヌたちの休息である。夕方までは散発的な銃声が聞こえるだけの、ある種、平穏な「マフィアの戦争」の一場がつづく。突然、状況が変わる。ストレルカとベルカと六頭がいて、十分後には、ストレルカとベルカと五頭になっている。鑑札番号114の雌犬が死ぬ。ベルカの姉妹が死ぬ。ストレルカとベルカと五頭がいて、二分後には、ストレルカとベルカと三頭になっている。鑑札番号46と鑑札番号113が死ぬ。ベルカの兄弟と姉妹が死ぬ。ストレルカが吠える。老婆が早口にロシア語でまくし立てる、退きなさい、退きなさい！　ストレルカとベルカと三頭がいて、一分後には、ストレルカとベルカと一頭になっている。鑑札番号44と鑑札番号45が死ぬ、殺される、ストレルカは吠えつづけている、ベルカは見ている。

敵が変わった。

敵はイヌの蜂起に気づいている。

もはやイヌはこの都市で透明ではない。

人間たちはいきなりイヌに発砲する。

ベルカは見ている、展開しはじめた数十名の集団の装備を。マフィアではない、ジェット型の抗弾ヘルメットをかぶり、迷彩服を着込み、折り畳み式のストックがついた突撃銃を握っている。その外見がマフィアと異なりすぎる。そしてベルカは見ている、兄弟の、鑑札番号48が撃たれる、きゃんと言う、それをベルカは聞いている、ベルカはストレルカを護衛しなければならない、もはやイヌは透明ではないし、だからストレルカも透明ではない、その敵は躊躇など持たずにストレルカをも排除しようとする。同じ匂い、とベルカは感じる。生物としてではない、戦闘集団として。ベルカは感じている。当たっている。敵はロシア連邦保安局に保有されている特殊部隊で、連邦保安局はソビエト時代のKGBの後身、現ロシアの秘密警察である。その部隊はロシア国内の治安維持を担当する。その部隊はテロに対抗する。その部隊は撲滅する。イヌを。イヌの革命を。その都市（まち）に現われたイヌたちが〈S〉の戦術を再現していることにロシア連邦保安局の最上層部の、KGBが改組される以前からの実力者でなる円卓会議が気づいて、資料（メモ）を隊員たちに渡した。その部隊は事前に説明を受けていて、イヌ殺しをきわめて速やかに遂行し得る。事態は迅速に打開される。突如として状況が一変してから、わずか十四分後に、ストレルカとベルカはストレルカとベルカと〇（ゼロ）頭になる。

　同じ時刻、その都市（まち）の異なる区域、八輪駆動の装甲車から降りた特殊部隊員たちが、イヌを殺す。傑出した能力のイヌたちを一頭残らず、淘汰しようと試みる。そのために下車戦闘を行なっている。その隊員たちの列に、人間が一人、飛びこむ。歌いながら飛びこむ。オペラは腹部に爆薬を巻いている。自爆装置を抱いている。

　高らかに旋律を歌いあげながら、起爆のスイッチを押す。

　その二時間前。老人が言う、これは交渉だよ。

一時間前。

老人は、いま注射したのは二種類で、一本めは自白誘導用の麻酔薬、二本めは驚いてしまうかもしれないが狂犬病のウイルスだよ、と言う。老人は、ソ連時代に開発された生物兵器なんだよ、と丁寧に人質に言う。老人は、催眠のためには何度でも繰り返さなければいけないから、何度でも君に繰り返そう、わたしは君を捕らえることで本当の獲物にたどりつけた、君が二二〇人もの兵隊を率いてこの都市に乗りこんできたことで、やっと交渉のための切り札を得た、名前を売るために斬り込み隊長をわざわざ志願したんだろう？　君はいま組織内では三番めかな、四番めかな、金庫係だったね、ああ、わたしはマフィアの本性に助けられる、と人質に言う。老人は、でかい実績をあげたかったんだね、と言う。老人は、君たちを待っていたんだ、政界と癒着している君たちを、と言いながら、これが抗狂犬病の血清だよ、ほら、と言う。老人は、もしかしたらウイルスは三十日間は潜伏する、でも発病したら必ず、不安と恐怖と精神錯乱と幻覚に苛まれて、それから全身が麻痺して死ぬからね、と丁寧に人質に言う。老人は、金の流れを解明する資料を出すだけでいいわけだ、と言う。老人は、たとえば大統領府にスキャンダルを起こせればいいわけだ、と言う。

十分前。

老人は、それでは政権の主だった顔ぶれの八人は明日にも倒せるね、と言う。老人は、西側の報道機関にいっせいに流すための手配は済んだからね、そうやって外国から圧力をかけてもらえば一発だろう？　いっきに現体制が崩壊するだろう？　これが本物の革命なんだよ、一九九一年の夏のモスクワにあったあれは、あれは違う、わたしはね、イヌだけで革命を起こせるんだよ、と言う。老人は、しかしモスクワにはイヌはひそめない、イヌの部隊がひそむには都会すぎる、一国の首都でありすぎるだろう？　でもここなら？　わかっているだろうが、ねえ君、わたしは狂っている、と言う。

一分前。

老人は十三階建てのホテルの部屋で、その獲物を押さえた。二二〇人のマフィアの指揮官を、十二階にある部屋で。窓があるが、もちろんカーテンは閉ざされている。しかし音は聞こえる。遮音処理を施されたぶ厚いガラス越しにも、軍用のヘリコプターが都市（まち）の上空に飛行している轟音は、聞こえる。老人は起ちあがる。

窓が爆発する。外側から砲撃を浴びて、ガラスは砕け散る。カーテンはひき裂かれる。早いな、と老人は思う。思っていたよりも、ほんの……と思う。思考は中途で断たれる。

その瞬間。

すでに遺体となっている老人のからだが、銃弾を浴びつづけている。

一九九〇年

イヌよ、イヌよ、お前たちはどこにいる?

一九九〇年初頭に、処刑場にいる。お前たちは血の海にいる。お前たちは以前〈S〉を構成していたが、一頭を除いて、処分された。その一頭が、誰かを見上げている。忠実な視線で、命令系統の頂点に立つ人物を。局長とも、将軍とも、さまざまに称される人物を。

その人物は老いている。

祖国(ソビエト)が、と言う。イヌに語りかけて、祖国(ソビエト)の命令が、と言う。おれたちを抹殺しろと、そう指示した。おれたちは発見されてはならない証拠で、だから湮滅(いんめつ)されなければならない、と。

老いた人物は、拳銃を握り、その銃口をイヌにむけている。

イヌは身じろぎもしない。老人の言葉を聞いている。

一人と一頭のまわりには、すさまじい臭気がたち込めている。無数の死と、大量の鮮血の。

老人はじっとイヌを見つめている。

イヌの名前は、そのイヌの名前は、その雄犬の名前はベルカだ。

機関は解散する、と老人は言う。「わかるか?」

ベルカは問われて、うぉん、と答える。

その瞬間に、老人の双眸から涙があふれる。拳銃を握っている右腕が、震える。おれは、と言う。おれは、おれはおれは。

老人は、うぉん、と声を出す。

「おれはこれから狂う」とベルカに言う。「そして、お前は生きろ」

「ベルカ、吠えないの？」

イヌよ、イヌよ、お前たちはここにいる。

都市(まち)の軍事的包囲網からは脱けだした。ストレルカ、ベルカ、老婆、イチコとニーコ、それから十数頭のイヌたちが逃れた。だが、翌朝までに、イチコとニーコは単車ごと迫撃砲で吹き飛ばされた。ロシア極東の主要都市でイヌ狩り令がだされて、無関係のイヌも含めて四〇〇〇頭弱が殺された。逃走から三日めに、ストレルカの一行は、場合によっては中国系ロシア人や朝鮮系ロシア人やモンゴル系ロシア人に擬装するストレルカと、ただの飼い犬に擬装するベルカと、老婆だけになった。ある意味、身軽になった。しかし嵩(かさ)ばる荷物が一つだけあった。地球儀があった。老婆は森林(タイガ)と湿原の中間地帯にある廃屋で、ストレルカに地球儀を手わたした。ストレルカはそれを受け取り、意味を考えた。ストレルカは「どこに逃げるの？」と問われたのだと、考えた。ストレルカは地球儀を回した。

ロシアからは逃れなければならない。

ユーラシア大陸の、外側。

それで一瞬、日本を指しかけて、戻るかアホウ、と思った。それで、指さきをサハリンに動かして、オホーツク海に動かして、カムチャツカ半島に動かした。東だ。ひたすら東で、ユーラシア大陸の外側。しかし北米（アメリカ）はだめだ、英語の国なんて馬鹿みたいに世間だ、とストレルカは判断した。指さきは、カムチャツカ半島の、東側をただ漠然と示した。

ベーリング海と太平洋のはざまを、そこの島々を。

老婆は了解した。

列車に乗せる。海を越える。いまだに老人が利用していた口座は閉じられていなかったから、資金には事欠かなかった。サハリンからカムチャツカまでは八人乗りのチャーター機を利用できた。

三週間後に、いまだロシア領だが太平洋上に浮かんだ島に渡った。カムチャツカ半島の南東部にある小さな海辺の村から、漁船でわずか二、三十分でたどりつける。そこに上陸した。無人島だったが、木造の古い建物が幾つもあった。朽ち果てた工場だ。しかも日露戦争後に日本の資本で操業された魚の加工場で、カニやシャケの缶詰を生産していたらしい。いわゆる北洋漁業の拠点だった。そこで三カ月、お前たちは準備した。

お前たちだ。ストレルカ、まずお前だ。老婆がさまざまな手段を講じるのを、お前は見守る。お前は信頼して見守る。お前たちは偽りの経歴（プロフィール）を得て、その無人島に、まず、いる。老婆は半島側の村で食糧を買いこみ、それから船を準備する。お前とベルカも数度、その村に渡り、犬橇用のイヌたちが多数飼われていることを、生まれて四、五カ月の仔犬たちがいることを、知る。老婆は仔犬たちを選んで、七頭、買う。

そして船出のための支度を着々と進める。

「ベルカ、吠えないの？」

すべては密航になる。

おれは問う、どこにむかうんだ？　と。お前は答える、世間じゃないイヌの天国、と。お前は誰だ？　とおれは問う。するとお前は答える、「あたしだよ、ぼけ」と。

それから、もう一頭のお前だ。

島の東側の海岸に立ち、はるか大洋の向こう側、霧の彼方を見つめながら、お前はもう一頭のイヌに問われる。日本語で、こう訊かれる。「ベルカ、吠えないの？」と。

それからお前たちは海を渡るだろう。それからお前たちは、二十世紀を殺す。霧の内側(なか)の島にイヌだけの楽園を築きあげて、それからお前たちは、二十一世紀に宣戦布告をするだろう。

本書は書き下ろし作品です。

古川日出男

一九六六年福島県生まれ。早稲田大学第一文学部中退後、編集プロダクション勤務等を経て、九八年『13』でデビュー。

二〇〇二年『アラビアの夜の種族』で、第五五回日本推理作家協会賞と第二三回日本SF大賞をダブル受賞。

他の著書に『沈黙』『アビシニアン』『中国行きのスロウ・ボートRMX』『サウンドトラック』『ボディ・アンド・ソウル』『gift』がある。

本書は『アラビア』以来久々の書き下ろし作品。

ベルカ、吠(ほ)えないのか？

二〇〇五年四月二十五日　第一刷発行
二〇〇五年九月　一　日　第四刷発行

著　者　古川日出男(ふるかわひでお)
発行者　白幡光明
発行所　株式会社　文藝春秋
〒102－8008　東京都千代田区紀尾井町三－二三
電話　〇三－三二六五－一二一一
印刷所　大日本印刷
製本所　大口製本

ISBN4-16-323910-3

黙(もく)の部屋

折原一

風変わりな絵の作者を追う美術雑誌の編集者。地下室に監禁されてひたすら絵を描き続ける男――。実在の絵をめぐる傑作美術ミステリ

文藝春秋刊

弥勒の掌（みろくのて）

我孫子武丸

妻を殺され、汚職の疑いをかけられた刑事。妻を捜し宗教団体に接触する教師。錯綜の果ての「真相」は？　**本格ミステリ・マスターズ**

文藝春秋刊

花まんま

朱川湊人

小さな妹がある日、誰かの生まれ変わりと言い出したとしたら……？　関西を舞台にした郷愁を誘う「失われしもの」をめぐる作品集

文藝春秋刊

羊の宇宙

夢枕　獏・作
たむらしげる・絵

カザフ族の少年と著名な物理学者。天山山脈の麓で運命的な邂逅を果たした二人が語り合う宇宙の真理とは？　幻の名作、待望の復刊

文藝春秋刊